# Ensorcelée

*Du même auteur*
*aux Éditions J'ai lu*

*Les Chicago Stars*

NULLE AUTRE QUE TOI
*N° 9259*

UNE ÉTOILE EN PLEIN CŒUR
*N° 9405*

CELUI QUE J'AI CHOISI
*N° 9259*

DRÔLE DE CIRQUE
*N° 4882*

TU N'ÉCHAPPERAS PAS À TON PASSÉ
*N° 6450*

LES LEÇONS DU CŒUR
*N° 6601*

UN RETOUR INATTENDU
*N° 6979*

PARFAITE POUR TOI
*N° 8186*

AUTANT EN EMPORTE LA PASSION
*N° 8594*

SUSAN ELIZABETH

# PHILLIPS

LES CHICAGO STARS

# Ensorcelée

ROMAN

*Traduit de l'américain*
*par Sophie Dalle*

J'AI LU

*Pour Tillie et ses fils,*
*et en souvenir de Papa et de Bob.*

*Titre original*
DREAM A LITTLE DREAM

*Éditeur original*
Avon Books, a division of The Hearst Corporation, N.Y.

# 1

Les derniers espoirs de Rachel Stone s'envolèrent dans un nuage de fumée noire jaillissant du capot de sa voiture. Elle eut à peine le temps de se garer sur le bas-côté de la route, en face d'un drive-in, juste en dessous d'un énorme panneau jaune et violet représentant un feu d'artifice.

Ce fut là que, sous un soleil étincelant, sa vieille Impala brinquebalante rendit son ultime soupir.

Bras croisés sur le volant, Rachel laissa retomber sa tête entre ses mains et succomba au désespoir. C'est sur cette route à deux voies, à la lisière de la ville de Salvation, en Caroline du Nord, que prenait fin un interminable parcours en enfer.

— Maman ?

Elle s'essuya les yeux et se redressa.

— Je te croyais endormi, mon chéri.

— C'est ce drôle de bruit qui m'a réveillé.

Elle se tourna pour contempler son fils, qui venait de fêter son cinquième anniversaire. Sur la banquette arrière, il paraissait perdu parmi les paquets minables qui constituaient leurs maigres possessions. Rachel les avait entassés à l'intérieur de la voiture, la serrure du coffre étant coincée depuis des années à la suite d'un accident.

La joue d'Edward était plissée là où il avait dormi, et ses cheveux étaient ébouriffés. Il était petit pour son âge, trop mince, encore pâle après la pneumonie qui avait menacé de l'emporter. Rachel sentit un élan d'amour l'envahir.

Il la dévisageait solennellement par-dessus la tête de Jeannot, le lapin en peluche qu'il traînait partout depuis son plus jeune âge.

— Tu as encore un problème ?

Elle s'efforça de sourire.

— Un petit souci avec la voiture, c'est tout.

— On va mourir ?

— Mais non, mon trésor, ne t'inquiète pas. Si tu marchais un peu, pendant que je jette un coup d'œil sous le capot ? Fais attention à la route.

Il prit entre ses dents ce qui restait de l'unique oreille de Jeannot et, de ses jambes maigres, essaya de franchir l'obstacle que constituait un panier à linge rempli de vêtements usés et de serviettes de bain. Rachel se pencha par-dessus le dossier de son siège pour l'aider à ouvrir la portière, qui fonctionnait à peine mieux que le coffre.

*On va mourir ?* Combien de fois lui avait-il posé cette question ? Son dernier repas à peu près correct remontait à plusieurs heures : une orange, un peu de lait et un sandwich à la confiture. Quelle sorte de maman était-elle, pour le nourrir aussi mal ?

Une mère démunie, à qui il ne restait plus que neuf dollars et un peu de monnaie.

Apercevant son image dans le rétroviseur, elle songea que, autrefois, on la trouvait jolie. Aujourd'hui, des ridules d'angoisse encadraient sa bouche, et ses grands yeux verts semblaient lui manger la figure. Sous les taches de rousseur, sa peau était blanche comme de la porcelaine. Elle n'avait pas de quoi s'offrir une visite chez le coiffeur, et ses cheveux auburn étaient en désordre. En guise de maquillage, il ne lui restait qu'un morceau de bâton de rouge à lèvres. Elle ne s'en était pas servie depuis des semaines. À quoi bon ? À vingt-sept ans, elle avait l'impression d'en avoir cent.

Sa robe en toile bleue lui tombait sur les épaules. Le tissu était délavé, la coupe informe, et elle avait dû remplacer l'un des six boutons rouges par un bouton marron, faute de pouvoir en racheter une série. Elle avait expliqué à Edward que c'était « la nouvelle mode ».

La portière grinça. Le goudron était brûlant sous les fines semelles de ses sandales. L'une des brides était cassée. Rachel l'avait raccommodée, et depuis, à l'endroit de la réparation, elle avait une ampoule. Tant pis. C'était peu de chose. L'essentiel était de survivre.

Une camionnette passa à toute allure, sans s'arrêter. Rachel leva le bras pour se protéger le visage du vent et de la poussière. Elle jeta un coup d'œil vers Edward. Il se tenait près d'un buisson, Jeannot sous le coude, la tête renversée en arrière pour lire le gigantesque panneau au-dessus de lui : Drive-in *L'Orgueil de la Caroline*.

Résignée, elle souleva le capot, puis recula précipitamment pour éviter les projections de vapeur. À Norfolk, le garagiste l'avait prévenue que le moteur était à bout. Cette fois, c'était grave.

Elle s'assit par terre, dépitée. Non seulement elle n'avait plus de voiture, mais elle n'avait plus de maison, puisque, depuis une semaine, l'Impala leur servait de toit. Elle avait expliqué à Edward qu'ils allaient faire « comme les tortues ».

Elle soupira, accablée par cette nouvelle catastrophe, dernière d'une longue série de calamités qui l'avaient ramenée dans cette ville où, pourtant, elle s'était promis de ne jamais remettre les pieds.

— Hé ! Le môme, sors de là !

Une voix masculine, menaçante, la tira de sa torpeur. Elle se leva si vite que, prise d'un vertige, elle dut s'appuyer à la portière. Recouvrant ses esprits, elle se tourna vers son fils, muet de terreur devant un inconnu en jean et chemise de travail, une paire de lunettes de soleil sur le nez.

En voulant se précipiter vers Edward, elle glissa et faillit trébucher. L'enfant n'avait pas bougé. L'homme tendait maintenant un bras vers lui.

Elle n'était plus la jeune fille timide et rêveuse d'antan. La vie l'avait endurcie, et elle s'emporta violemment :

— Ne le touchez pas, espèce de salaud !

— C'est votre enfant ?

— Oui. Éloignez-vous de lui.

— Il pissait dans mes buissons ! répliqua l'inconnu, avec l'accent chantant de la Caroline. Sortez-le de là !

Elle remarqua alors seulement que le pantalon de son fils était déboutonné. Paralysé par la peur, sa peluche sous le bras, il fixait le géant qui le toisait.

Celui-ci était grand et mince. Il avait les cheveux noirs et raides, la bouche amère. Son visage était long et étroit, plutôt séduisant. Elle ne pouvait voir ses yeux, derrière les lunettes de soleil.

Elle saisit Edward par le bras et le serra contre elle. L'expérience lui avait appris à ne jamais se laisser faire.

— C'est votre endroit préféré pour pisser ? C'est ça qui vous gêne ? lança-t-elle d'un ton ironique.

— Vous êtes ici chez moi. Je vous demande de partir.

— Ce serait avec grand plaisir, mais ma voiture en a décidé autrement.

Le propriétaire du drive-in daigna à peine se tourner vers le cadavre de la voiture.

— Vous trouverez un téléphone au guichet, ainsi que le numéro du garage Dealy. En attendant qu'on vienne vous dépanner, évitez d'empiéter sur mon terrain.

Il tourna les talons et s'éloigna. Rachel n'osa pas lâcher son fils avant que l'inconnu ait disparu derrière les arbres qui poussaient au pied de l'immense écran.

— Ce n'est pas grave, mon chou. Tu n'as rien fait de mal.

Blanc comme un linge, le menton tremblant, il bredouilla :

— Il m'a f... fait p... peur.

— Je sais, mais n'y pense plus. Je suis là pour te protéger de cet abruti.

— Tu m'as dit que c'était vilain de dire « abruti » !

— Il y a parfois des circonstances atténuantes.

— C'est quoi, des *constances ténuantes* ?

— Ça veut dire que c'est vraiment un abruti.

— Ah.

Elle jeta un coup d'œil vers le guichet où se trouvait le téléphone. La petite cabane en bois était fraîchement repeinte aux couleurs de l'enseigne. Cependant, Rachel resta immobile. Elle n'avait pas d'argent pour payer la dépanneuse, encore moins les réparations. Quant à ses cartes de crédit, on les lui avait supprimées depuis des mois.

— J'ai les jambes engourdies après ce long voyage. Que dirais-tu d'une promenade ?

— D'accord.

Il traînait les pieds, et Rachel comprit qu'il était encore sous le choc. Son ressentiment envers l'inconnu s'intensifia. Quel mufle ! Comment pouvait-il se comporter ainsi devant un enfant ?

Elle plongea le bras dans la voiture pour s'emparer d'une gourde en plastique et des oranges, achetées à bas prix à la fin du marché. En traversant la route pour se mettre à l'ombre, elle se reprocha une fois de plus de n'avoir pas cédé à Clyde Rorsch, son ex-patron. Six jours plus tôt, alors qu'il essayait de la violer, elle l'avait frappé à la tête, puis elle s'était enfuie de Richmond avec son fils.

À présent, elle regrettait de s'être défendue. Si elle avait accepté de coucher avec Rorsch, elle vivrait encore dans l'une des chambres du motel où elle travaillait comme femme de ménage. Pourquoi n'avait-elle pas fermé les yeux et attendu patiemment la fin du supplice ? Avait-elle le droit de faire la difficile, alors que son fils avait faim ?

Elle avait réussi à atteindre Norfolk, quand la pompe à eau de l'Impala avait montré des signes de fatigue. Malheureusement, Rachel n'avait pas assez d'argent pour la remplacer. Dans sa situation, bien d'autres femmes auraient sollicité des aides publiques. Pas elle. Deux ans auparavant, à Baltimore, elle n'avait pas eu d'autre choix. L'assistante sociale en avait conclu qu'elle était dans l'incapacité d'élever son fils et avait proposé de le placer dans une famille, en attendant que la situation de Rachel s'améliore. Jamais auparavant elle n'avait imaginé qu'on pouvait lui enlever Edward. Le jour même, elle avait quitté Baltimore en se promettant de ne plus jamais mendier quoi que ce soit auprès de l'administration.

Depuis, elle vivait de petits boulots, gagnant juste de quoi se loger et se nourrir. Impossible de mettre de l'argent de côté pour reprendre des études. Ses maigres salaires fondaient à vue d'œil, les baby-sitters défilaient. Pour tout arranger, une pneumonie avait failli emporter Edward.

Le jour où il avait enfin pu quitter l'hôpital, Rachel avait appris que son employeur la renvoyait pour manque d'assiduité. La maladie de son fils avait achevé de la ruiner. Criblée de dettes, elle avait dû s'occuper de lui pendant sa convalescence, alors que son propriétaire menaçait de la mettre dehors parce qu'elle n'avait pas payé son loyer.

Elle avait supplié Clyde Rorsch de lui prêter une des chambres de son motel en échange d'heures de ménage. Cela ne lui avait pas suffi : il voulait davantage. Lorsqu'elle avait refusé de se soumettre à ses avances, il s'était fâché. Elle l'avait frappé à la tête avec le téléphone de la réception.

Un filet de sang dégoulinant sur la tempe, les yeux luisants de rage, il avait menacé de déposer une plainte.

— On verra bien comment tu élèveras ton fils, quand tu seras en prison !

Si seulement elle avait cédé ! Ce qui lui avait paru inconcevable une semaine auparavant le paraissait beaucoup moins aujourd'hui. Elle était solide. Elle aurait survécu.

Elle installa Edward à côté d'elle sous un arbre et lui tendit la gourde. En lui pelant une orange, elle porta son regard sur les montagnes.

Le Temple de Salvation était toujours là. Le bâtiment qui avait autrefois servi à G. Dwayne Snopes, l'un des télévangélistes les plus prospères du pays, de siège social et de studio d'enregistrement, abritait désormais une fabrique d'emballages en carton. Rachel s'empressa de chasser les mauvais souvenirs qui l'assaillaient et donna à Edward un quartier d'orange. Il savoura ce petit bout de fruit desséché comme si c'était un bonbon.

Scrutant les alentours, Rachel tomba soudain sur un autre panneau :

RÉOUVERTURE PROCHAINE : CHERCHONS EMPLOYÉ.

Rachel se redressa. Comment ne l'avait-elle pas remarqué plus tôt ? Un emploi ! Peut-être la chance allait-elle enfin revenir ?

La perspective d'affronter le propriétaire ne la réjouissait guère, mais elle n'avait pas le choix. Elle tapota le genou de son fils.

— Mon trésor, il va falloir que j'aille discuter avec le monsieur.

— Je ne veux pas.

Elle le dévisagea.

— Ne t'inquiète pas. Je n'ai pas peur de lui.

— Reste avec moi.

— Mon chou, j'ai besoin de travailler.

Il n'insista pas. Elle se demanda ce qu'elle allait faire de lui pendant qu'elle essaierait de convaincre l'homme de l'engager. Edward était un enfant sage et obéissant. Elle aurait pu le laisser dans la voiture, mais celle-ci était garée trop près de la route. Elle décida de l'emmener avec elle. Affichant un sourire rassurant, elle le mit debout.

Construit une trentaine d'années plus tôt, le drive-in semblait avoir été totalement abandonné pendant la dernière décennie. Le guichet retapé et la grille fermée par une chaîne attestaient de la rénovation en cours, mais il y avait encore beaucoup de travail.

Si l'écran avait été restauré, l'espace réservé aux voitures, avec ses rangées concentriques de haut-parleurs, était envahi par les mauvaises herbes. Le bâtiment en béton qui se dressait en plein milieu devait abriter la salle de projection et le bar. La peinture blanche d'origine était striée de saleté et de salpêtre. Par les portes grandes ouvertes s'échappait un air de musique techno.

Rachel aperçut alors une petite aire de jeux abandonnée, sous l'écran. Le bac à sable était vide, et une demi-douzaine de dauphins en fibre de verre reposaient sur des ressorts rouillés. Ils avaient dû être bleus un jour. Un portique délabré, un manège cassé et une tortue en béton complétaient l'ensemble.

— Va jouer sur la tortue pendant que je parle avec le monsieur, Edward. Je n'en ai pas pour longtemps.

Il la supplia du regard de ne pas l'abandonner. Elle lui sourit, mais ne céda pas. Un autre aurait probablement trépigné de colère. Pas Edward. Il se mordit la lèvre inférieure, baissa le nez.

— Bon, d'accord, viens avec moi. Tu resteras assis près de la sortie.

Main dans la main, ils s'avancèrent vers le bâtiment. L'air était poussiéreux, le soleil, brûlant, la musique, assourdissante.

— Reste ici, mon trésor.

Elle entra.

Derrière le comptoir, les appareils étaient flambant neufs, mais les murs en ciment, ornés d'affiches déchirées, étaient en piteux état. Rachel aperçut une paire de lunettes noires sur le comptoir, à côté d'un paquet de chips non entamé, d'un sandwich et d'une radio.

Juché sur un escabeau, le propriétaire du drive-in était en train de fixer des néons au plafond. Comme il lui tournait le dos, elle en profita pour l'examiner tout à loisir. Longues jambes musclées, hanches minces, épaules larges. Il avait remonté les manches de sa chemise, révélant des bras solides. Ses mains paraissaient étonnamment fines. Ses cheveux foncés, mal coupés, rebiquaient sur son col. Rachel estima qu'il devait avoir dans les trente, trente-cinq ans.

Elle s'approcha de la radio et baissa le son. Il se retourna, et elle put découvrir son regard gris pâle. Éteint. Glacial.

— Qu'est-ce que vous voulez ?

— Moi aussi, je suis très heureuse de faire votre connaissance, ironisa-t-elle. Je m'appelle Rachel Stone. L'enfant de cinq ans que vous avez terrorisé est mon fils, Edward, et la peluche qu'il emporte partout se nomme Jeannot. C'est très aimable à vous de me poser la question.

— Il me semble vous avoir demandé de déguerpir, riposta-t-il, impassible.

— Ah, bon ? J'ai dû mal comprendre.

— Écoutez, madame…

— Rachel, je vous en prie. Ou Mme Stone, si vous y tenez. Aujourd'hui, c'est votre jour de chance. Voyez-vous, je ne suis pas rancunière, et je suis prête à ignorer votre attitude machiste. Par où dois-je commencer ?

— De quoi parlez-vous ?

— Du panneau CHERCHONS EMPLOYÉ. Me voici. Si vous voulez mon avis, il faudrait commencer par l'aire de jeux. Savez-vous ce que vous risquez, si la Commission de sécurité constate l'état de l'équipement ?

— Je n'ai pas l'intention de vous engager.

— Bien sûr que si.

— Et pourquoi le ferais-je ?

— Parce que vous êtes un homme intelligent, en dépit de vos manières abruptes.

— C'est un homme qu'il me faut.

— Et moi donc ! rétorqua-t-elle avec un sourire.

— Je n'emploierai qu'un homme, insista-t-il, imperturbable.

— Vous savez que, dans ce pays, la discrimination sexuelle est illégale. Mais soyez tranquille, je ferai comme si je n'avais rien entendu.

— Vous pouvez me traîner devant les tribunaux, je m'en fiche.

— Vous commettez une grossière erreur. Une occasion comme moi ne se présente pas tous les jours.

— Je ne peux pas être plus clair, je ne veux pas de vos services, gronda-t-il en posant son tournevis pour sortir son porte-monnaie de sa poche. Voici vingt dollars. Disparaissez.

Elle avait besoin de cet argent, mais elle préférait un emploi. Elle refusa.

— Je ne veux pas de votre charité. Je veux un boulot stable.

— Trouvez-le ailleurs. Ici, c'est trop dur. Il faut nettoyer le champ, repeindre le bâtiment, réparer le toit. J'ai besoin d'un homme.

— Je suis plus solide qu'il n'y paraît, et terriblement courageuse. En prime, je suis à l'écoute des autres : il serait temps pour vous de régler quelques-uns de vos problèmes de personnalité.

— On ne vous a jamais dit que votre insolence dépassait les bornes ?

— Je n'y peux rien. C'est plus fort que moi.

— Maman ?

Le propriétaire de *L'Orgueil de la Caroline* se raidit. Rachel se retourna et découvrit Edward dans l'entrée, le visage marqué par l'angoisse.

— Maman, je veux te demander...

— Quoi, mon amour ?

— Tu es sûre qu'on va pas mourir ? chuchota-t-il.

— Certaine.

Un sentiment de crainte l'envahit. Avait-elle eu raison de revenir à Salvation ? Comment s'en sortiraient-ils, si elle ne gagnait pas sa vie ? Ceux qui la reconnaîtraient refuseraient de l'aider. Elle ne pouvait s'adresser qu'à des inconnus, arrivés récemment dans la région. Le propriétaire du drive-in, par exemple…

Celui-ci se dirigea vers le téléphone. Le regard de Rachel tomba par hasard sur une affichette mauve épinglée au mur. Elle n'eut aucun mal à reconnaître G. Dwayne Snopes, le défunt télévangéliste.

« Venez rejoindre les fidèles du Temple de Salvation. Nous diffusons le message de Dieu à travers le monde entier ! »

— Allô, Dealy ? Ici Gabriel Bonner. Une jeune femme vient de tomber en panne devant chez moi. Elle a besoin d'un garagiste.

Ce nom éveilla la curiosité de Rachel. Gabriel Bonner. Membre d'une des familles les plus influentes de Salvation… Que fabriquait-il dans ce drive-in minable ?

D'après ses souvenirs, ils étaient trois frères. Seul le plus jeune, le révérend Ethan Bonner, vivait à Salvation à l'époque où Rachel s'y trouvait. Charles, l'aîné, joueur professionnel de football, était constamment en voyage. Leur père, le docteur Jim Bonner, était le médecin le plus réputé du comté, et leur mère, Lynn, faisait partie de toutes sortes d'associations caritatives. Rachel serra l'épaule de son fils en se rappelant qu'elle était désormais en territoire ennemi.

— Tu n'auras qu'à m'envoyer la facture. Et emmène-les chez Ethan. Demande-lui de leur trouver un endroit où loger cette nuit.

Il raccrocha et fit face à Rachel.

— Allez attendre près de votre voiture. Dealy vous envoie un mécanicien le plus vite possible.

Un brusque sentiment de haine submergea Rachel. Elle n'était pas venue lui demander la charité. Elle voulait un emploi, point final. Quant à envoyer l'Impala au garage, c'était hors de question. Où dormirait-elle avec son fils ? Avec rage, elle s'empara du sandwich et du paquet de chips sur le comptoir.

— Merci pour le déjeuner, Bonner !

Elle sortit, Edward sur ses talons.

Ensemble, ils allèrent se réfugier sous l'arbre, de l'autre côté de la route. Ils étaient à peine installés, que Bonner, au volant d'une camionnette noire, démarra en trombe et disparut à l'horizon. Rachel déballa le sandwich dans lequel Edward mordit avec appétit.

La dépanneuse ne tarda pas à arriver. Un jeune homme trapu en descendit. Rachel le rejoignit en souriant.

— En fait, je n'ai pas besoin d'aller jusqu'au garage. Si vous pouviez me pousser de quelques mètres, ce serait formidable. Gabriel m'a dit de me garer juste derrière ces arbres, là-bas.

Le mécanicien parut sceptique, mais elle n'eut aucun mal à le convaincre. Lorsqu'il repartit, l'Impala était bien cachée.

Pour l'heure, c'était la meilleure solution. Il ne lui restait plus qu'à persuader Gabriel Bonner de l'engager. Comment s'y prendre ?

— Emporte tes chips, camarade. On retourne au drive-in. Je vais me mettre à l'ouvrage.

— Tu as un travail ?

— Disons que je suis à l'essai.

— Qu'est-ce que ça veut dire ?

— Je vais lui montrer de quoi je suis capable. Pendant ce temps, toi, petit veinard, tu pourras jouer.

— T'as pas mangé.

— Je n'ai pas faim.

C'était presque vrai. À force de se priver, elle avait complètement perdu l'appétit. Après avoir installé Edward, elle décida de s'attaquer au nettoyage des mauvaises herbes. Elle regretta bientôt de ne pas être en jean. Il ne lui en restait plus qu'un, troué au genou et à la fesse.

Sous le soleil de plomb, sa robe fut bientôt trempée de sueur. Ses cheveux lui collaient aux joues et dans le cou. Elle jeta un premier tas dans une poubelle, puis se remit à arracher. *L'Orgueil de la Caroline* était sa dernière chance. Elle devait à tout prix prouver à Bonner qu'elle valait dix hommes à elle toute seule.

Plus l'après-midi avançait, plus la fatigue la submergeait. Elle se rendit compte qu'Edward s'y était mis, lui aussi, sans dire un mot. Une fois de plus, elle se reprocha d'avoir résisté aux avances de Clyde Rorsch. Elle avait la tête en feu, des étoiles passaient devant ses yeux. Elle se serait volontiers reposée quelques minutes, mais elle n'en avait pas le temps.

La terre se déroba finalement sous ses pieds. Elle tenta de reprendre son équilibre, mais elle sombra dans l'inconscience.

En revenant au drive-in dix minutes plus tard, Gabriel Bonner découvrit un petit garçon accroupi au milieu du champ, veillant sur le corps inerte de sa maman.

## 2

— Réveillez-vous !

Il lui éclaboussa le visage d'eau fraîche. Elle entrouvrit les yeux, cligna des paupières puis paniqua.

— Edward !

— Maman !

En un éclair, tout lui revint. La panne. Le drive-in. Elle essaya de se concentrer. Les barres lumineuses qu'elle avait vues en recouvrant ses esprits étaient en fait les néons fixés au plafond du bar. Elle était allongée par terre sur le ciment.

Gabriel Bonner était à ses côtés, en équilibre sur un genou, et juste derrière lui, Edward la contemplait d'un air inquiet.

— Oh, mon chéri, je suis vraiment désolée !

Elle tenta de se redresser, mais elle eut un haut-le-cœur. Bonner poussa un gobelet en plastique au bord de ses lèvres, et quelques gouttes d'eau lui rafraîchirent la langue. Luttant contre la nausée, elle voulut se détourner, mais il l'en empêcha. Elle but un peu. Ses mains tremblaient.

— Quand avez-vous mangé pour la dernière fois ? demanda-t-il, impassible, en se levant.

Elle avala encore une gorgée d'eau, respira, retrouva suffisamment d'énergie pour lancer d'un ton impertinent :

— Pas plus tard qu'hier soir. Une côte de bœuf pour deux à moi toute seule.

Sans un mot, il lui tendit un gâteau au chocolat. Elle en prit une bouchée puis, machinalement, tendit le reste à son fils.

— Tiens, mon chéri, je n'ai pas faim.

— Mangez, ordonna le propriétaire du drive-in.

Elle s'y efforça, puis but encore un peu d'eau. Elle se sentait déjà nettement mieux.

— Voilà ce qui se passe quand on danse toute la nuit. Le dernier tango m'a achevée.

— Pourquoi êtes-vous encore là ?

— Vous... vous avez peut-être remarqué tout

le travail que j'ai accompli avant de... de perdre connaissance ?

— En effet. Je vous ai dit aussi que je refusais de vous engager.

— Mais j'ai envie de travailler ici.

— Tant pis, répliqua-t-il en ouvrant un paquet de chips. Tenez, prenez ça.

— Il *faut* que je travaille ici, insista-t-elle.

Le sel des chips piqua les égratignures sur ses mains. Bonner lui saisit les poignets pour les examiner.

— Je suis étonné que vous n'ayez pas pensé à mettre des gants.

— Je les ai oubliés dans ma résidence au bord de la mer. Si ça ne vous ennuie pas, ajouta-t-elle en se mettant debout, je vais aller me laver.

Il ne chercha pas à l'en empêcher et Edward la suivit jusqu'aux toilettes situées à l'arrière du bâtiment. Le côté « Femmes » était fermé à clé. La porte « hommes » était grande ouverte. La plomberie était dans un état pitoyable, mais il y avait un savon tout neuf sur le lavabo.

Après s'être rafraîchie, elle se contempla dans la glace. Elle n'était pas belle à voir. Sa robe était ignoble, son visage, blême. Elle se coiffa tant bien que mal avec ses doigts, puis se pinça les joues dans l'espoir de leur redonner un peu de couleur. Comment allait-elle se sortir de ce marasme ? L'Impala ne l'emmènerait plus nulle part, mais Rachel refusait de se déclarer vaincue.

Lorsqu'elle revint dans la salle, Bonner achevait d'installer ses éclairages. Elle afficha un large sourire et lui proposa, tandis qu'il repliait son escabeau :

— Je pourrais gratter ces murs. Ils ont besoin

d'un bon coup de peinture. Vous verrez, quand j'aurai fini, ce sera pas mal du tout.

— Laissez tomber, Rachel. Je ne vous engagerai pas. Vous n'avez pas voulu partir avec la dépanneuse, aussi j'ai demandé à quelqu'un d'autre de venir vous chercher. Allez attendre au bord de la route.

Rachel secoua violemment la tête.

— Impossible, Bonner. Mon destin est ici, dans ce drive-in.

— Ce n'est pas mon avis.

Il se fichait pas mal de sa situation.

Edward s'accrochait à sa jupe, le front plissé d'inquiétude. Rachel sentit qu'elle allait craquer. Elle était prête à tout pour protéger son enfant.

— Je vous en supplie, Bonner...

Elle marqua une pause, furieuse d'avoir à mendier de cette manière.

— Je ferai tout ce que vous voudrez.

Il leva la tête, lentement, et la contempla. Elle eut honte de sa tenue et de ses cheveux en désordre, mais elle éprouva en même temps un autre sentiment, bien plus troublant. Cet homme avait tout pouvoir sur elle. Elle était revenue à la case départ, comme six jours plus tôt au motel de Rorsch.

Il lui répondit d'une voix presque inaudible :

— J'en doute.

Cette fois, Rachel était à bout. Elle n'avait plus le courage de se battre. Elle s'humecta les lèvres et s'adressa à son fils, sans pour autant quitter des yeux Gabriel Bonner.

— Mon trésor, j'ai besoin de parler avec M. Bonner. Va jouer sur la tortue.

— J'ai pas envie.

— Ne discute pas. Allez, chéri, vite. Je n'en ai pas pour longtemps.

Il obéit à contrecœur. Les yeux de Rachel s'emplirent de larmes, mais elle les refoula aussitôt. Pleurer ne servirait à rien.

Fermant les portes du bar, elle se tourna vers Bonner. Tête haute.

— J'ai besoin d'argent, et je ne reculerai devant rien pour en avoir.

Il émit un son qui ressemblait à un rire.

— Vous n'êtes pas sérieuse.

— Oh, si ! répliqua-t-elle. Promesse de scout.

Elle entreprit de déboutonner le haut de sa robe. Il ne bougea pas. Elle se demanda s'il était marié. Probablement, vu son âge et son physique. Intérieurement, elle demanda à cette femme dont elle ne connaissait pas le visage de lui pardonner.

— N'avez-vous aucune dignité ? murmura-t-il.

— Tous mes stocks sont épuisés.

Le dernier bouton céda. Elle laissa glisser le tissu bleu sur ses épaules. La robe tomba à ses pieds.

Le regard gris métallique s'attarda sur son buste trop maigre.

— Rhabillez-vous.

Ignorant cet ordre, elle s'obligea à avancer jusqu'à lui, en slip et en sandales. Toujours tête haute.

— Je suis prête à travailler jour et nuit, Bonner. Aucun homme n'accepterait ça.

Elle le saisit par le bras.

— Ne me touchez pas !

Il s'écarta brutalement, comme si elle l'avait brûlé. Cette fois, ses yeux luisaient d'une rage intense qui fit peur à Rachel. Elle recula d'un pas. Gabriel ramassa son vêtement et le lui tendit.

— Remettez ça.

Vaincue, elle obéit. Sur le mur, l'affiche de G. Dwayne Snopes semblait la narguer.

*Pécheresse ! Traînée !*

Elle acheva de se rhabiller, tandis que Bonner se dirigeait vers la sortie. Sur le seuil, il se retourna, les mains sur les hanches, tête baissée. Il semblait avoir du mal à respirer.

À cet instant, la porte s'ouvrit brusquement derrière lui.

— Gabriel ! J'ai eu ton message...

Le révérend Ethan Bonner se figea. Blond, extrêmement séduisant, il avait les traits fins et le regard doux. Il était tout le contraire de son frère.

Rachel sut exactement à quel moment il la reconnut. Une lueur de mépris dansa dans ses prunelles, et il pinça les lèvres.

— Tiens ! Tiens ! La veuve Snopes est de retour.

## 3

Gabriel se tourna vers son frère.

— Qu'est-ce que tu racontes ?

Rachel eut la sensation qu'Ethan cherchait à protéger Gabriel. Il se rapprocha, comme pour le défendre, ce qui était ridicule, car Gabriel était beaucoup plus grand et nettement plus musclé.

— Elle ne t'a pas dit qui elle était ? reprit Ethan d'un ton accusateur. Il est vrai que les Snopes sont les champions du mensonge.

— Je ne suis pas de la famille, rétorqua Rachel.

— Tous ces pauvres gens qui vous ont envoyé de l'argent seraient surpris de l'apprendre.

Gabriel s'adressa à son frère.

— Elle m'a dit qu'elle s'appelait Rachel Stone.

— Il ne faut pas la croire, répondit Ethan d'une voix rassurante, comme s'il parlait à un grand malade. Cette femme est la veuve du peu regretté G. Dwayne Snopes.

— Pas possible !

Ethan s'avança. Son physique délicat et sa mise impeccable contrastaient fortement avec l'allure de Gabriel, nettement plus rustique.

— G. Dwayne est mort il y a environ trois ans, expliqua Ethan avec sollicitude. Tu vivais en Géorgie, à l'époque. Il était en fuite avec quelques millions de dollars qui ne lui appartenaient pas.

— J'ai vaguement entendu parler de cette histoire, en effet.

Gabriel semblait répondre par politesse plus que par intérêt. Rachel se demanda s'il était capable d'éprouver la moindre émotion. Son strip-tease l'avait laissé de glace. Elle frémit en pensant à ce qu'elle avait fait.

— Son avion est tombé en plein océan. Le corps a été retrouvé, mais l'argent est toujours au fond de l'Atlantique.

Gabriel s'adossa au comptoir et contempla Rachel. Elle fixa le bout de ses pieds.

— Jusqu'à son mariage, G. Dwayne était honnête, poursuivit Ethan. Seulement voilà, Mme Snopes aime les belles voitures et les vêtements de luxe. Pour la satisfaire, il a perdu la tête.

— Ce n'est ni le premier ni, sans doute, le dernier télévangéliste à succomber à la tentation.

Ethan serra les dents.

— Dwayne prêchait la théologie de la prospérité. « Donnez, et cela vous sera rendu au centuple. » Séparez-vous de votre dernier dollar, vous en récupérerez cent. Snopes présentait Dieu comme une sorte de machine à sous suprême, et ses fidèles tombaient dans le piège chaque fois. Ils lui envoyaient jusqu'à leurs allocations de chômeurs. Une habitante de la Caroline du Sud, qui souffrait de diabète, a fait don de l'argent qui devait lui servir pour acheter son insuline. Au lieu de lui renvoyer le chèque, Dwayne a lu sa lettre à la télévision en expliquant que c'était un exemple à suivre.

Ethan toisa Rachel avec dégoût.

— On a eu droit à un gros plan de Mme Snopes, au premier rang, couverte de bijoux et scintillante, des larmes de reconnaissance lui maculant le visage. Peu après, un journaliste a mené son enquête pour le *Charlotte Observer* et découvert que la dame en question était tombée dans un coma diabétique dont elle ne s'est jamais remise.

Oui, Rachel avait pleuré ce jour-là. De honte et d'impuissance. Mais personne ne le savait. Lors de chaque émission, elle était tenue d'apparaître au premier rang, coiffée, maquillée et vêtue des tenues choisies par Dwayne. Au début de son mariage, elle n'avait pas protesté. Petit à petit, lorsqu'elle avait découvert à quel point il était corrompu, elle avait tenté de se dérober. Malheureusement, sa grossesse avait rendu toute fuite impossible.

Quand le scandale avait éclaté, son mari s'était lancé dans de nombreuses confessions télévisées. Espérant sauver sa peau, il s'était servi des exemples d'Ève et de Dalila pour expliquer à ses fidèles qu'il s'était écarté du droit chemin à cause d'une faible pécheresse. Il était assez malin pour se reprocher ses fautes, mais le message était clair : s'il en était arrivé là, c'était à cause de son épouse, une pauvre créature égoïste.

Certaines personnes avaient compris le subterfuge, mais la plupart des gens étaient une fois de plus tombés sous le charme, et, en trois ans, Rachel avait essuyé d'innombrables rebuffades. Au départ, elle avait tenté de se justifier, d'expliquer que ce train de vie extravagant était le choix de Dwayne, pas le sien. On ne l'avait pas crue, et elle avait fini par se taire.

La porte grinça et s'ouvrit juste assez pour laisser passer le petit garçon. Il se précipita aux côtés de sa mère.

— Je t'avais dit de rester dehors.

Edward eut l'air penaud.

— J'ai vu un... un gros chien.

Rachel en doutait, mais elle le gratifia d'une petite tape réconfortante sur l'épaule. En même temps, elle fusilla Ethan du regard, le défiant de l'attaquer devant son fils.

Ethan se tourna vers l'enfant.

— J'avais oublié que vous aviez un garçon.

— Voici Edward, enchaîna-t-elle, comme si de rien n'était. Edward, je te présente le révérend Bonner.

— Salut !

Edward garda la tête résolument baissée et chuchota :

— Lui aussi, c'est un *charlotte thon* ?

Devant l'air intrigué d'Ethan, Rachel crut bon d'intervenir :

— Il veut savoir si vous êtes un charlatan. Il a entendu parler de son père, ajouta-t-elle d'un ton sec.

Un peu ahuri, Ethan se ressaisit très vite.

— Non, Edward, je ne suis pas un charlatan.

— Le révérend Bonner est un homme honnête, mon chéri. Il n'a pas de préjugés, et il se soucie du sort des pauvres.

— J'espère que vous ne songez pas à vous installer dans notre ville, madame Snopes, reprit Ethan. Votre présence n'y est pas souhaitée.

Il s'adressa à son frère.

— J'ai une réunion, il faut que j'y aille. Tu viens dîner un de ces soirs ?

Bonner inclina la tête en direction de Rachel et de son fils.

— Et pour eux, qu'est-ce qu'on fait ?

Ethan hésita.

— Je regrette, Gabriel, tu sais que je ferais n'importe quoi pour t'aider, mais là, c'est impossible. Mme Snopes n'a pas sa place à Salvation.

— Ethan ! Attends ! s'écria Gabriel en lui courant après.

Edward leva les yeux vers sa mère.

— Personne ne nous aime, hein, maman ?

Elle ravala un sanglot.

— Mon trésor, on est les meilleurs. S'ils ne s'en rendent pas compte, tant pis pour eux.

Gabriel reparut, visiblement irrité. Il se planta devant la jeune femme. Elle était pourtant une femme assez grande, mais il lui donnait l'impression d'être minuscule et sans défense.

— C'est bien la première fois que je vois mon frère repousser quelqu'un de cette manière.

— Je sais par expérience que la générosité chrétienne a ses limites.

— Je ne veux pas de vous ici !

Il s'assombrit.

— Cet endroit est dangereux pour un enfant.

— Je sais où le faire garder, mentit-elle.

Edward s'accrocha à sa jupe.

— Si je vous engage, ce ne sera que pour quelques jours, en attendant de trouver quelqu'un d'autre.

Rachel eut du mal à contenir sa joie.

— Je comprends.

— Bon, gronda-t-il. Demain matin, huit heures. Et vous avez intérêt à vous donner à fond.

— Vous pouvez compter sur moi.

— Ce n'est pas à moi de vous trouver un logement.

— J'en ai un.

Il la dévisagea d'un air soupçonneux.

— Où ?

— Ça ne vous regarde pas. Je suis une grande fille, Bonner. J'ai simplement besoin d'un emploi.

Le téléphone sonna. Gabriel alla décrocher, et Rachel écouta distraitement sa conversation. Il s'agissait d'un problème de livraison.

— J'arrive, décréta enfin Bonner.

Il raccrocha, puis traversa la salle et ouvrit la porte. Il s'effaça, non par courtoisie, mais bien pour signifier qu'il était pressé de se débarrasser d'elle.

— J'ai une course à faire en ville. Nous reparlerons de tout cela à mon retour.

— Je vous ai dit qu'il n'y avait pas de problème.

— Nous verrons ça plus tard, trancha-t-il. Attendez-moi à l'aire de jeux, et débrouillez-vous pour occuper votre fils.

Dès que sa camionnette eut disparu, Rachel se précipita vers l'Impala. Pendant qu'Edward se reposait sur la banquette arrière, elle lava leurs vêtements dans le petit ruisseau qui serpentait à travers le bois. Puis elle se changea. Lorsque Edward se réveilla, ils chantèrent des comptines et jouèrent aux devinettes.

Les ombres s'allongeaient, l'après-midi s'étiolait. Il ne leur restait plus rien à manger. Il fallait à tout prix trouver une épicerie. Tenant son fils par la main, Rachel longea la route un moment, puis, jugeant qu'ils étaient assez loin du drive-in, elle décida de faire du stop.

Une Cadillac blanche apparut bientôt, avec à son bord un couple de retraités, en vacances dans la région. Ils déposèrent la mère et le fils devant le magasin Ingles, à la lisière de la ville. Ils n'avaient pas reconnu la veuve Snopes.

La sérénité de Rachel fut de courte durée. Elle arpentait une allée depuis quelques minutes, quand elle sentit sur elle le regard d'un employé du magasin. Elle se concentra sur sa tâche : choisir des poires pas trop abîmées dans le bac des fruits au rabais. Du coin de l'œil, elle remarqua une dame aux cheveux gris qui se penchait vers son mari pour lui chuchoter quelque chose.

Depuis le scandale, Rachel avait beaucoup changé, mais ici, elle était à Salvation, et les habitants l'avaient vue non seulement à la télévision, mais aussi en chair et en os. Elle avait beau être décoiffée et mal fagotée, ils savaient qui elle était. Elle se dirigea précipitamment vers le rayon boulangerie.

Là, une femme d'une quarantaine d'années à l'allure sévère reposa brutalement son paquet de muffins sur l'étagère et dévisagea Rachel comme si elle venait de voir le diable.

— Vous ! cracha-t-elle.

Rachel n'avait jamais oublié Carol Dennis. Venue au Temple en tant que bénévole, elle avait gravi les échelons pour devenir l'une des principales assistantes de Dwayne. Profondément croyante, Carol vénérait le prédicateur. Lorsque ses problèmes avaient éclaté au grand jour, Carol avait eu du mal à accepter que son mentor, G. Dwayne Snopes, pût être corrompu. Elle s'était empressée d'accuser Rachel d'être à l'origine de sa chute.

Elle était maigre, dotée d'un long nez et d'un menton pointu. Ses yeux étaient aussi noirs que ses cheveux colorés, son teint, blafard.

— Vous êtes de retour. Je n'en reviens pas.

— Nous sommes dans un pays libre, riposta Rachel.

— Comment osez-vous vous montrer ici ?

Rachel tendit à Edward un pain complet en tranches.

— Mon chéri, tu veux bien porter ça, s'il te plaît ? lui demanda-t-elle en l'éloignant.

L'expression de la femme se radoucit devant l'enfant.

— Je ne t'ai pas vu depuis que tu étais tout bébé. Tu es un beau jeune homme, maintenant. Je parie que ton papa te manque beaucoup.

Edward était souvent accosté par les inconnus, et il avait horreur de cela. Il fixa le bout de ses chaussures.

Rachel tenta une nouvelle fois de s'échapper, mais Carol poussa son Caddie de façon à lui barrer le chemin.

— Dieu nous recommande d'aimer les pécheurs, mais en ce qui vous concerne, j'ai du mal.

— Dévote comme vous l'êtes, vous finirez bien par y arriver, rétorqua Rachel.

— Vous ne pouvez pas vous imaginer combien j'ai prié pour vous.

— Je vous conseille d'adresser vos prières à ceux qui en ont besoin.

— Vous n'êtes pas la bienvenue à Salvation, Rachel. Nombre d'entre nous ont donné leur vie au Temple. Vous ne vous doutez pas des souffrances que nous avons endurées. Nous avons la mémoire tenace. Si vous croyez que nous vous laisserons vous installer ici comme si de rien n'était, vous vous trompez.

Rachel savait qu'elle avait tort de répondre, mais elle ne put s'en empêcher.

— Moi aussi, j'étais croyante.

— Vous ne pensiez qu'à vous, à satisfaire vos désirs.

— Vous ne savez rien de moi.

— Si vous faisiez preuve d'un tant soit peu de remords, nous pourrions vous pardonner. Mais vous n'avez honte de rien, n'est-ce pas, Rachel ?

— Je n'ai rien à me reprocher.

— Il a confessé ses péchés. Pas vous. Votre mari était un homme de Dieu, et vous l'avez détruit.

— Dwayne est l'unique responsable de sa déchéance.

Rachel poussa Edward devant elle. Malheureusement, à cet instant précis, un adolescent surgit au bout de l'allée avec un paquet de chips et un soda. D'apparence frêle, les cheveux sales, les oreilles percées, il portait un jean trop grand et une chemise fripée ouverte sur un tee-shirt noir. Il s'immobilisa en voyant Rachel. Son expression devint hostile.

— Qu'est-ce qu'elle fait là ?

— Rachel est revenue, déclara Carol d'un ton glacial.

La jeune femme se rappela que Carol était divorcée et qu'elle avait un fils. Jamais elle n'aurait reconnu en lui le petit garçon silencieux et obéissant dont elle avait le souvenir.

Tremblante, Rachel se détourna et s'échappa enfin. Derrière elle, elle entendit Carol glapir :

— Il n'est pas question que je t'achète ces cochonneries.

— Je les paierai moi-même !

— Non. Et tu ne sortiras pas ce soir.

— On va juste au cinéma. Tu ne peux pas m'en empêcher.

— Ne me raconte pas d'histoires, Bobby. La dernière fois, tu empestais l'alcool quand tu es rentré. Je sais exactement à quoi vous passez vos soirées.

— Tu ne sais rien de rien.

Edward leva les yeux vers sa mère, choqué.

— C'est la maman du garçon ?

Elle accéléra le pas, mais Edward insista.

— Ils ne s'aiment pas ?

— Bien sûr que si, ils ont quelques petits problèmes, c'est tout.

Rachel acheva ses courses en s'efforçant d'ignorer les regards intrigués et les murmures de désapprobation. Elle ne s'était pas attendue à un accueil chaleureux, mais l'ampleur de l'animosité suscitée par sa seule présence l'effraya. Trois ans s'étaient écoulés, mais les habitants de Salvation n'avaient pas oublié.

Sur le chemin du retour, en marchant le long de la route, Rachel essaya de comprendre les raisons de l'agressivité de Bobby Dennis. De toute évidence, il avait des difficultés avec sa mère. Ce n'était pas Carol qui influençait son comportement. D'ailleurs, il avait paru en vouloir personnellement à Rachel.

Une grand-mère attentionnée s'arrêta pour leur proposer de les emmener, et Rachel accepta avec empressement. Lorsqu'elle descendit de la voiture, elle trébucha, et la bride de sa sandale droite craqua. Il ne lui restait désormais plus qu'une paire de chaussures.

Edward s'endormit avant vingt et une heures. Assise pieds nus sur le coffre de l'Impala, un drap de bain sur les épaules, elle déplia la photo qu'elle avait arrachée dans une revue et qui était à l'origine de sa visite à Salvation. Le faisceau de sa lampe de poche éclaira le visage de Charles, le frère aîné de Gabriel.

Ils se ressemblaient beaucoup, mais les traits de Charles paraissaient radoucis par une expression de bonheur. Rachel se demanda si la jolie blonde à ses côtés, son épouse, était responsable de ce bonheur. Ils avaient été photographiés dans le bureau de l'ancienne maison de Rachel, un vaste manoir situé de l'autre côté de la ville. Confisquée par l'État pour couvrir les dettes de Dwayne, la demeure était restée vide jusqu'à ce que Charles l'achète, à la veille de son mariage.

Ce n'était pas par nostalgie qu'elle avait conservé ce cliché, mais parce qu'elle y avait repéré un détail. Sur les étagères, juste derrière la tête de Charles Bonner, trônait un petit coffre en cuir.

Dwayne l'avait acheté trois ans et demi plus tôt à un antiquaire qui s'arrangeait pour que les acquisitions exorbitantes du prédicateur restent secrètes. Dwayne voulait à tout prix ce coffre qui avait appartenu à John F. Kennedy. Il n'était pas un grand admirateur du défunt président, mais tout ce qui était associé aux riches et aux célébrités le fascinait. Dans les semaines qui avaient précédé sa mort, tandis que le filet se resserrait autour de lui, il avait passé beaucoup de temps à le contempler.

Un après-midi, il lui avait téléphoné depuis l'aérodrome pour lui expliquer, paniqué, qu'on était sur le point de l'arrêter.

— Je pensais avoir plus de temps devant moi, mais ils vont débarquer à la maison ce soir, et il faut que j'aie quitté le pays d'ici là. Je ne suis pas prêt, Rachel. Amène-moi Edward pour que je puisse lui dire au revoir. Il faut que je le voie, tu ne peux pas me laisser tomber maintenant.

Il craignait un refus : elle lui en voulait terriblement de ne jamais s'être occupé de son fils. S'il avait insisté pour baptiser Edward devant des milliers de téléspectateurs, son rôle de père s'était limité à cela. Rachel avait connu ses premières désillusions peu de temps après leur mariage, mais elle ne s'était rendu compte de l'étendue du désastre qu'une fois enceinte. Cependant, elle ne pouvait pas le priver d'une dernière rencontre avec son fils.

— D'accord. J'arrive le plus vite possible.

— Ah ! Et apporte-moi un petit souvenir de la maison : mon coffre en cuir. Ma Bible, aussi.

Si elle comprenait son désir de récupérer la Bible que lui avait offerte sa mère, Rachel avait tout de suite eu des soupçons concernant le coffre. Il manquait au moins cinq millions de dollars dans les comptes du Temple. Elle avait cassé le cadenas et vérifié qu'il n'y avait rien à l'intérieur avant de le lui apporter.

Elle avait foncé sur les routes tortueuses, son fils de deux ans à l'arrière, Jeannot entre les mains. La Bible était sur le siège du passager, le coffre, par terre. Malheureusement, Rachel était arrivée trop tard.

La police avait décidé de ne pas attendre la nuit pour effectuer sa descente chez le prédicateur. Agissant sur un coup de fil anonyme, le shérif et ses hommes s'étaient précipités à l'aérodrome. Pressentant leur approche, Dwayne avait décollé immédiatement. Deux policiers avaient obligé Rachel à descendre de son véhicule. Ils avaient confisqué tout ce qu'elle possédait, même le fauteuil d'Edward. Plus tard, l'un d'entre eux les avait ramenés chez eux.

Elle n'avait appris la nouvelle de l'accident que le lendemain matin. Peu après, on l'avait expulsée de sa demeure avec le strict nécessaire. Elle avait commencé à comprendre, ce jour-là, à quel point la société pouvait se montrer cruelle envers la veuve d'un télévangéliste corrompu.

Elle n'avait plus jamais revu le coffre en cuir, avant de tomber par hasard sur un exemplaire de

*People Magazine* abandonné à la laverie. Elle s'était demandé pendant trois ans ce qu'avait pu devenir cet objet. Lorsqu'elle avait cassé le cadenas, elle n'avait jeté qu'un bref coup d'œil à l'intérieur. Dwayne avait-il pu y cacher de l'argent, sous un double fond ? À moins qu'il n'y ait dissimulé la clé d'un coffre-fort ?

Rachel frissonna et resserra la serviette de bain autour de ses épaules. Un sentiment d'amertume l'envahit. Son fils dormait sur la banquette arrière d'une voiture en panne après avoir mangé un sandwich à la confiture et une poire. Mais cinq millions de dollars avaient disparu. Cet argent était à elle.

Même après avoir remboursé toutes les dettes de Dwayne, il lui resterait de quoi subvenir à ses besoins et à ceux d'Edward. Elle ne rêvait ni de yachts, ni de bijoux, mais d'une petite maison dans un quartier agréable. Elle voulait qu'Edward puisse manger à sa faim et porter des vêtements neufs. Elle voulait l'envoyer dans de bonnes écoles, lui offrir une bicyclette...

Malheureusement, rien de cela ne serait possible si Gabriel Bonner n'y mettait pas un peu du sien. Rachel savait qu'il lui faudrait sans doute plusieurs semaines avant de pouvoir s'introduire dans son ancienne maison à la recherche du coffre. D'ici là, elle devait survivre. Donc, travailler.

Les feuilles bruissèrent au-dessus de sa tête. Elle frémit en pensant à ce qu'elle avait fait un peu plus tôt dans la journée. Pour sauver Edward, elle se devait d'abandonner ses scrupules. Elle décida qu'elle ne reculerait devant aucun sacrifice pour rester dans les bonnes grâces de Gabriel Bonner.

# 4

Quand la camionnette de Gabriel passa le portail du drive-in à sept heures quarante-cinq le lendemain matin, Rachel était déjà à l'ouvrage.

Elle portait un jean usé jusqu'à la corde. Ses sandales ayant rendu l'âme, elle était obligée de mettre l'unique paire de chaussures qu'elle possédait, des mocassins noirs récupérés auprès d'une ex-collègue.

Si Rachel avait espéré impressionner son nouveau patron par son zèle, elle comprit tout de suite qu'elle s'était trompée. Il gara le véhicule à sa hauteur et en descendit sans arrêter le moteur.

— Je vous avais dit d'être là pour huit heures.

— J'y serai ! répliqua-t-elle d'une voix enjouée. J'ai encore un quart d'heure devant moi.

— Je ne veux pas que vous traîniez ici sans que j'y sois.

Toutes les bonnes résolutions de Rachel s'envolèrent.

— Du calme, Bonner. Rien de ce que vous avez ici ne m'intéresse.

— Je crois m'être exprimé clairement.

— Vous êtes bien irrité, de si bon matin.

— Je le suis vingt-quatre heures sur vingt-quatre. Où avez-vous dormi cette nuit ?

— Chez une amie. Il m'en reste encore, mentit-elle.

Gabriel sortit une paire de gants de jardinage de la poche arrière de son jean et les lui tendit.

— Tenez, mettez ça.

— Je suis très touchée.

D'ici à la fin de la journée, elle allait lui demander une avance sur salaire. Ce n'était pas le moment de l'agacer. Cependant, en le voyant reprendre sa place derrière le volant, l'air parfaitement impassible, elle ne put résister à la tentation de lui lancer une petite pique.

— Un bon café vous remettrait d'aplomb. Je veux bien le préparer.

— Je m'en occuperai moi-même.

— Génial. Quand il sera prêt, apportez-m'en une tasse.

Il claqua la portière et démarra en trombe, la laissant dans un nuage de poussière. *Abruti !* Elle enfila les gants et se remit au travail en s'efforçant d'ignorer les protestations de ses muscles endoloris.

Jamais elle ne s'était sentie aussi fatiguée. Elle n'avait qu'une envie : s'allonger à l'ombre et dormir. Si seulement elle pouvait boire un café...

Du bon café. Elle n'en avait pas bu depuis des semaines. Le goût, l'arôme lui manquaient. Paupières closes, elle s'accorda un instant de nostalgie.

Un hurlement de musique techno s'échappa du bar, mettant un terme à sa rêverie. Elle jeta un coup d'œil en direction de l'aire de jeux. Edward surgit de derrière la tortue. Si sa venue matinale avait suffi à mettre Bonner en colère, que dirait-il en découvrant Edward ?

Dès son arrivée, Rachel avait enlevé les bouts de verre et de métal sur lesquels son fils aurait pu se blesser. Ensuite, elle lui avait confié un grand sac en plastique pour y jeter tous les détritus. Au pied de l'écran géant, elle avait dissimulé dans un buisson un peu de nourriture, de l'eau, et une serviette de bain pour qu'Edward puisse se reposer, le cas échéant. Après cela, elle lui avait proposé une partie de « Où est passé Edward ? ».

— Essaie de te débrouiller pour que M. Bonner ne t'aperçoive pas de la matinée. Tu crois que c'est possible ?

— Bien sûr !

Elle l'avait embrassé et s'était mise au travail. Tôt ou tard, Bonner finirait par le repérer. Le plus tard serait le mieux. Détestait-il tous les enfants, ou réservait-il son antipathie au sien ?

Une heure plus tard, Gabriel vint lui demander de ramasser les ordures à l'entrée du drive-in. C'était moins ardu que d'arracher les mauvaises herbes, et Rachel accepta avec plaisir. Lorsqu'il eut disparu, Edward la rejoignit, et à eux deux, ils finirent en un temps record.

Rachel remit ses gants de jardinage. À peine s'était-elle accroupie, qu'une paire de bottes maculées de peinture apparut dans son champ de vision.

— Je vous ai dit de ramasser les détritus devant le portail.

Elle avait l'intention de répondre poliment, mais sa langue fourcha.

— C'est déjà fait, *Kommandant*. Vos désirs sont des ordres.

Il plissa les yeux.

— Allez nettoyer les toilettes des femmes, pour que je puisse les repeindre.

— Pas possible ! Une promotion ! Et le premier jour, en plus !

Il la dévisagea longuement.

— Attention, Rachel. N'oubliez pas que votre présence m'importune.

Il s'éloigna avant qu'elle ne puisse rétorquer quoi que ce soit.

D'un signe de la main, elle fit comprendre à Edward qu'elle allait à l'intérieur du bâtiment. Elle trouva dans un placard tous les produits et ustensiles dont elle avait besoin, mais fut vite attirée par la machine à café. Bonner en avait préparé suffisamment pour deux personnes. Elle s'en versa une pleine tasse.

Dans les vestiaires, la plomberie était ancienne, mais encore utilisable. Rachel décida d'en finir au plus vite avec les cuvettes. Quelques minutes plus tard, elle perçut un bruit de pas derrière elle.

— Beurk!

— Tu l'as dit, camarade!

— Je me rappelle, quand on était riches.

— Tu n'avais que deux ans. Tu ne peux pas t'en souvenir.

— Si, si. Il y avait des dessins de trains sur les murs de ma chambre.

Rachel avait décoré la pièce elle-même. La nursery et sa propre chambre étaient les deux seules pièces auxquelles elle avait eu le droit de toucher, et elle y avait passé le plus de temps possible.

— Je retourne dehors, annonça Edward.

— Je te comprends.

— Tu sais, il ne m'a pas encore vu.

— Tu es un champion.

Rachel reprit son ouvrage en souriant. Elle ne l'avait pas vu si heureux depuis longtemps. Ce jeu de cache-cache l'amusait, et le bon air lui était bénéfique.

À treize heures, Rachel avait astiqué six des cabines. Elle était tellement épuisée qu'elle en avait le vertige. Une voix s'éleva derrière elle :

— Arrêtez-vous un peu. Vous ne me serez pas très utile, si vous tombez encore dans les pommes.

Elle se leva en s'appuyant sur la paroi métallique, puis, se retournant, découvrit Bonner à l'entrée des toilettes.

— Je me reposerai quand je serai fatiguée. Pour le moment, ça va.

— Tu parles! railla-t-il. Vous trouverez un hamburger et des frites sur le comptoir du bar. Je vous conseille vivement de les manger.

Il tourna les talons. Quelques instants plus tard, elle l'entendit marcher au-dessus de sa tête, dans la salle de projection.

Rachel se lava les mains et se précipita dans la salle de restaurant, où l'attendait son déjeuner. Pendant quelques instants, elle ne put que le contempler en respirant les odeurs de ce festin à l'américaine. Au travail depuis six heures du matin, elle n'avait rien dans le ventre. Elle savait qu'elle devait se nourrir si elle voulait tenir le coup, mais...

S'assurant que Bonner n'était pas dans les parages, elle se dirigea avec son précieux paquet jusqu'à l'aire de jeux, où Edward l'attendait.

— Regarde ! J'ai une surprise pour toi. C'est ton jour de chance.

— Un hamburger !

— Et c'est celui que tu préfères !

Elle rit en voyant son fils se jeter sur le sac en papier. Pendant qu'il engloutissait ses frites, elle sortit de sa cachette le maigre repas qu'elle avait apporté. Elle ne s'autorisa à manger qu'une seule tartine.

— Tu veux des frites ?

Elle en salivait presque.

— Non, merci, mon trésor. C'est trop gras pour une femme de mon âge.

Après le déjeuner, elle se consacra encore pendant deux heures au nettoyage des toilettes avant qu'elle ne se déclare satisfaite de son travail. Toutes les cabines étaient propres. Elle s'apprêtait à gratter les portes en prévision du prochain coup de peinture, quand elle entendit un rugissement.

— Rachel !

Qu'avait-elle encore fait ? Elle se leva précipitamment, et mille et une étoiles dansèrent devant ses yeux.

— Rachel, venez ici immédiatement !

Elle se dirigea vers la sortie. Le soleil l'aveugla un instant, mais lorsque ses yeux furent habitués à la lumière, elle poussa un cri.

Bonner tenait Edward par le col de son vieux tee-shirt orange. Ses baskets noires pleines de poussière se balançaient à dix centimètres du sol, et Jeannot gisait à ses pieds.

— Je vous avais dit de ne pas l'amener ici.

Oubliant sa fatigue, elle se jeta en avant.

— Lâchez-le ! Vous lui faites peur !

— Je vous ai prévenue. Il ne peut pas rester ici, c'est trop dangereux.

Il déposa Edward par terre. Libéré, l'enfant resta cloué sur place, victime une fois de plus d'un adulte dont il ne pouvait ni comprendre le comportement ni maîtriser la force. Rachel ramassa le pauvre Jeannot, et serra son fils contre elle.

— Que vouliez-vous que je fasse de lui ?

— Ce n'est pas mon problème.

— On voit bien que vous n'avez jamais eu la responsabilité d'un enfant !

Gabriel se figea. Plusieurs secondes s'écoulèrent avant qu'il ne reprenne la parole.

— Vous êtes virée. Allez-vous-en d'ici.

Edward se mit à pleurer. Il s'accrocha au cou de sa mère.

— Pardon, maman. J'ai essayé de rester caché, mais il m'a trouvé.

Le cœur de Rachel battait à toute allure, elle avait les jambes en coton. Elle aurait volontiers accusé Gabriel de cruauté mentale, mais à quoi bon ? D'ailleurs, il suffisait de voir le visage de Bonner pour comprendre qu'il ne reviendrait pas sur sa décision.

Il sortit son portefeuille, compta plusieurs billets, les donna à la jeune femme.

— Prenez ça.

Elle baissa la tête. Elle avait tout sacrifié pour son fils. Devait-elle aussi abandonner ce qui lui restait de fierté ?

Lentement, ses doigts se refermèrent sur l'argent. Edward eut un sanglot.

— Chut, mon chéri… Ce n'est pas ta faute.

— Il m'a vu.

— Il lui a fallu toute la journée pour te découvrir. Tu t'es drôlement bien débrouillé.

Sans un regard pour Bonner, elle emmena Edward jusqu'à l'aire de jeux, où ils rassemblèrent leurs affaires. Ravalant ses larmes, elle prit son fils par la main. Décidément, Gabriel Bonner n'avait pas de cœur.

Gabriel Bonner pleura dans son sommeil cette nuit-là. Il se réveilla en sursaut vers trois heures du matin, l'oreiller trempé, un goût amer dans la bouche.

Il avait rêvé d'eux. Cherry et Jamie, son épouse et son fils. Mais cette fois, le visage tant aimé de Cherry n'avait cessé de disparaître derrière celui, mince et volontaire, de Rachel Stone. Quant à son fils, il gisait dans son cercueil, un lapin en peluche entre les mains.

Bonner s'assit au bord de son lit et demeura immobile un long moment, les épaules voûtées, la tête dans les mains. Pour finir, il ouvrit le tiroir de sa table de chevet et en sortit un Smith & Wesson.

Le revolver était lourd. *Vas-y. Retourne-le, mets-le dans ta bouche et tire*. Le bout du canon effleura ses lèvres, et il ferma les yeux. Le métal était froid. Il ne lui restait plus qu'à appuyer.

Mais il en fut incapable, et l'espace d'un éclair il éprouva de la haine contre sa famille, qui l'empêchait de trouver la paix. Que ce soit son père, sa mère ou ses deux frères, jamais ils ne supporteraient la douleur de son suicide. À cause de leur amour obstiné, il se trouvait enchaîné à une existence qui lui était devenue insupportable.

Il rangea l'arme dans le tiroir et en extirpa une photo encadrée. Cherry lui souriait. Belle, intelligente, vive, elle lui avait tout donné. Notamment Jamie.

Du bout du doigt, Gabriel caressa le cadre. Un flot de souffrance le submergea.

*Mon fils*.

On lui avait dit que la douleur s'estomperait au bout d'un an. On lui avait menti. Deux années avaient passé, depuis que Cherry et Jamie avaient péri dans un accident de la route. La douleur ne s'apaisait pas, bien au contraire.

Gabriel s'était réfugié un temps au Mexique, où il avait vécu de tequila et d'ecstasy. Lorsque, quatre mois auparavant, ses frères étaient venus le chercher, il avait insulté Ethan et frappé Charles. En vain. Ils l'avaient ramené malgré lui. Une cure de désintoxication avait achevé de détruire ce qui lui restait d'émotion.

Quelque chose avait changé, cependant. Depuis la veille.

Il revit le corps maigre et nu de Rachel. Il avait éprouvé un élan de désir. Il n'en revenait toujours pas.

Après la mort de Cherry, il avait rencontré une Mexicaine, une prostituée aux courbes harmonieuses et au sourire chaleureux. Il avait espéré atténuer son angoisse en sa compagnie, mais ça n'avait pas marché. Trop de cachets, trop d'alcool, trop de souffrances. Il l'avait renvoyée sans même la toucher.

En dépit de son expérience et de ses talents, la Mexicaine l'avait laissé de marbre. Rachel Stone, trop maigre, le regard défiant, avait réussi à pénétrer la muraille qu'il avait érigée autour de lui. Comment l'expliquer ?

Il se rappela la façon dont Cherry se lovait contre lui, après l'amour. *J'aime ta douceur, Gabriel. Tu es l'homme le plus doux que je connaisse.*

Il avait bien changé. Il rangea la photo et alla se planter devant la fenêtre.

Rachel Stone ne le savait pas encore, mais il venait de lui rendre un grand service en la renvoyant.

## 5

— Vous n'avez pas le droit ! s'exclama Rachel. Nous ne faisons de mal à personne.

Le policier, M. Armstrong, l'ignora et se tourna vers le chauffeur de la dépanneuse.

— Allez-y, Dealy. Sortez-moi cette carcasse de là.

Accablée, Rachel regarda la camionnette se mettre en place. Vingt-quatre heures s'étaient écoulées depuis que Bonner l'avait renvoyée. Elle était dans un tel état de fatigue qu'elle n'avait pas eu le courage de quitter sa voiture. Une demi-heure plus tôt, le policier, intrigué par le reflet du soleil sur le pare-brise, s'était arrêté pour voir ce qui se passait.

Rachel avait tout de suite compris que la situation était grave. Il l'avait examinée de bas en haut, puis avait craché :

— Carol Dennis m'a dit que vous étiez de retour. Ce n'est pas très malin, madame Snopes.

Elle avait répliqué qu'elle s'appelait Stone : après la mort de Dwayne, elle avait officiellement repris son nom de jeune fille. Elle avait eu beau lui montrer son permis de conduire pour le lui prouver, il s'obstinait à l'appeler Snopes. Il lui avait ordonné de bouger l'Impala, mais lorsqu'elle lui avait expliqué que la voiture était en panne, il avait appelé le garage.

Comme Dealy entreprenait de dérouler le câble pour l'accrocher sous le pare-chocs arrière, elle lâcha la main d'Edward et se précipita devant le mécanicien.

— Ne faites pas ça, je vous en supplie. Nous ne gênons personne.

Il hésita, dévisagea Armstrong.

L'officier de police, aux cheveux blonds, au visage ridé et aux petits yeux luisants, demeura intransigeant.

— N'insistez pas, madame Stone. Vous êtes ici sur une propriété privée.

— Je le sais, mais ce n'est pas pour longtemps. Je vous en prie. Soyez un peu indulgent...

— Poussez-vous de là, madame Snopes, sinon je vous arrête pour obstruction à la justice.

Elle vit qu'il prenait un malin plaisir à la narguer. Il ne changerait pas d'avis.

— Mon nom est Stone.

Edward vint glisser sa main dans celle de sa mère. Dealy poursuivit sa tâche.

— Du temps de votre mari, vous étiez bien contente de porter son nom. Ma femme et moi, on était des fidèles du Temple. Shelby a même fait don de l'héritage qu'elle a reçu de sa mère, pour aider tous ces pauvres orphelins. Ce n'était pas grand-chose, mais c'était tout ce qu'elle avait. Aujourd'hui, elle n'en revient toujours pas d'avoir été dupée.

— Je suis désolée, mais comme vous pouvez le constater, ni mon fils ni moi n'en avons profité.

— Ça n'a pas été perdu pour tout le monde.

— Vous avez un problème, Jake ?

Le découragement la saisit en reconnaissant la voix grave. Edward se blottit contre elle. Elle avait espéré ne plus jamais revoir Bonner. Quel nouveau supplice allait-il lui infliger ?

De son regard gris, impassible, il embrassa la scène. Elle lui avait dit qu'elle logeait chez une amie. Il voyait bien maintenant qu'elle avait menti. Il regarda l'Impala, puis le tas d'affaires personnelles par terre. Un sentiment de honte la submergea. Il lui restait si peu de choses.

Armstrong salua le nouveau venu d'un signe de la tête.

— Gabriel. C'est la veuve Snopes qui squatte un domaine privé.

— Vraiment ?

— Vous avez un emploi, madame Snopes ?

Refusant de rencontrer le regard de Gabriel, elle se concentra sur l'Impala, qui s'éloignait déjà.

— Par pour le moment. Et je m'appelle Stone.

— Pas d'emploi, pas d'argent, à en juger par les apparences.

Armstrong frotta son menton boutonneux.

— Je pourrais vous inculper pour vagabondage. Les journalistes en feraient des gorges chaudes. La femme de G. Dwayne Snopes arrêtée pour vagabondage !

Il s'en réjouissait à l'avance. Edward se pressa contre elle, et elle lui tapota le crâne.

— Je ne suis pas une vagabonde.

— Pourtant, ça m'en a tout l'air. Expliquez-moi donc comment vous faites pour élever votre fils.

Rachel faillit céder à la panique. Armstrong comprit qu'elle avait peur.

— J'ai de l'argent, dit-elle précipitamment.

— Mais oui, mais oui, railla-t-il.

Elle plongea la main dans la poche de sa robe et en sortit la liasse que lui avait donnée Gabriel. Cent dollars. Armstrong vint se planter devant elle.

— Vous avez à peine de quoi payer Dealy pour l'enlèvement de la voiture. Que ferez-vous ensuite ?

— Je trouverai du travail.

— Pas à Salvation. Les gens d'ici supportent mal qu'on se cache derrière Dieu pour gagner le gros lot. Ma femme n'est pas la seule à avoir tout perdu. Si vous espérez qu'on va vous engager, vous vous trompez.

— J'irai ailleurs.

— Avec votre môme ? Je me demande comment réagiraient les services sociaux...

Rachel se raidit, terrorisée. Il avait touché le point le plus vulnérable. Edward s'agrippa à sa jupe, et elle eut un mal fou à ne pas perdre son calme.

— Mon fils est très bien avec moi.

— Peut-être bien que oui, peut-être bien que non. Vous allez venir avec moi au commissariat. Je passerai un petit coup de fil à l'assistante sociale. On verra bien ce qu'elle décidera.

— Mêlez-vous donc de vos affaires ! s'emporta-t-elle. Je ne viendrai pas.

— Je crois que si.

Elle recula, entraînant Edward avec elle.

— Non. Vous ne pouvez pas m'y obliger.

— Madame Snopes, je vous conseille de ne pas discuter.

— Je n'ai rien fait de mal ! Je ne vous laisserai pas...

Edward poussa un gémissement de détresse : Armstrong brandissait une paire de menottes.

— C'est à vous de voir, madame Snopes. Vous venez de votre plein gré, oui ou non ?

Elle prit Edward dans ses bras, prête à fuir. Soudain, Bonner s'avança.

— Ce n'est pas nécessaire, Jake. Rachel n'est pas une vagabonde.

La jeune femme resserra son étreinte autour de son fils. Armstrong grogna, agacé par cette intervention.

— Elle n'a pas d'argent, pas de logement, pas de travail.

— Rachel n'est pas une vagabonde, répéta Bonner.

— Gabriel, je sais que vous avez grandi à Salvation, mais vous n'étiez pas dans les parages, quand G. Dwayne a arraché le cœur de cette ville, sans compter celui de la moitié du pays. Laissez-moi m'occuper de ça.

— Je croyais que nous parlions de Rachel, pas du passé.

— Restez en dehors de ça, Gabriel.

— Elle a un emploi. Chez moi.

— Depuis quand ?

— Depuis hier matin.

La gorge nouée, Rachel vit les deux hommes échanger des regards noirs. Bonner était le plus imposant, et Armstrong finit par se détourner. Furieux de voir son autorité remise en question, il raccrocha les menottes à sa ceinture.

— Je vous ai à l'œil, madame Snopes. Je vous préviens tout de suite, vous avez intérêt à vous méfier. Votre mari a enfreint toutes les lois et il s'en est sorti, mais soyez sûre que ce ne sera pas le cas pour vous.

Rachel ne relâcha Edward qu'une fois Armstrong disparu. La crise étant passée, son corps la trahit.

Elle s'avança de quelques pas et s'adossa au tronc d'un érable. Elle devait des remerciements à Bonner, mais les mots lui restaient en travers de la gorge.

— Vous m'aviez dit que vous logiez chez une amie.

— Je ne tenais pas à ce que vous sachiez que je vivais dans ma voiture.

— Retournez immédiatement au drive-in.

Il tourna les talons.

Gabriel était furieux. S'il n'était pas intervenu, elle se serait enfuie, donnant à Jake le prétexte idéal pour l'arrêter. À présent, il regrettait son geste.

Il perçut derrière lui le bruit des pas de la mère et du fils. Portée par la brise, la voix du petit lui parvint.

— Cette fois, maman, on va vraiment mourir ?

Une sensation de douleur intense l'envahit. Il s'était cru blindé, mais Rachel et Edward ravivaient toutes ses plaies.

Il accéléra. Elle n'avait pas le droit de s'immiscer de cette façon dans son existence. Il tenait à sa solitude. C'était précisément pour cela qu'il avait acheté ce drive-in.

Il se dirigea vers sa camionnette, garée devant la porte ouverte du bar. Les vitres étaient baissées. Il ouvrit brusquement la portière, mit le frein à main, puis se retourna pour les regarder venir.

Sentant qu'il l'observait, Rachel frémit. Elle leva la tête, baissa les épaules, et poursuivit son chemin d'une démarche décidée. Le petit, plus prudent, ralentit de plus en plus, puis finit par s'immobiliser.

Rachel se pencha pour le rassurer. Ses cheveux roux tombèrent en avant. Un souffle de vent aplatit sa robe usée contre ses hanches trop minces. Ses jambes paraissaient squelettiques, à cause des mocassins trop grands. Pourtant, une fois de plus, Bonner fut troublé. Ce constat ne fit qu'amplifier son irritation.

— Monte, fiston. Reste là, j'ai besoin de parler avec ta mère.

Le menton d'Edward trembla, et Bonner faillit craquer. Il se rappelait un autre enfant qui avait parfois eu du mal à maîtriser son angoisse, et l'espace d'un éclair, il crut qu'il allait s'effondrer.

Rachel, en revanche, conservait son sang-froid. Elle se planta fermement devant lui, les yeux brillants.

— Je le garde avec moi.

L'attitude de la jeune femme lui parut soudain insupportable. Elle était seule et désespérée. Quand comprendrait-elle qu'il ne lui restait plus rien ?

— Nous pouvons discuter devant lui ou en privé. À vous de choisir.

Elle ravala un torrent d'obscénités et poussa doucement son fils vers la camionnette en le rassurant. Jamie aurait bondi sur la banquette avec enthousiasme, mais Edward eut du mal à s'y hisser. Rachel avait dit qu'il avait cinq ans, l'âge de Jamie lorsqu'il était mort. Mais Jamie était grand et fort, il avait de bonnes couleurs, des yeux rieurs, il était espiègle. Le fils de Rachel était frêle et timide.

— Ne bouge pas, mon chéri. Je reviens te chercher dans quelques minutes.

— Cessez donc de le chouchouter comme ça, Rachel. Suivez-moi.

Folle de rage, elle se redressa brutalement, mais ne daigna pas regarder Bonner. Au lieu de cela, elle pénétra dignement dans le bar.

La colère rongeait Bonner. Cette femme était vaincue, pourtant, pour rien au monde elle ne l'admettrait. Or, Bonner voulait la voir défaite, anéantie, et vide de tout sentiment. Comme lui.

Il ferma les portes derrière eux.

— Vous finirez par en faire une poule mouillée. C'est ce que vous voulez ? Une mauviette qui s'accroche à vos jupes ?

— La manière dont j'élève mon fils ne vous concerne pas, rétorqua-t-elle.

— Erreur. Tout ce que vous faites me concerne. N'oubliez pas qu'il me suffit de donner un coup de fil pour que vous vous retrouviez derrière les barreaux.

— Espèce de monstre.

— Je veux que vous me rendiez mon argent.

— Pardon ?

— Vous ne l'avez pas encore gagné. Donnez-moi mes cent dollars. Tout de suite.

Elle lui jeta les billets à la figure.

— Tenez ! J'espère que vous vous étoufferez avec !

— Ramassez tout ça.

Elle prit son élan et le gifla.

Le coup fut violent. Rage et souffrance se mêlèrent : Bonner n'avait plus qu'un seul but : la dominer, l'écraser.

— Déshabillez-vous.

Ces mots lui échappèrent malgré lui. Il en eut honte, mais ne chercha pas à se reprendre. Si elle trahissait sa peur, il la laisserait tranquille.

Mais Rachel s'emporta :

— Allez au diable !

Elle était seule dans un bâtiment isolé, en compagnie d'un homme qui pouvait la maîtriser en quelques secondes. Pourquoi n'avait-elle pas peur ?

Gabriel Bonner comprit qu'il venait de trouver le meilleur moyen de se tuer à petit feu. S'il continuait ainsi, il finirait par crever de méchanceté.

— Faites ce que je vous demande.

— Pourquoi ?

Il la saisit par les épaules et la poussa contre le mur. Mais la voix de Cherry lui chuchota à l'oreille : *J'aime ta douceur, Gabriel. Tu es l'homme le plus doux que je connaisse.* Ignorant ce murmure, il glissa une main sous la robe de Rachel.

— Qu'est-ce que vous me voulez ?

— Coucher avec vous.

— Ce n'est pas vrai.

— Qu'en savez-vous ?

Il se pressa contre elle pour lui prouver combien elle se trompait. Elle était tellement maigre… Du bout des doigts, il effleura le bord de sa culotte. Celle de l'autre jour était bleue…

Il transpirait abondamment. Sous ses mains, la peau de Rachel était douce et soyeuse.

— Alors ? Vous ne vous débattez pas ?

— Non. Au point où j'en suis, ça m'est complètement égal.

Elle tenait bon. Elle réagissait comme s'il venait de lui demander d'accomplir un nouveau travail. *Ramassez les ordures. Nettoyez les toilettes. Écartez les cuisses.* Sa soumission le rendit fou. Il remonta la robe jusqu'à la taille.

— Êtes-vous stupide à ce point ?

Elle soutint son regard sans ciller.

— Vous ne comprenez donc pas que ça n'a plus aucune importance ?

Gabriel resta à court de mots. Le visage grimaçant, il chercha sa respiration. Une exclamation lui échappa, et il la repoussa violemment. La jupe se remit en place.

— Attendez-moi dehors, ordonna-t-il.

Une autre femme se serait sans doute enfuie en courant. Pas elle. Elle se dirigea vers la porte d'un pas tranquille, la tête haute.

— Prenez l'argent, ajouta-t-il.

Une fois de plus, il l'avait sous-estimée. Elle aurait pu l'envoyer paître et disparaître. Mais Rachel Stone avait une force : son orgueil. Elle ramassa les billets.

Resté seul, Gabriel s'assit par terre, les bras autour des genoux. Le regard vide, il laissa le film des deux dernières années de son existence se dérouler dans sa mémoire.

Deux ans plus tôt, la mort lui avait arraché sa famille. Aujourd'hui encore, ce drame le privait de tout sentiment humain.

Était-il trop tard pour réagir ?

## 6

Dans son métier, Ethan Bonner se devait d'aimer tout le monde. Pourtant, il haïssait la jeune femme assise à ses côtés dans sa Camry. En quittant le drive-in, il observa à la dérobée sa silhouette trop maigre et ses joues creuses. La toison folle de cheveux auburn n'avait plus rien à voir avec la coiffure sophistiquée, crêpée, laquée, que les caméras placées devant le célèbre pupitre flottant du Temple avaient filmée en gros plan.

À l'époque, elle lui était apparue comme un mélange de Priscilla Presley, la femme d'Elvis au temps de sa gloire, et d'une chanteuse de country un peu démodée. Aujourd'hui, à la place de ses tenues à paillettes, elle portait une robe en lin bleu délavé. Elle semblait à la fois plus jeune et plus vieille. Ses traits réguliers, son profil net n'avaient pas changé.

Que s'était-il vraiment passé entre elle et Gabriel? Le ressentiment d'Ethan envers elle s'intensifia. Gabriel avait assez souffert comme cela. Il n'avait pas besoin, en plus, de s'encombrer des problèmes de Rachel.

Dans le rétroviseur, il aperçut le petit garçon blotti contre leurs quelques paquets : une valise défoncée, deux paniers à linge en plastique aux poignées cassées, un carton fermé tant bien que mal avec du papier collant.

Ethan Bonner se sentit à la fois furieux et coupable. Une fois de plus, il avait failli à sa mission. *Vous saviez dès le départ que j'étais indigne d'être pasteur, mais m'avez-Vous écouté? Non. Vous qui savez tout, j'espère que Vous voilà satisfait.*

Une voix résonna dans ses oreilles, qui ressemblait étonnamment à celle de Clint Eastwood. *Cesse de gémir, camarade, c'est toi qui t'es comporté comme un lâche, il y a deux jours, en refusant de l'aider. Je n'y suis pour rien.*

*Épatant!* songea-t-il. Dieu s'adressait à Ethan depuis des années sous des formes diverses. Tant qu'à entendre des voix, pourquoi n'était-ce jamais celle de personnages admirables, Albert Schweitzer, par exemple, ou mère Teresa? Pourquoi n'était-il jamais inspiré par Martin Luther King ou Mahatma Gandhi? Passionné depuis toujours par le cinéma et la télévision, seules les vedettes populaires daignaient le hanter.

— Vous n'avez pas froid? demanda-t-il dans un effort pour vaincre son animosité. Je peux baisser la climatisation.

— Tout va bien, révérend.

L'impertinence de Rachel l'agaçait, et il s'en prit silencieusement à Gabriel, qui l'avait mis dans cette situation grotesque. Mais son frère avait paru tellement désespéré au téléphone, quand il l'avait appelé à la rescousse une heure plus tôt, qu'Ethan s'était senti obligé d'intervenir.

À son arrivée au drive-in, les portes du bar étaient closes. Rachel et son fils l'attendaient, assis sur la tortue. Gabriel était invisible. Ethan avait aidé la mère et le fils à mettre leurs affaires dans la voiture. Il les emmenait à la maison d'Annie, à Heartache Mountain.

Rachel jeta un coup d'œil dans sa direction.

— Pourquoi faites-vous cela ?

— Parce que Gabriel me l'a demandé.

— Il y a deux jours, vous avez refusé.

Ethan préféra garder le silence. Au fond, il détestait cette femme encore plus que G. Dwayne. Son mari était un escroc sans finesse. Elle était beaucoup plus subtile. Infiniment plus dangereuse.

Soudain, elle rit.

— Ne vous inquiétez pas, révérend, je sais que vous me méprisez, mais je vous pardonne.

— Je ne méprise personne, répliqua-t-il d'un ton pompeux.

— Quelle noblesse d'âme !

Le dédain de Rachel l'irrita. De quel droit se montrait-elle aussi condescendante, elle qui, avec son époux, avait fait tant de mal par pur égoïsme ?

Aucune des églises du comté n'avait pu rivaliser avec les richesses du Temple de Salvation. Au nom de Jésus-Christ, le Temple avait offert Las Vegas à ses fidèles : robes de choristes incrustées de fausses pierres, éclairages au laser... La plupart des gens résistaient mal au savant mélange de paillettes et de réponses faciles proposées par G. Dwayne Snopes.

Malheureusement, en quittant leurs paroisses d'origine, les admirateurs de Snopes avaient emporté avec eux les fonds qui avaient toujours servi à soutenir les bonnes causes de la commune. Petit à petit, il avait fallu abandonner un projet de prévention contre la drogue. Puis on avait diminué les horaires de la soupe populaire. Le plus dur était survenu lorsqu'on avait dû fermer un centre médical, grande fierté du clergé local. On avait assisté, impuissant, au transfert de l'argent prévu pour les pauvres dans les poches sans fond de G. Dwayne Snopes. Tout cela, à cause de Rachel.

Il se rappela le jour où il s'était présenté spontanément à Mme Snopes, alors qu'elle sortait de la banque. Lorsqu'il lui avait expliqué le problème de la clinique, elle avait paru sincèrement désolée.

— Je suis navrée d'apprendre cette nouvelle, révérend Bonner.

— Je ne veux accuser personne, avait-il insinué, mais le Temple rassemble désormais tellement de fidèles que les autres paroisses sont obligées de renoncer les unes après les autres à leurs bonnes œuvres.

Elle s'était raidie, sur la défensive.

— Le Temple n'y est pour rien.

Un détail avait soudain exaspéré Ethan Bonner : le reflet du soleil dans les émeraudes de ses boucles d'oreilles. Une seule d'entre elles aurait suffi pour sauver le centre médical.

— Je vous avoue que, à mes yeux, le Temple fait preuve d'irresponsabilité envers la communauté.

— Grâce au Temple, ce comté s'est considérablement enrichi.

— Les entreprises prospèrent, en effet, mais pour le reste...

— Si vous regardiez régulièrement nos émissions, révérend Bonner, vous sauriez que le Temple accomplit de grandes choses. Nous avons fondé plusieurs orphelinats à travers toute l'Afrique et...

— Dites-moi, madame Snopes, suis-je le seul à me demander combien de ces millions de dollars collectés par votre mari sont effectivement attribués aux établissements africains ?

— Vous n'avez pas le droit de vous en prendre à mon époux sous prétexte que son église est pleine tous les dimanches, avait-elle rétorqué, une lueur de colère dans les prunelles.

Bonner n'avait pu dissimuler sa rage.

— Je refuse de transformer mes messes en numéros de cirque.

— C'est là où vous vous trompez, révérend, avait-elle répondu sans la moindre trace d'ironie. Il ne s'agit pas de *vos* messes. Elles appartiennent à Dieu.

Comme elle s'éloignait d'un pas vif, Ethan s'était vu forcé d'affronter la vérité, si douloureuse fût-elle. Le succès incontestable du Temple ne faisait que mettre en lumière ses propres lacunes.

Si les sermons de Bonner étaient réfléchis et sincères, ils n'avaient rien de passionnant. Il était incapable d'émouvoir sa congrégation. Il ne savait ni guérir les malades, ni rendre aux paraplégiques leur motricité. Les bancs de son église n'avaient jamais été pleins, même avant l'arrivée de G. Dwayne Snopes.

Peut-être était-ce ce qui le gênait chez Rachel ? Elle avait su brandir devant lui un miroir dans lequel il avait vu ce qu'il refusait de voir : son inaptitude au métier de pasteur.

Quittant l'autoroute, il emprunta un chemin étroit qui menait à la maison d'Annie.

Rachel poussa une mèche de cheveux derrière son oreille.

— Je suis désolée, pour votre grand-mère. Annie Glide était une battante.

— Vous l'avez connue ?

— Mieux que je ne l'aurais voulu. Elle a détesté Dwayne dès le premier jour, mais comme elle n'a jamais pu passer le barrage des gardes du corps, elle a préféré s'en prendre directement à moi.

— Annie n'avait pas la langue dans sa poche.

— Quand est-elle décédée ?

— Il y a cinq mois. Son cœur a fini par lâcher. Elle a bien vécu, mais elle nous manque beaucoup.

— Sa maison est vide, depuis ?

— À vrai dire, Kristy Brown, ma secrétaire, s'y est installée il y a quelques semaines. Elle est entre deux appartements.

Rachel fronça les sourcils.

— Ça va l'ennuyer de recevoir deux inconnus.

— Ça ne durera pas.

Le message était clair, mais Rachel choisit de l'ignorer. Elle aurait besoin d'un peu de temps pour s'introduire dans son ex-demeure et retrouver le coffre en cuir.

La voiture fit une embardée. L'épaule de Rachel cogna contre la portière. Elle se retourna pour s'assurer qu'Edward allait bien, et constata qu'il s'accrochait avec l'énergie du désespoir à l'unique oreille de sa peluche.

Ils s'arrêtèrent devant un modeste pavillon au toit en tôle, flanqué d'un côté par un jardin et, de l'autre, par une rangée d'arbres.

Tout d'un coup, Rachel sentit les larmes lui monter aux yeux. Ce lieu minable incarnait tout ce dont elle rêvait pour son fils : un « chez-soi », synonyme de sécurité et de stabilité.

Ethan transporta leurs affaires dans la véranda, ouvrit la porte, puis s'effaça. Rachel entra en retenant son souffle. Les derniers rayons du soleil inondaient le parquet d'une lumière dorée. Le mobilier était simple, fauteuils en rotin recouverts de coussins en chintz, une commode, quelques lampes artisanales. Un coffre ancien servait de table basse. Quelqu'un y avait posé un arrosoir en fer-blanc rempli de fleurs des champs.

— Annie était une collectionneuse. Après sa mort, mes parents et moi avons jeté quantité de choses. Cependant, nous voulions que Gabriel puisse s'y installer s'il le souhaitait. À propos, il m'a prié de vous remettre ces clés.

Edward sur les talons, elle suivit Ethan jusqu'à la cuisine où trônait une table de ferme en pin, entourée de quatre chaises. Des rideaux en mousseline ornaient les fenêtres. La cuisinière datait des années 1930. Ils sortirent par la porte arrière pour gagner un garage. À l'intérieur se trouvait une Ford Escort d'un âge indéterminé.

— C'est la voiture de ma belle-sœur. Elle en a une neuve, mais elle refuse de se séparer de celle-ci. Gabriel dit que vous pouvez vous en servir pendant quelques jours.

Rachel songea qu'elle venait d'obtenir en une seule journée un emploi, une maison et un moyen de transport. Et qu'elle devait tout à Gabriel Bonner, victime de ses sentiments de culpabilité.

Il n'hésiterait pas à tout lui supprimer si l'envie lui en prenait. Elle allait devoir agir vite. D'une façon ou d'une autre, elle devait mettre la main sur le coffre Kennedy.

— Vous ne craignez pas que je m'enfuie avec la voiture de votre belle-sœur ?

Ethan jeta un coup d'œil méprisant sur la vieille Ford.

— Vous ne nous ferez pas ce plaisir.

Il sortit. Peu après, Rachel l'entendit démarrer.

— Il nous la donne vraiment ? s'enquit Edward.

— Il nous la prête.

Edward se tourna vers la maison. Du bout de sa chaussure, il se gratta le mollet opposé. Il suivit du regard le vol d'un oiseau qui alla se percher sur le toit.

— C'est vrai qu'on va pouvoir habiter là ?

— Pour quelques jours. Il y a une autre dame : je ne sais pas comment elle va réagir en nous voyant.

— Tu crois qu'elle sera méchante comme lui ?

— C'est impossible, mon trésor. Allons ranger nos affaires.

Main dans la main, ils traversèrent la pelouse.

Outre la salle de séjour et la cuisine, le cottage comprenait trois chambres. Rachel installa Edward dans la plus petite d'entre elles, en dépit de ses protestations : il voulait dormir avec elle.

Cependant, elle n'avait pas oublié le commentaire de Bonner, quand il lui avait reproché de faire de son fils une mauviette. Mais Edward avait été malade et il menait depuis plusieurs semaines une existence chaotique. Le fait d'avoir une chambre pour lui tout seul l'aiderait peut-être à reprendre confiance en lui ?

Rachel achevait de ranger ses affaires, quand elle entendit la porte d'entrée s'ouvrir. Paupières closes, elle rassembla toutes ses forces.

— Reste ici un instant, mon chéri.

Une femme de petite taille, à l'allure sévère, se tenait dans le vestibule. Elle paraissait légèrement plus âgée que Rachel. Vêtue d'un modeste chemisier beige boutonné jusqu'au menton et d'une jupe marron, elle ne portait aucune trace de maquillage. Ses cheveux châtains, mi-longs, étaient raides et plats. Un visage aux traits réguliers, de jolies jambes et un teint de porcelaine compensaient cette apparence plutôt banale.

— Bonsoir, dit Rachel. Vous devez être Mlle Brown.

— Je m'appelle Kristy.

— Je suis vraiment désolée, le révérend Bonner n'a cessé de me répéter que ça ne vous ennuierait pas de nous avoir, mais...

— Ce n'est pas un problème, déclara Kristy en venant poser un sac en papier rempli de victuailles sur la table basse.

— Vous comprenez, nous n'avons nulle part où aller...

— Je comprends.

Rachel la dévisagea, sceptique. Kristy Brown ne pouvait guère se réjouir d'accueillir la femme la plus haïe de Salvation, pourtant, son expression ne dévoilait rien.

— Vous savez qui je suis, n'est-ce pas ?

— Vous êtes la veuve de Dwayne Snopes.

D'un geste précis, efficace, Kristy rajusta le plaid sur le canapé. Rachel remarqua ses mains, fines et gracieuses, aux ongles soigneusement coupés.

— Le fait de me loger risque de vous poser des problèmes.

— J'essaie de faire pour le mieux, répliqua-t-elle d'un ton sec.

— J'ai pris la chambre inoccupée, et j'ai mis mon fils dans la petite pièce à couture. J'espère que cela vous convient. Nous tâcherons de ne pas vous déranger.

Kristy se tourna vers la cuisine.

— Où est votre fils ?

— Edward, tu veux bien venir, s'il te plaît ? Il est un peu timide, expliqua-t-elle dans l'espoir que Kristy ferait preuve d'indulgence.

Edward apparut sur le seuil. Il avait coincé l'oreille de Jeannot dans la ceinture de son short. Il fixait le bout de ses baskets comme s'il venait de commettre une grosse bêtise.

— Kristy, voici Edward. Edward, je te présente Mlle Brown.

— Salut.

Il ne leva pas la tête.

Kristy ne chercha pas à le rassurer. Elle se contenta de le fixer, impassible. La situation ne s'arrangeait pas. Edward allait encore devoir affronter un adulte hostile.

Il finit par se redresser, visiblement intrigué de n'avoir reçu aucune réponse.

Kristy lui sourit.

— Bonjour, Edward. Le pasteur Ethan m'avait prévenue que tu serais là. Je suis très heureuse de te connaître.

Edward lui sourit à son tour.

Kristy ramassa le sac sur le coffre et s'approcha de lui.

— Je t'ai apporté quelque chose.

— Un cadeau ? s'exclama-t-il, sidéré.

— Rien de spécial. Je ne sais pas si cela va te plaire, dit-elle en lui tendant un album illustré.

— Un livre ! s'écria-t-il. Pour moi ? ajouta-t-il, incrédule.

Le cœur de Rachel se serra. Edward avait du mal à croire que la vie pouvait aussi lui réserver de bonnes surprises.

— Bien sûr qu'il est pour toi. C'est l'histoire d'un bébé chauve-souris. *Stellaluna*. Tu veux que je te la lise ?

Edward opina, et tous deux s'installèrent sur le divan. Rachel les contempla, la gorge nouée d'émotion. Edward ne cessait d'interrompre Kristy pour lui poser des questions, auxquelles elle répondait avec patience. Son rire était clair, ses yeux brillaient, elle était presque jolie.

Le repas se déroula dans une ambiance tout aussi chaleureuse, et Rachel éprouva un énorme plaisir à voir son fils dévorer le ragoût de poulet.

Après le dîner, Rachel insista pour faire la vaisselle, mais Kristy refusa de la laisser seule. Edward s'assit dans la véranda avec son livre, et les deux femmes se mirent à l'ouvrage, dans un silence gêné. Ce fut Kristy qui le brisa enfin.

— Avez-vous songé à mettre le petit à la garderie ? Nous en avons une excellente, à la paroisse.

Rachel se sentit devenir écarlate. Edward avait besoin de rencontrer d'autres enfants de son âge, mais...

— Je crains de ne pas en avoir les moyens pour le moment.

Kristy hésita.

— Ça ne vous coûtera rien. Il existe une bourse...

— Une bourse ?

— Laissez-moi l'emmener avec moi demain matin. Je m'occupe de tout.

Rachel savait qu'elle aurait dû refuser : elle n'acceptait pas la charité. Pourtant, pour le bonheur de son fils, elle laissa son orgueil de côté.

— Merci, murmura-t-elle.

La compassion de Kristy la remplit de honte.

Cette nuit-là, lorsque Edward s'endormit, Rachel sortit discrètement par la porte arrière. Elle était épuisée, mais elle devait à tout prix agir avant de se coucher.

Le faisceau de sa lampe de poche balaya la rangée d'arbres sur le côté de la maison. Rachel trouva enfin ce qu'elle cherchait, un étroit chemin qui serpentait à travers le bois.

Une branche lui effleura la joue. Une chouette ulula. Élevée à la campagne, Rachel appréciait les balades en solitaire dans la nuit.

La maison d'Annie était située à moins d'un kilomètre de la destination de Rachel, pourtant, elle dut s'arrêter à plusieurs reprises pour reprendre son souffle. Au bout d'une demi-heure, elle s'écroula sur une petite plate-forme rocheuse de l'autre côté de la montagne. À ses pieds s'étalait la demeure où elle avait vécu avec G. Dwayne Snopes.

Le clair de lune permettait de distinguer la forme générale de la bâtisse, mais pas les détails. Rachel n'avait pas besoin de lumière pour se rappeler la laideur et la prétention de cette construction, à l'image de Dwayne.

Il avait voulu reproduire le manoir d'une plantation du Sud. Un portail en fer forgé noir surmonté de deux mains dorées en prière obstruait l'allée. En façade, six gigantesques colonnes soutenaient un balcon orné d'horribles sculptures. L'intérieur était rempli de marbre noir, de chandeliers en cristal, de tasseaux et de froufrous, de miroirs et de bibelots clinquants. Rachel se demanda si Charles Bonner et son épouse avaient eu le bon goût de faire enlever la pièce maîtresse, une fontaine éclairée de spots multicolores et dominée par une statue de femme nue. Quelle mouche les avait piqués d'acheter cette maison hideuse ?

La pente était abrupte. Au cours de son mariage, Rachel avait parcouru le sentier des dizaines de fois, mais elle décida d'être prudente : d'une part, elle était trop fatiguée pour pousser plus loin l'aventure ; d'autre part, elle y était mal préparée.

Bientôt. Bientôt, elle irait récupérer ce qui revenait à son fils.

# 7

Rachel redoutait d'affronter de nouveau Gabriel, mais les jours suivants il se contenta d'aboyer des ordres, puis de l'ignorer pour accomplir ses propres tâches. Il lui adressait rarement la parole et évitait son regard.

Le soir, Rachel sombrait dans un sommeil profond. Elle était épuisée. Les vertiges continuaient de l'assaillir dans la journée et elle se sentait de plus en plus faible. Le vendredi après-midi, alors qu'elle peignait l'intérieur du guichet, elle s'évanouit.

La camionnette de Bonner surgit de l'autoroute à l'instant précis où elle se relevait. Le cœur battant, elle vit le véhicule ralentir. Qu'avait-il vu ? Son visage impavide ne trahissait rien. S'emparant de son pinceau, elle grogna, comme s'il l'avait interrompue dans son travail. Il poursuivit son chemin.

Kristy proposa de garder Edward le samedi. Rachel accepta avec plaisir, tout en sachant qu'elle ne pourrait continuer indéfiniment de compter sur la bonne volonté de la jeune femme. Si elle était encore à Salvation le samedi suivant, elle emmènerait son fils avec elle, que Bonner le veuille ou non.

Elle avait prévu de descendre jusqu'à son ancienne maison le lendemain, dans la nuit. Malheureusement, son plan fut déjoué par l'arrivée d'un gros orage. Elle y serait volontiers allée en voiture, mais comment passer le portail fermé à clé ?

Le lundi, une semaine exactement après la panne de son Impala devant *L'Orgueil de la Caroline*, Rachel se promit de passer à l'action.

Le temps était nuageux mais sec, et, dès la fin de la matinée, quelques rayons de soleil apparurent. Rachel était en train de repeindre les parois métalliques des toilettes. Ce n'était pas trop dur et, si elle avait été en meilleure forme, elle aurait pris du plaisir à cette activité.

Elle se pencha en avant pour tremper son rouleau dans le seau. Elle portait sa robe de lin bleu, ce qui n'était guère pratique. Le samedi précédent, son jean avait fini par céder. Il était irréparable.

— Je vous ai apporté de quoi déjeuner.

Elle fit volte-face et découvrit Bonner, sur le seuil, un sac en papier à la main. Elle le dévisagea d'un air soupçonneux. Depuis la scène dans le bar, le mercredi d'avant, il s'était arrangé pour rester au loin. Pourquoi avait-il changé d'avis ?

— Désormais, je vous saurais gré de prévoir le vôtre. Et de vous arrêter suffisamment longtemps pour le manger.

— Pourquoi donc ? ironisa-t-elle. Votre sourire suffit à me nourrir pendant des semaines.

Il ignora cette pique et s'adossa à l'un des lavabos. Elle attendit qu'il s'en aille. Au lieu de cela, il s'approcha pour inspecter son ouvrage.

— Il va falloir deux couches, intervint-elle. Ces graffitis sont difficiles à couvrir.

Il hocha la tête.

— Arrangez-vous pour ne pas en mettre sur ces gonds tout neufs.

Elle posa son rouleau et s'essuya les mains sur un bout de serviette-éponge.

— Franchement, vous auriez pu choisir un joli blanc cassé, plutôt que ce gris.

Elle se fichait éperdument de la couleur. Elle tenait simplement à conserver son emploi. Sous aucun prétexte il ne devait soupçonner à quel point elle était lasse.

— J'aime le gris.

— Ça va avec votre personnalité.

Il ne réagit pas. Il continua de l'observer.

— Je vais vous dire quelque chose, Rachel. Si vous vous contentez de ne prononcer que quatre mots quand je m'adresse à vous : « oui, monsieur », « non, monsieur », j'envisagerai peut-être de vous augmenter.

*Laisse tomber*, se recommanda-t-elle. *Ne le provoque pas*.

— Il faudrait que ce soit une sacrée augmentation, Bonner. À présent, si cela ne vous ennuie pas, j'ai du boulot. Vous me distrayez.

Il ne bougea pas.

— Si vous maigrissez encore, vous n'aurez même plus la force de soulever ce rouleau.

— Oui, bon, ne vous inquiétez pas pour moi, d'accord ?

Elle voulut ramasser son chiffon, mais la tête lui tournait. Elle dut se rattraper au bord de la porte.

Bonner la saisit par le bras.

— Vous allez manger. Maintenant. Devant moi.

— Je n'ai pas faim. Tout à l'heure…

— Immédiatement. Lavez-vous les mains.

Son cœur se serra. Elle s'était dit qu'elle cacherait le repas dans le réfrigérateur du restaurant, pour le donner plus tard à Edward. Tant que Bonner serait là, ce serait impossible.

— Je vous attends sur l'aire de jeux, décréta-t-il avant de disparaître… avec le sac en papier.

Elle se frotta vigoureusement les mains, puis le rejoignit.

Un soda à la main, il s'était assis sur l'un des jeux. Rachel se plaça à quelques mètres de lui, près de la tortue. Il lui tendit son repas. Une fois de plus, elle constata que ses mains étaient impeccables. Comment s'y prenait-il pour rester aussi propre ?

Elle posa sur ses genoux un cornet de frites. L'odeur était tellement alléchante qu'elle dut résister à la tentation d'en fourrer toute une poignée dans sa bouche. Elle se contenta d'en grignoter une.

— Je vous dois des excuses, pour l'autre jour, murmura-t-il.

La surprise de Rachel fut telle qu'elle fit tomber une de ses précieuses frites dans l'herbe. C'était donc cela. Il avait mauvaise conscience, et il cherchait à se faire pardonner.

Il paraissait méfiant, comme s'il craignait qu'elle ne lui saute dessus. Elle ne lui donnerait pas cette satisfaction.

— Ne le prenez pas mal, Bonner, mais vous étiez pathétique. J'ai eu du mal à ne pas rire.

— Vraiment ?

Il se décontracta légèrement.

— Je me suis comporté comme un mufle. Cela ne se reproduira plus. Je... J'avais bu.

— Ça ne vous réussit pas.

— Je sais.

— Votre attitude était digne d'un goujat, ajouta-t-elle.

Une lueur d'amusement dansa dans ses prunelles.

— Vous allez me faire ramper, devina-t-il.

— Comme un ver de terre.

— Jamais vous ne vous taisez ?

— Jamais.

— Vous n'avez pas un jean ? Quelle idée de travailler dans cette tenue.

Elle ne pouvait pas lui dire qu'elle n'avait rien d'autre à se mettre. Elle ne dépenserait pas un sou pour elle tant qu'elle n'aurait pas rhabillé Edward.

— J'adore les robes, Bonner. Je me sens plus mignonne et féminine.

— Avec ces mocassins ? railla-t-il.

— Comment vous expliquer… ? Je suis une esclave de la mode.

— Vous mentez. Votre jean est fichu, n'est-ce pas ? Achetez-vous-en un nouveau. Je vous l'offre. Ce sera votre uniforme.

Il l'avait vue ravaler sa fierté à maintes reprises, chaque fois, pour Edward. Cette fois, il s'agissait d'elle. Elle ne chercha pas à dissimuler sa colère.

— Si c'est vous qui l'achetez, c'est vous qui le mettrez.

— Vous êtes coriace.

— Terriblement.

— À tel point que vous n'avez même pas besoin de manger. Vous allez finir ces frites, oui ou non ?

— Je vous ai dit que je n'avais pas faim.

— Cela explique votre aspect squelettique. Vous êtes anorexique, n'est-ce pas ?

— L'anorexie n'est pas une maladie de pauvres, riposta-t-elle en avalant une autre frite.

— Kristy me dit que vous vous contentez de grignoter.

Elle fut irritée d'apprendre que Kristy avait parlé d'elle à Gabriel.

— Elle n'a qu'à se mêler de ses affaires.

— Pourquoi ne mangez-vous pas ?

— Vous l'avez deviné : je suis anorexique. Si nous parlions d'autre chose ?

— L'anorexie n'est pas une maladie de pauvres.

Elle l'ignora.

— Goûtez au moins le hamburger.

— Je suis végétarienne.

— Vous mangez de la viande, avec Kristy.

— Qui êtes-vous, un inspecteur du ministère de la Nutrition ?

— Je ne comprends pas. À moins que… Le premier jour, quand vous êtes tombée dans les pommes, je vous ai donné un gâteau. Vous avez essayé de le refiler à votre fils.

Elle se raidit.

— C'est bien cela... vous lui donnez tout.

— Il s'appelle Edward, et...

Il secoua la tête.

— Vous êtes complètement folle. Votre petit a tout ce qu'il lui faut. Vous vous laissez mourir de faim.

— Je refuse de poursuivre cette conversation.

— Vous êtes cinglée, Rachel.

— Pas du tout !

— Alors, expliquez-moi...

— Il n'y a rien à expliquer.

— Edward a droit à un bon dîner chaque soir, non ?

— Vous n'allez pas recommencer ?

— C'est une question. Oui ou non ?

Elle acquiesça à contrecœur.

— Il prend un petit déjeuner, aussi ?

— Je suppose que oui.

— À la garderie, on leur propose des en-cas et un repas chaud à midi. Je parie qu'il a même droit à un goûter lorsqu'il rentre à la maison.

*C'est vrai*, songea-t-elle. *Mais le mois prochain, l'année prochaine ?*

Un frisson la parcourut. Elle sentait qu'il la poussait dans ses derniers retranchements.

— Rachel, vous devez cesser de vous affamer ainsi.

— Vous ne savez pas de quoi vous parlez ! C'est moi qui suis responsable d'Edward, Bonner. Moi ! Personne d'autre. C'est moi qui dois le nourrir, l'habiller, l'emmener chez le médecin...

— Dans ce cas, vous feriez mieux de prendre soin de vous.

Un flot de larmes lui monta aux yeux.

— Ce n'est pas à vous de me donner des conseils. Je ne veux plus en parler.

— Tant mieux. Mangez.

Les doigts de Rachel se refermèrent autour du sac en papier. Elle s'obligea à affronter une vérité qu'elle fuyait depuis trop longtemps : elle aurait beau se priver, rien ne pouvait garantir la sécurité à Edward.

Un sentiment d'impuissance l'assaillit. Elle aurait voulu tout lui apporter, non seulement la nourriture, mais aussi la protection, la confiance en soi, la santé, une bonne éducation, une maison. Elle pourrait s'affamer tant qu'elle le voudrait, ce ne serait pas pour autant qu'Edward aurait le ventre plein.

À son immense désarroi, son regard se voila. Une larme roula sur sa joue. Furieuse de montrer son désespoir à Bonner, elle lui lança :

— Ne dites pas un mot !

Il leva les mains, feignant de se rendre, puis avala une gorgée de son soda.

Un frémissement parcourut la jeune femme ; Bonner avait raison. À force de se battre pour tout durant ces derniers mois, elle était devenue complètement folle. Edward n'avait qu'elle au monde. En refusant de manger, elle rendait encore plus précaire leur existence déjà fragile.

Elle s'essuya les paupières et s'empara du hamburger.

— Vous avez du culot de me traiter de cinglée, reprit-elle entre deux bouchées. Vous ne valez pas mieux que moi. Il faut être malade pour ouvrir un drive-in. Je ne sais pas si vous l'avez remarqué, Bonner, mais ce genre de loisirs est dépassé depuis trente ans. D'ici à la fin de l'été, vous serez ruiné.

— Peu importe.
— Vous êtes cent fois plus fou que moi.

Elle continua de manger. Jamais un sandwich ne lui avait paru aussi bon.

— Pourquoi faites-vous cela ?
— Pour m'occuper.
— Avant de perdre la tête, vous gagniez votre vie ?
— J'étais tueur pour la Mafia. Vous avez fini de pleurnicher ?
— Je ne pleurniche pas ! Dommage que vous n'ayez pas été un vrai tueur, je vous aurais engagé tout de suite pour vous descendre.

Bonner remonta sa casquette et l'observa intensément.

— Continuez de me détester comme ça, et nous nous entendrons à merveille.

Elle l'ignora et fourra une poignée de frites dans sa bouche.

— Comment vous êtes-vous retrouvée avec G. Dwayne ?

La question l'étonna. Sans doute était-ce une tentative pour dévier la conversation. Cependant, il ne lui avait rien révélé de sa propre existence, aussi décida-t-elle de rester discrète.

— Je l'ai rencontré dans un night-club où je travaillais comme danseuse exotique.
— Je vous ai vue nue, Rachel. À mon avis, vous n'avez jamais été assez bien en chair pour faire du strip-tease.

Rachel s'efforça de paraître offusquée, mais elle était à bout de forces.

Il grogna.

— Et vous, que faisiez-vous ?

Il haussa les épaules.

— Ce n'est un secret pour personne. J'étais vétérinaire.

— Vétérinaire ?

— C'est ce que je viens de vous dire, non ? ajouta-t-il d'un air narquois.

Elle se rendit compte qu'il avait éveillé sa curiosité. Kristy vivait à Salvation depuis toujours, elle devait connaître quelques-uns des secrets de Gabriel. Rachel se dit qu'elle lui en parlerait un peu plus tard.

— Vous ne me semblez pas du genre à attirer un télévangéliste, insista-t-il. Je m'étonne que G. Dwayne ne vous ait pas préféré une de ces dames pieuses de la paroisse.

— J'étais la plus pieuse de toutes, affirma-t-elle sans montrer son amertume. J'ai connu Dwayne lors de sa tournée à Indianapolis. Ce fut le coup de foudre. Croyez-le ou non, j'étais très romantique, à l'époque.

— Il était plus âgé que vous, non ?

— Il avait dix-huit ans de plus. Le père parfait pour une orpheline comme moi.

Bonner eut l'air perplexe.

— J'ai été élevée par ma grand-mère, dans une ferme du centre de l'Indiana. Elle était très croyante. Les gens de sa paroisse étaient devenus sa famille. Ils m'ont tout de suite intégrée parmi eux. La religion était stricte, mais, contrairement à celle de Dwayne, elle était honnête.

— Qu'est-il arrivé à vos parents ?

— Ma mère était une hippie. Quant à mon père, je n'ai jamais su qui c'était.

— Une hippie ?

— Je suis née dans une communauté, dans l'Oregon.

— Vous plaisantez.

— J'y suis restée avec elle pendant deux ans, mais elle a sombré dans la drogue. J'avais trois ans quand elle est morte d'une overdose. Heureusement pour moi, on m'a envoyée chez ma grand-mère.

Elle sourit.

— C'était une femme simple. Elle croyait en Dieu, en l'Amérique, en la tarte aux pommes maison, et en G. Dwayne Snopes. Elle était tellement heureuse le jour où je l'ai épousé.

— Elle le connaissait mal.

— Elle était persuadée que c'était un grand homme de Dieu. Elle est morte avant d'apprendre la triste vérité.

Ayant avalé frites et hamburger, elle se concentra sur le milk-shake au chocolat.

— Dites-moi, quelle impression cela fait-il d'être le mouton à cinq pattes de la famille ? demanda-t-elle soudain.

— Qu'est-ce qui vous fait croire cela ? riposta-t-il, vexé.

— Vos parents sont des membres influents du comté, votre frère cadet est M. Parfait, l'aîné est un sportif multimillionnaire. Alors que vous, vous n'êtes qu'un pauvre asocial, propriétaire d'un drive-in en ruine et qui déteste les enfants.

— Qui vous dit que je suis pauvre ?

— Ce lieu. Votre mode de transport. Le salaire de misère que vous me payez. Non, vraiment, je ne vois aucun signe extérieur de richesse par ici.

— Si je vous rémunère mal, Rachel, c'est pour que vous démissionniez. Pas parce que je manque de moyens.

— Ah.

— Quant à ma camionnette, je l'aime telle qu'elle est.

— Donc, vous n'êtes pas pauvre ?

— Non, répondit-il après un silence.

— C'est-à-dire ?

— Votre grand-mère ne vous a jamais appris la politesse ?

— Vous n'êtes pas humain, Bonner.

— J'ai mieux à faire que de rester là à vous écouter m'insulter. Remettez-vous au travail, conclut-il brusquement, en se mettant debout.

Tandis qu'il s'éloignait, Rachel songea qu'elle l'avait peut-être offensé. En tout cas, il paraissait furieux. Elle eut un sourire victorieux et but le reste de son milk-shake.

Ethan sortit de son bureau et se dirigea vers la cour située derrière l'église, où les enfants attendaient que leurs parents viennent les chercher. Il essaya de se convaincre que c'était le moyen idéal de rencontrer les membres de sa paroisse. En fait, il voulait voir Laura Delapino.

Les jumeaux Briggs abandonnèrent leurs chevaux de bois pour le rejoindre.

— Devinez quoi ? Tyler Baxter a vomi par terre. Il y en avait partout.

— Super, répondit Ethan.

— Moi aussi, j'ai failli être malade, confessa Chelsey Briggs. Mais Mme Wells m'a permis de distribuer les pailles.

Ethan ne put s'empêcher de rire aux éclats. Les commentaires des enfants ne manquaient jamais de le réjouir. Depuis des années, il espérait en avoir... Il avait tenu à Jamie, le fils de Gabriel, comme à la prunelle de ses yeux. Même deux ans après leur disparition, il avait du mal à accepter le départ prématuré de son neveu et de sa belle-sœur.

À la suite de ce tragique accident, il avait failli quitter l'église. Pourtant, il s'en était sorti plus facilement que les autres. Le drame avait pratiquement poussé ses parents au divorce. Quant à Charles, il s'était complètement renfermé sur lui-même. Plus rien ne comptait sauf le football.

Par chance, après une brève séparation, M. et Mme Bonner s'étaient retrouvés. Ils vivaient de nouveau ensemble et heureux. En ce moment, ils étaient en Amérique du Sud, où Jim travaillait comme missionnaire médical, tandis que Lynn s'occupait des artisans locaux.

Charles avait fait la connaissance du docteur Jane Darlington, et un nouveau bébé était venu agrandir le clan. Rosie, aujourd'hui âgée de huit mois, les menait tous par le bout du nez, avec ses grands yeux espiègles.

Gabriel avait eu plus de mal. Par moments, Ethan avait peine à se rappeler l'homme doux et délicat qu'il avait été. Dans leur enfance, la maison était constamment remplie d'animaux : un oiseau à l'aile cassée dans la cuisine, un chien errant dans le garage, un bébé putois dans le placard de la chambre de Gabriel…

Celui-ci avait toujours rêvé de devenir vétérinaire. Loin de lui l'idée d'être un jour millionnaire. Sa soudaine fortune avait amusé tout le monde : Gabriel se souciait fort peu de l'argent. C'était arrivé par hasard.

D'une curiosité insatiable, Gabriel avait toujours adoré bricoler. Plusieurs années après avoir ouvert son cabinet dans un village de Géorgie, il avait inventé une prothèse pour l'un des chevaux de race qu'il avait en traitement. Les professionnels des courses avaient rapidement adopté cette méthode révolutionnaire, et bientôt, grâce au brevet, Gabriel s'était enrichi.

Gabriel était de loin le plus complexe des trois frères. Si Charles était agressif et soupe au lait,

Gabriel gardait ses sentiments pour lui. Pourtant, c'est vers lui qu'Ethan avait toujours couru, lorsqu'il avait eu des problèmes. De sa voix calme et posée, il avait su le calmer, comme il rassurait les animaux blessés. Aujourd'hui, cependant, l'homme doux et rêveur était devenu cynique et amer.

Ethan émergea de sa rêverie en apercevant Laura Delapino, récemment divorcée. Vêtue d'un short et d'un tee-shirt moulants, les ongles vernis, les seins en avant, les jambes longues, les cheveux blonds, elle exhalait la sensualité.

*Les hommes de Dieu secrètement attirés par les femmes de mauvaise vie ! Ce soir, ne manquez pas notre débat à 20 h 30.*

Ethan grogna intérieurement.

— *Dites-nous, révérend Bonner, après tout, nous sommes ici entre amis, pourquoi ne vous êtes-vous jamais intéressé aux sympathiques habitantes de notre ville ?*

— *Parce qu'elles m'ennuient à mourir.*

— *C'est normal. Vous êtes pasteur, non ? Pourquoi êtes-vous systématiquement attiré par les femmes sur lesquelles on se retourne dans la rue ?*

Laura Delapino se pencha pour parler à sa petite fille. Ethan distingua le pourtour de sa culotte en dentelle à travers l'étoffe trop mince de son short.

— *Ethan Bonner, il est grand temps que vous vous trouviez une épouse discrète et convenable.*

— *Ça suffit ! J'aimerais au moins profiter du spectacle !*

Décidément, le célibat n'était pas fait pour lui. Il songea à ses vingt ans, avant que Dieu ne l'appelle à Lui. Les belles femmes aux poitrines généreuses, les nuits de folie, les...

Il soupira et concentra de nouveau son attention sur les enfants. Taylor Curtis tenait absolument à ce qu'il admire ses nouvelles baskets roses. Austin Longben s'était cassé le poignet et voulait lui montrer son plâtre. Du coin de l'œil, Ethan aperçut Edward Snopes, tout seul dans un coin.

Stone, se rappela-t-il. Pas Snopes. Le nom de l'enfant avait été changé légalement. Ethan fut saisi d'un vague sentiment de culpabilité. Le petit venait à la garderie depuis trois jours, et pas une fois il n'était allé le trouver. Ce n'était pourtant pas la faute d'Edward, si ses parents étaient des escrocs...

Il se remémora le coup de fil de Carol Dennis, la veille. Elle était furieuse qu'il ait laissé Rachel dans la maison d'Annie. Il n'avait pas osé lui expliquer qu'il avait agi ainsi à la demande de son frère.

Il avait tenté de la raisonner, mais elle ne l'avait pas écouté.

— Si elle loge là-bas, révérend, c'est sur vous que cela retombera. Ce n'est pas ce que vous voulez, je suppose.

— Je verrai bien le moment venu, avait-il bredouillé.

S'efforçant de sourire, il se dirigea vers Edward.

— Salut, petit. Comment s'est passée ta journée ?

— Pas trop mal.

Il avait de grands yeux noisette, et son visage était criblé de taches de rousseur. Il était mignon.

— Tu t'es fait des copains ?

Edward ne répondit pas.

— Il faut parfois un peu de temps, quand on est nouveau, mais tôt ou tard, tout ira bien.

Edward cligna des paupières.

— Vous croyez que Kristy m'a oublié ?

— Kristy n'oublie jamais rien, Edward. Tu peux avoir confiance en elle.

La secrétaire, qui venait d'arriver, entendit ce commentaire. Kristy Brown, celle sur laquelle on pouvait toujours compter.

Qu'espérait-elle ? S'imaginait-elle qu'Ethan Bonner allait la dévisager avec convoitise, comme il avait regardé Laura Delapino un moment plus tôt ? Sûrement pas. Laura était vive et sensuelle. Kristy était banale, sans intérêt. Cependant, elle avait sa fierté, et elle avait appris au fil des ans à dissimuler sa timidité maladive derrière une efficacité redoutable. S'il fallait agir, elle était là. Toujours. Elle était capable de tout, sauf de capturer le cœur d'Ethan Bonner.

Ils se connaissaient depuis toujours, et...

— Kristy ! s'exclama Edward, le visage illuminé par la joie de la revoir.

Une sensation de chaleur l'envahit. Elle adorait les enfants. Avec eux, elle se détendait complètement, elle était elle-même. Elle aurait de loin préféré s'occuper d'eux, plutôt que du secrétariat de la paroisse, mais elle avait trop besoin d'Ethan Bonner... Sachant qu'elle ne pourrait jamais être sa maîtresse, elle avait décidé d'être sa seconde maman.

Elle prit Edward par la main, non sans s'être extasiée devant le collage qu'il brandissait sous son nez.

— Ethan, bonjour !

— Bonjour, Laura.

Laura adressa à Kristy un sourire amical, et cette dernière eut un sursaut de jalousie. Comment s'y prenait-elle pour avoir une telle assurance ?

Elle pensa à Rachel Stone et se demanda où elle trouvait tout ce courage. En dépit de ce que l'on racontait sur elle en ville, Kristy aimait bien Rachel. L'hostilité que suscitait sa présence à Salvation la peinait. Rachel n'était pas responsable de l'avidité de Dwayne Snopes. Comment ces gens qui se disaient « chrétiens » pouvaient-ils faire preuve d'autant de méchanceté ?

Elle se demanda ce que Rachel pensait d'elle. Rien, sans doute. On ne remarquait Kristy que lorsqu'on avait besoin d'elle. Sinon, elle était aussi inexistante qu'un vieux bibelot.

— Ethan, enchaîna Laura, pourquoi ne pas venir dîner avec nous ?

Le regard d'Ethan s'attarda un instant sur ses lèvres voluptueuses. Puis il la gratifia d'un sourire poli.

— Ce serait avec grand plaisir, mais il faut que je prépare mon sermon.

Laura insista. Il finit par la décourager, sans trop de difficulté. Kristy le soupçonna d'avoir peur de se trouver seul en sa compagnie.

Une sensation douloureuse lui pinça le cœur. Ethan ne craignait jamais d'être en tête à tête avec elle...

## 8

Le faisceau de la lampe de poche rasait le sol. En se rapprochant de la maison où elle avait été si malheureuse, Rachel resserra le capuchon de son sweat-shirt. Tout était sombre.

La nuit était nuageuse, la visibilité mauvaise, pourtant, elle savait exactement où elle allait et n'eut aucun mal à se diriger le long du chemin tortueux qui traversait la pelouse mal entretenue. Sa robe, maculée de taches de peinture, s'accrocha aux branches d'un buisson. En la détachant, elle songea qu'elle allait devoir se racheter des vêtements. Plus tard, quand elle aurait un peu d'argent...

Depuis qu'elle avait recommencé à manger, elle avait retrouvé ses forces. Ce soir, c'était elle qui avait cuisiné. Elle avait vidé son assiette. Bien qu'encore fatiguée, elle ne souffrait plus de vertiges. Depuis des semaines, jamais elle n'avait été aussi en forme.

La demeure se dressait devant elle. Elle éteignit la lampe en atteignant la porte de derrière, qui donnait dans la buanderie, puis, de là, on accédait à la cuisine. Pourvu que Charles Bonner et sa femme n'aient pas installé un système d'alarme ! À l'époque où elle y avait habité avec Dwayne, ils n'avaient été importunés que par quelques admirateurs un peu trop zélés. Le portail avait suffi à les tenir à distance.

Elle craignit un moment qu'ils n'eussent changé les serrures. Glissant une main dans la poche de son pull, elle en extirpa une clé au bout d'un bracelet en plastique mauve, la seule que la police ne lui avait pas prise. Elle l'avait découverte plusieurs semaines après son éviction, dans cette même poche. Si la clé ne fonctionnait plus, elle serait forcée de casser une vitre.

Pour une fois, la chance était avec elle. Retenant son souffle, elle entra dans une pièce qui sentait le moisi. L'obscurité était telle qu'elle dut avancer en tâtonnant le long du mur. Enfin, elle fut dans la cuisine.

Elle avait toujours détesté cette pièce, avec ses sols en marbre noir, ses comptoirs en granit et son lustre de cristal digne d'une salle d'opéra. Derrière ses airs impeccables et ses manières courtoises, Dwayne dissimulait un homme né dans la misère, et qui avait besoin d'opulence pour se rassurer. Le décor criard de cette demeure lui plaisait énormément.

Rachel connaissait suffisamment bien le chemin pour se diriger dans le noir jusqu'à l'entrée de la salle de séjour. La demeure était déserte, pourtant, elle marchait à pas feutrés. Dans le salon, grâce à un mince filet de lune, elle constata que rien n'avait changé. Rachel continua en direction du bureau de Dwayne.

Avec son mobilier gothique et ses lourdes tentures, cette bibliothèque était, selon Dwayne, à l'image de la famille royale britannique. Rachel balaya rapidement les étagères de sa lampe : les trophées avaient disparu. Le coffre Kennedy aussi.

Que faire maintenant ? Elle décida d'allumer le lampadaire. Sur la table de travail se trouvaient un nouveau téléphone, un ordinateur et un télécopieur. Rachel fixa l'endroit où était posé le coffre Kennedy sur la photo du magazine : elle n'y vit qu'une pile de livres.

Son cœur se serra. Elle se mit à fouiller. En vain.

Elle éteignit et se laissa choir sur le canapé où Charles Bonner et son épouse s'étaient fait photographier. Comment avait-elle pu imaginer que ce serait aussi simple ? Il ne lui restait plus qu'à explorer le reste de la maison, dans l'espoir que l'objet de sa convoitise eût été déplacé, et non emporté.

Elle ne s'attarda guère au rez-de-chaussée. En gravissant les marches qui la menaient aux chambres, Rachel éprouva une étrange sensation, comme si ces trois dernières années ne s'étaient pas écoulées, comme si Dwayne était encore vivant.

Elle l'avait rencontré lors de sa première croisade à travers le Middle West. Il participait à une émission télévisée à Indianapolis, l'une des dix-huit villes qu'il souhaitait visiter afin d'étendre son réseau de diffusion câblée. La plupart des membres de sa petite paroisse avaient proposé leurs services pour l'occasion. Rachel avait servi de « coursier », un rôle (elle l'avait appris plus tard) réservé aux bénévoles jeunes et jolies.

Elle avait vingt ans et, lorsqu'un membre de l'équipe l'avait priée de livrer une pile de cartes de prières présélectionnées à Dwayne Snopes, elle avait accepté avec enthousiasme. Elle allait voir le célèbre prédicateur en chair et en os ! La main tremblante, elle avait frappé à la porte de sa loge.

— Entrez.

G. Dwayne Snopes se coiffait devant la glace. Il avait d'épais cheveux blonds, légèrement grisonnants aux tempes. Il avait adressé un large sourire à son reflet, et Rachel avait immédiatement succombé à son charme.

— Entrez, ma chère…

Le cœur battant, les paumes moites, elle s'était avancée. Elle était tellement émue qu'elle en oubliait de respirer.

Elle connaissait le parcours de Dwayne Snopes. Commerçant en Caroline du Nord, il avait entendu l'appel de Dieu une dizaine d'années auparavant et pris la route pour porter la bonne parole. À présent, âgé de trente-sept ans, il était l'un des télévangélistes les plus connus du pays grâce à la télévision câblée.

Sa voix vibrante, son physique séduisant, son sourire dévastateur, son charisme étaient ses plus précieux atouts. Les femmes étaient amoureuses de lui, les hommes le considéraient comme l'un des leurs. Les pauvres et les personnes âgées, qui composaient la grande majorité de son auditoire, croyaient en ses promesses de santé, fortune et bonheur. On avait confiance en lui.

Comment aurait-il pu en être autrement ? Il n'hésitait pas à avouer ses propres faiblesses. Il reconnaissait ouvertement avoir eu un penchant pour l'alcool et être attiré par les jolies femmes. Il concédait volontiers que son premier échec était dû à ses aventures extraconjugales, et demandait à ses téléspectateurs de prier pour qu'il devienne meilleur.

— Approchez-vous, l'avait-il encouragée. Je ne vais pas vous manger. En tout cas, pas avant qu'on ait prié ensemble.

Rachel avait immédiatement succombé au charme de cet homme.

— Je… Je devais vous apporter ceci.

Il daigna à peine regarder les cartes. Il n'avait d'yeux que pour elle.

— Comment vous appelez-vous ?

— Rachel. Rachel Stone.

— Dieu m'a béni aujourd'hui.

C'est ainsi que tout avait commencé.

Ce soir-là, Rachel n'était pas montée à bord de l'autocar avec les autres membres de sa congrégation. L'un des assistants de Dwayne était allé trouver sa grand-mère pour lui expliquer que le prédicateur avait reçu un message de Dieu selon lequel Rachel devait l'accompagner durant le reste de sa tournée.

Sachant combien sa grand-mère, de santé fragile, avait besoin d'elle, Rachel avait refusé une bourse d'études à l'université d'Indiana, préférant rester à la maison pour s'occuper d'elle. Pour satisfaire sa curiosité intellectuelle, elle avait dû se contenter de quelques cours du soir dans une faculté locale. Cependant, elle n'avait jamais regretté ce choix.

Elle avait raconté à l'assistant de Dwayne qu'il lui était impossible de voyager, mais sa grand-mère avait insisté : on n'avait pas le droit d'ignorer l'appel de Dieu.

Les semaines suivantes, Dwayne l'avait entourée d'attentions. Tous les matins et tous les soirs, elle s'était agenouillée à ses côtés pour prier. Elle pouvait ainsi témoigner de sa foi et de son dévouement à sauver les âmes en péril. Plusieurs années s'écouleraient avant qu'elle ne prenne conscience des démons qui l'habitaient.

Elle ne comprenait pas en quoi elle pouvait l'attirer. Elle était mince, rousse, plutôt mignonne. Pas une fois il ne lui avait fait des avances. Aussi, quand, une semaine avant leur retour, il lui avait demandé de l'épouser, elle s'était exclamée, sidérée :

— Pourquoi moi, Dwayne ? Vous pouvez avoir toutes les femmes que vous voulez.

— Parce que je vous aime, Rachel. J'aime votre innocence, votre bonté. J'ai besoin de vous à mes côtés. Vous m'empêcherez de m'écarter du droit chemin, avait-il ajouté, les larmes aux yeux. Vous serez mon passeport pour le paradis.

Rachel n'avait pas compris le sens caché de ces paroles : Dwayne Snopes était en réalité à la recherche de quelqu'un qui puisse le sauver. Il avait fallu qu'elle soit enceinte d'Edward, deux ans plus tard, pour qu'elle découvre qui était vraiment son mari.

Sa foi en Dieu était profonde, inébranlable, mais Dwayne Snopes était un homme d'une intelligence limitée. Il ne s'intéressait guère aux méandres de la théologie. Il connaissait la Bible par cœur, mais refusait d'admettre ses contradictions et ses complexités. Il se contentait d'en extraire des textes et de les détourner pour justifier ses actions.

Il était persuadé à la fois d'être habité par le diable et d'être sur terre pour sauver des âmes. Jamais il ne mettait en question la moralité de ses méthodes. Ses pratiques douteuses, son style de vie extravagant, ses « miracles » étaient sanctionnés par Dieu.

Elle s'arrêta brusquement devant l'entrée de la chambre des maîtres. Elle y avait passé très peu de temps. Aux yeux de Dwayne, son désir passait pour une trahison. Il l'avait épousée pour son innocence. Il avait envie d'elle, mais il n'acceptait pas la réciproque. Pour assouvir ses besoins, il préférait se servir d'autres femmes… Rachel chassa de son esprit tous ces mauvais souvenirs et tourna la poignée.

Charles Bonner et son épouse vivaient à Chapel Hill. La maison était donc inhabitée. Pourtant, en pénétrant dans cette pièce, Rachel comprit aussitôt qu'il n'en était rien. Elle perçut un grincement, un bruissement de tissu. Affolée, elle leva sa lampe de poche.

La lumière tomba sur les yeux gris pâle de Gabriel Bonner.

Il était nu, les cheveux en désordre. Il se hissa sur un coude.

— Qu'est-ce que vous voulez ? gronda-t-il.

Comment ne s'était-elle pas doutée qu'il pouvait être là ? Ethan lui avait bien dit que Gabriel avait refusé de s'installer dans la maison d'Annie par peur d'être envahi par les souvenirs.

Elle essaya d'inventer un mensonge. Paupières plissées, aveuglé par la lumière de la lampe de poche, il ne l'avait pas reconnue. À la grande surprise de Rachel, il se tourna vers le réveil.

— Nom de nom. Je n'ai dormi qu'une heure.

Rachel recula dans la pénombre, tandis qu'il sautait du lit.

— Vous êtes armé ?

Elle ne dit rien.

— Allez-y, tuez-moi, enchaîna-t-il, sans la moindre trace d'émotion. Alors ? C'est pour aujourd'hui ou pour demain ?

Paniquée, Rachel éteignit la lampe et se précipita dans le couloir. Elle chercha à tâtons son chemin jusqu'à l'escalier. Bonner la rattrapa dès la première marche.

— Espèce de vaurien !

Il la saisit par le bras et la poussa contre le mur. Elle le heurta d'abord avec la hanche, puis avec la tête. Une douleur fulgurante remonta jusqu'à son épaule, ses jambes se dérobèrent sous elle. Elle s'écroula.

Il se jeta sur elle.

L'espace d'un instant, il se figea, puis il poussa un juron et se releva. Une seconde plus tard, l'énorme lustre suspendu au plafond s'éclaira. Rachel leva les yeux vers lui. Oui, vraiment, il était tout nu... Magnifique...

Il s'agenouilla près d'elle.

— Combien ?

— Un.

— Essayez de vous concentrer, Rachel. Combien de doigts voyez-vous ?

Des *doigts* ? Qu'est-ce qu'il racontait ?

— Allez-vous-en.

Il disparut, reparut presque aussitôt avec sa lampe de poche. De nouveau, il se baissa, l'obligea à ouvrir les yeux. Elle essaya de se détourner.

— Ne bougez pas.

— Laissez-moi tranquille.

— Vos pupilles se sont contractées. Je ne pense pas que vous soyez gravement blessée.

— Qu'en savez-vous ? Vous êtes vétérinaire.

Elle tenta de s'asseoir. Un gémissement lui échappa.

— Attendez un peu. Je veux que vous soyez complètement remise avant que j'appelle la police.

— Ben voyons !

Bonner soupira, tandis qu'elle poursuivait :

— Vous n'allez pas me faire arrêter, Bonner, et vous le savez aussi bien que moi.

— Qu'en savez-vous ?

— Rien ne vous touche.

— Vous croyez que je me fiche que vous soyez entrée ici en plein milieu de la nuit ?

— Ça vous ennuie sans doute, mais pas tant que ça... Je... Vous pourriez vous habiller un peu, s'il vous plaît ?

Il se mit debout.

— Ma nudité vous met mal à l'aise ?

Elle retint son souffle.

— Pas du tout.

Il plaça les mains sur ses hanches.

— Franchement, vous ne manquez pas de culot ! Je dormais profondément, quand vous avez surgi dans ma chambre. Expliquez-moi ce que vous faisiez là.

Elle se redressa péniblement.

— Il faut que je m'en aille.

— Bien sûr, bien sûr.

— Non, vraiment, Bonner. Il est tard et je...

Il la poussa vers la chambre.

— Taisez-vous. Bien. Si vous me disiez pourquoi vous êtes là.

— Il est tard. Une autre fois.

Un frémissement la parcourut : Bonner la dévisageait d'un air implacable.

— Je ne me sens pas bien. J'ai sûrement un traumatisme crânien.

Il effleura son visage.

— Votre nez est froid. Vous êtes en parfaite santé.

— Vous savez, ce n'est pas votre affaire.

— Pardon ?

— Ce n'est pas votre affaire, répéta-t-elle. Il s'agit de mon passé, et vous n'avez rien à voir avec mon passé.

— Cessez de tourner autour du pot. Je ne vous lâcherai pas tant que vous ne m'aurez pas dit la vérité.

— J'ai eu un coup de nostalgie. Je croyais que la maison était vide.

Il désigna le miroir inséré dans le dais au-dessus du lit.

— Cette chambre vous rappelle de bons souvenirs ?

— C'était celle de Dwayne. Pas la mienne.

— Vous étiez à côté, je suppose.

Elle opina en pensant au petit sanctuaire qu'elle s'était créé.

— Comment êtes-vous entrée ?

— Par la porte de derrière.

— Vous mentez. J'avais fermé à clé.

— Je me suis servie d'une épingle à cheveux.

— Vous n'en utilisez jamais.

— Très bien, Bonner, vous qui êtes si malin, à votre avis, comment ai-je fait ?

Il l'observa un moment, puis, d'un geste preste, laissa courir les mains le long de son corps. Il ne lui fallut pas longtemps pour débusquer la clé dans la poche de son sweat-shirt. Il la balança sous le nez de la jeune femme.

— Selon moi, vous aviez « oublié » de rendre ceci quand on vous a expulsée.

— Donnez-moi ça !

— Tu parles ! ironisa-t-il. Je suis certain que mon frère sera content d'apprendre qu'on pénètre chez lui.

— Il n'y a rien ici qui m'intéresse ! lança-t-elle.

Soudain, elle grimaça.

— Qu'avez-vous ?

— Comment ça, qu'est-ce que j'ai ? Vous m'avez jetée contre un mur, espèce de brute. J'ai mal au bras !

— Je ne savais pas que c'était vous, marmonna-t-il.

— Ce n'est pas une excuse.

Elle tressaillit de nouveau.

— Si j'avais su que c'était vous, je vous aurais jetée par-dessus le balcon. Vous souffrez ?

— Oui ! Quelle question !

— Vous n'allez tout de même pas vous mettre à pleurnicher. Ce n'est probablement qu'un hématome, mais par précaution, il vaudrait mieux faire une radio.

Elle n'avait pas d'argent pour cela.

— Si j'ai encore mal dans deux ou trois jours, je m'en occuperai.

— Mettez au moins votre bras en écharpe.

— Pour que vous puissiez me renvoyer sous prétexte que je suis inapte au travail ? Non, merci.

— Je ne vous renverrai pas.

— Je ne veux pas de votre charité.

— Décidément, vous êtes impossible ! J'essaie d'être gentil, et tout ce que je reçois en échange, ce sont des insultes.

Elle s'humecta les lèvres. L'atmosphère était tendue, insupportable. Elle se mit debout.

— Venez. Je vais vous faire visiter.

— Je vous signale que je vis ici.

— Vous ne connaissez pas l'historique de cette demeure.

Ce qu'elle voulait surtout, c'était repérer le coffre Kennedy.

— Allez, Bonner, insista-t-elle, j'en meurs d'envie et vous n'avez rien de mieux à faire.

Elle s'attendait à ce qu'il lui réplique qu'il retournait se coucher, mais il ne dit rien, et elle se rappela sa remarque, lorsqu'il avait consulté son réveil.

— C'est le meilleur remède pour votre insomnie.

— Comment savez-vous que je suis insomniaque ?

— Mon petit doigt.

Elle s'avança jusqu'à la penderie, dont elle ouvrit la porte avant que Bonner n'ait le temps de protester. Son regard s'attarda sur les étagères bien rangées. Quelques costumes y étaient accrochés. Appartenaient-ils à Gabriel, ou à son frère ?

— Dwayne avait rempli ce placard de costumes taillés sur mesure, de cravates en soie et de chaussures cousues main. Il s'habillait toujours avec soin, même pour traîner. À vrai dire, il ne traînait pas souvent : c'était un obsédé du travail.

— Sans vouloir vous offenser, Rachel, je me fiche éperdument de Dwayne.

Elle aussi.

— Ce n'est pas fini…

Elle l'entraîna dans les chambres d'amis, mentionnant les personnages politiques qui y avaient séjourné. Bonner resta derrière elle, silencieux, le regard inquisiteur. Il sentait qu'elle avait une idée derrière la tête, mais laquelle ?

Il ne restait plus que sa chambre à elle et la nursery. Elle n'avait toujours pas vu le coffre. Elle allait pousser la porte, quand il l'arrêta.

— Ça suffit.

— Mais je veux revoir la nursery.

— Je vous raccompagne chez vous.

— Plus tard.

— Tout de suite.

— Très bien.

Il parut étonné qu'elle cède si facilement. Il hésita, puis hocha la tête.

— Je vais m'habiller.

— Prenez tout votre temps.

Il disparut. Rachel en profita pour s'introduire dans la nursery.

— Je vous ai dit que ça suffisait ! gronda-t-il derrière elle.

— Vous êtes cruel ! Ces deux pièces contiennent mes meilleurs souvenirs, et j'ai...

— Comme c'est touchant, railla-t-il. Venez avec moi.

— Laissez tomber. Je vais rentrer à pied.

— En avant, ordonna-t-il en la poussant vers sa chambre.

Tandis qu'il prenait des vêtements dans l'armoire, Rachel s'empara de la clé, qu'il avait déposée sur sa table de chevet. Elle s'adossa au poteau du lit.

— J'aimerais vraiment jeter un coup d'œil dans mon ancienne chambre.

— Non. Ma belle-sœur s'en sert comme bureau. Je ne pense pas que votre intrusion soit appréciée.

— Juste un coup d'œil...

— Non.

Il enfila ses chaussettes.

— Votre frère et sa femme viennent souvent ?

— Rarement. Ils n'aiment pas beaucoup cette maison.

— Pourquoi l'ont-ils achetée ?

— Pour vivre en paix. Ils y ont vécu les trois premiers mois de leur mariage ; à l'époque, Charles achevait son contrat avec l'équipe de football des Chicago Stars.

— Que font-ils maintenant ?

— Il s'est inscrit en médecine à l'université de Chicago. Elle y enseigne. Un de ces jours, ils reviendront. Pourquoi ne couchiez-vous pas avec Dwayne ?

— Il ronflait.

— Rachel, je vous saurais gré de me répondre honnêtement, pour une fois.

— Nous ne dormions pas ensemble parce qu'il ne voulait pas être tenté.

— Tenté par quoi ?

— À votre avis ?

— Vous étiez son épouse.

— Sa vierge innocente.

— Vous avez un enfant.

— C'est un miracle, quand on y pense…

— G. Dwayne avait la réputation d'être un séducteur. Êtes-vous en train de me dire qu'il n'aimait pas faire l'amour ?

— Il adorait ça. Avec les putes. Sa femme, elle, devait rester pure.

— C'est grotesque.

— Dwayne était cinglé.

Bonner ne put s'empêcher de ricaner.

— Allons-y, annonça-t-il en montrant la porte.

Rachel décida de ne pas discuter. Elle avait récupéré la clé, elle reviendrait quand elle serait sûre qu'il n'y avait personne. Elle le suivit dans le garage, où se trouvaient une superbe Mercedes bleu marine et la camionnette poussiéreuse de Gabriel.

— Cette voiture appartient à votre frère ?

— Elle est à moi.

— Vous êtes très riche, alors ?

Il se mit au volant de la fourgonnette. Quelques minutes plus tard, ils passaient le portail en fer forgé au bout de l'allée.

Il était presque deux heures du matin, la route était déserte. Rachel était éreintée. Elle se cala contre l'appui-tête et fit le bilan de la situation. Elle n'était pas plus avancée que le jour où elle avait découvert la photo dans la revue. Elle ne savait pas si le coffre Kennedy se trouvait toujours dans la maison. Heureusement, elle avait repris sa clé.

Combien de temps faudrait-il à Gabriel pour s'en apercevoir ?

— Nom de nom !

Elle plongea en avant tandis qu'il pressait de toutes ses forces sur la pédale du frein.

Bloquant l'accès à la maison d'Annie, en plein milieu du chemin, se dressait une immense et brillante forme géométrique. Le spectacle était tellement inattendu et obscène que Rachel ne comprit pas tout de suite de quoi il s'agissait. Cependant, elle reprit vite ses esprits et fut forcée d'identifier l'objet incongru.

Les restes incandescents d'une croix en bois...

## 9

Le sang de Rachel se glaça.

— C'est pour me chasser qu'ils ont brûlé une croix, chuchota-t-elle.

Gabriel ouvrit la portière de la camionnette et sauta à terre. À la lueur des phares, Rachel le regarda renverser la croix. Une gerbe d'étincelles jaillit. Jambes flageolantes, elle descendit à son tour. Gabriel s'était emparé d'une pelle pour séparer les restes incandescents.

— J'aurais préféré qu'on m'accueille avec un gâteau au chocolat, murmura-t-elle.

— Il n'y a pas de quoi plaisanter, Rachel.

Il repoussa les charbons sur le bord de la route. La jeune femme se mordit la lèvre.

— Je n'ai guère le choix, Bonner.

Il paraissait très préoccupé. Lorsqu'il prit la parole, ce fut d'une voix douce et grave.

— Comment tenez-vous le coup, Rachel ?
Elle croisa les bras.
— Je ne réfléchis pas. Et je ne compte sur personne d'autre que sur moi-même.
— Mon Dieu, murmura-t-il.
— Dieu n'existe pas, Bonner. Vous ne l'avez pas encore compris ? ajouta-t-elle avec un rire amer.
— Le croyez-vous vraiment ?
Rachel s'emporta :
— J'ai tout fait selon la règle. J'avais la foi. J'allais à la messe deux fois par semaine, je m'agenouillais chaque matin et chaque soir pour prier. Je me suis penchée au chevet des malades, j'ai donné aux pauvres. Je ne me suis jamais plainte de mes voisins. Tout ça... pour rien.
— Peut-être confondiez-vous Dieu et le père Noël.
— Je vous interdis de me faire la morale !
Elle serra les poings, le regard féroce, presque sauvage. Elle était grande, mais elle avait une silhouette frêle, délicate, et ses yeux semblaient lui manger la figure. Sa bouche était petite, ses lèvres, rouges comme un fruit mûr. Ses cheveux formaient un halo de feu autour de son visage trop pâle.
Elle aurait pu paraître ridicule. Sa robe maculée de taches de peinture pendouillait de partout, ses gros mocassins noirs contrastaient de façon grotesque avec la finesse de ses chevilles. Mais elle restait digne.
Sans presque s'en rendre compte, il la serra contre lui. Elle était mince et fragile, mais loin d'être brisée, comme lui. Il aurait voulu à la fois la protéger, la réconforter, lui faire l'amour et la détruire.
Elle enfonça les doigts dans les muscles de ses bras. Il l'étreignit, effleura ses lèvres. Elles étaient

douces, avec un goût de miel. Il renversa la tête en arrière.

— J'ai envie de vous.

Elle acquiesça. Cette acceptation tranquille le mit en fureur. Il la regarda droit dans les yeux.

— Une fois de plus, la noble veuve Snopes se sacrifie pour son enfant, cracha-t-il. Très peu pour moi, merci.

Il la relâcha, et Rachel le dévisagea d'un air froid. Il se remit à dégager la route.

— Ce ne serait pas forcément un sacrifice.

Il s'immobilisa.

— Qu'est-ce que vous racontez ?

Elle haussa les épaules.

— Vous avez un corps magnifique. Je n'ai pas pu m'empêcher de le remarquer, tout à l'heure.

— Rachel, arrêtez vos impertinences. Soyez claire, pour une fois.

Son menton trembla, mais elle était trop solide pour éclater en sanglots devant lui.

— Peut-être ai-je besoin de savoir ce que c'est que d'être avec un homme qui n'exige pas d'avoir une sainte dans son lit.

C'était donc cela.

— J'ai vingt-sept ans. Je n'ai connu que mon mari. Je n'ai jamais eu d'orgasme. Rigolo, non ?

Il n'avait aucune envie de rire. Au contraire, il était fou de rage.

— Ah, parce que maintenant, il s'agit d'une expérience ? Vous voulez que je sois votre cobaye ?

— C'est vous qui m'avez sauté dessus, je vous signale.

— Un moment d'égarement.

Elle afficha un sourire insolent.

— J'espère bien que non. S'il n'y avait pas de lumière, et si vous vous taisiez, je pourrais faire semblant d'être avec quelqu'un d'autre. Ce pourrait être intéressant.

La colère de Gabriel se dissipa aussi vite qu'elle était montée. Décidément, cette fille était particulière. Il jeta sa pelle à l'arrière de la camionnette.

— Allons-y.

Russ Scudder regarda la lumière des phares s'éloigner, puis se dirigea vers la maison d'Annie.

— Il l'a embrassée, déclara Donny Bragelman.

— Ouais. J'ai vu.

Tous deux étaient dissimulés derrière un bosquet d'arbres, à une trentaine de mètres de la route. Ils n'avaient pas pu entendre la conversation de Gabriel et de la veuve Snopes, mais ils étaient suffisamment près pour les distinguer dans la pénombre.

Après avoir mis le feu à la croix, Donny et Russ s'étaient cachés pour la regarder brûler, tout en buvant leur bière. Ils s'apprêtaient à partir, quand le véhicule de Gabriel avait surgi. Le désarroi de Rachel Snopes les avait remplis de satisfaction.

— C'est une pute, décréta Russ. Je l'ai toujours dit, dès le premier jour.

Il mentait. À l'époque où il travaillait comme gardien de sécurité au Temple, il ne l'avait aperçue qu'en compagnie de son fils. Elle s'était toujours montrée aimable. Mais c'était avant la débandade.

Au début, pour Russ, tout s'était passé à merveille. Engagé comme assistant de sécurité, il était chargé de veiller sur G. Dwayne et sur le bâtiment. Il avait l'impression d'accomplir quelque chose d'important. Les habitants de Salvation avaient cessé de le considérer comme un bon à rien.

Malheureusement, dans sa chute vertigineuse, G. Dwayne avait entraîné Russ avec lui. Plus personne ne voulait l'engager parce qu'il avait été associé au Temple. Son épouse avait fini par le mettre dehors, et il voyait rarement son enfant. Sa vie était devenue un enfer.

— On l'a bien eue, marmonna Donny.

Donny Bragelman était le seul ami de Russ. Il était encore plus nul que ce dernier. Il riait à tort et à travers et avait la manie de se gratter l'entrejambe en public. Cependant, il avait un emploi à l'*Amoco*. Russ pouvait lui emprunter de l'argent et l'entraîner où il voulait. Comme ce soir.

Russ voulait se débarrasser de Rachel Snopes. Il espérait que la vision de cette croix en feu la chasserait. Il ne supportait pas qu'elle soit revenue comme si de rien n'était. D'autant que c'était à elle que Gabriel Bonner avait donné son dernier boulot. Depuis une semaine, Russ ne pensait qu'à ça.

Russ avait proposé ses services à Gabriel dès que celui-ci avait acheté le drive-in. Le travail était minable, et Gabriel était un patron exigeant. Au bout de quinze jours, il avait renvoyé son employé, sous prétexte qu'il était arrivé en retard deux ou trois fois. L'imbécile.

— Ouais, on l'a bien eue, répéta Donny, en se grattant les parties. Tu crois qu'elle va s'en aller, maintenant ?

— Si elle ne part pas, elle le regrettera, dit Russ.

Trois jours plus tard, Rachel était en train d'appliquer une couche de laque sur la cage à poules de l'aire de jeux. Son regard se portait régulièrement sur le toit du restaurant, que Gabriel achevait de remettre en état. Il avait ôté sa chemise et noué un foulard rouge autour de sa tête. Son torse luisait de transpiration.

La gorge sèche, elle admira sa musculature. Elle avait envie de le toucher.

Peut-être était-ce le fait de manger de nouveau normalement ? Son corps semblait ressuscité. Elle ne se lassait pas de l'admirer. Oui, ce devait être la nourriture.

Elle plongea son pinceau dans le seau et décida de ne plus se mentir. Depuis leur dernière étreinte, l'atmosphère entre eux était chargée d'électricité. Ils s'efforçaient de s'ignorer, mais ils étaient très conscients de leur présence réciproque.

Elle avait trop chaud. Elle déboutonna encore le haut de sa blouse vert foncé. Dans le placard de la salle de couture, Kristy avait découvert plusieurs cartons remplis de vieilles robes d'intérieur. Elle les avait données à Rachel, qui les avait acceptées avec reconnaissance, trop contente de remplir sa garde-robe sans dépenser un sou. Pour l'heure, cependant, elle étouffait.

Gabriel marqua une pause, s'essuya la poitrine du revers de la main, se tourna vers elle. Il était trop loin pour qu'elle voie ses yeux, mais elle eut l'impression que son regard lui caressait le corps.

Elle eut un frémissement. L'un et l'autre se détournèrent.

Elle se remit à l'ouvrage, et s'obligea, jusqu'à la fin de l'après-midi, à penser à la façon dont elle allait se réintroduire dans son ancienne maison et récupérer le coffre.

La main de Rachel se resserra autour de la cuiller en bois. Elle se doutait que ce serait pénible, mais pas à ce point.

— Ils sont morts instantanément, expliqua Kristy, qui préparait une laitue. Ce fut épouvantable.

Le regard de Rachel se voila de larmes. Elle comprenait l'amertume de Gabriel.

— Jamie avait cinq ans, poursuivit Kristy d'une voix tremblante. On aurait dit Gabriel en miniature. Ils étaient inséparables, tous les deux. Quant à Cherry, elle était merveilleuse. Depuis le drame, Gabriel n'est plus le même.

Rachel avait du mal à respirer. Elle imaginait la douleur que pouvait éprouver Gabriel, et elle avait mal pour lui. En même temps, elle sentait que la pitié était son plus grand ennemi.

— Il y a quelqu'un ?

En entendant Ethan Bonner, Kristy laissa tomber son couteau. Elle tressaillit, chercha à le ramasser, le lâcha de nouveau.

Rachel était tellement ébranlée par ce qu'elle venait d'apprendre qu'il lui fallut plusieurs secondes pour se rendre compte à quel point le comportement de Kristy était étrange. Ethan était son patron, elle le voyait chaque jour. Pourquoi se mettre dans un tel état ?

Kristy demeurait une énigme. Edward l'adorait, et elle le lui rendait bien, mais elle n'en était pas moins réservée et secrète.

Comme elle ne réagissait pas, Rachel invita Ethan à entrer. Elle vit Kristy afficher un air calme et posé.

— Ethan, nous allions nous mettre à table, s'exclama-t-elle. Tu veux manger avec nous ?

— Euh… pourquoi pas.

Il gratifia Rachel d'un signe de tête glacial.

Chemise bleue, pantalon kaki impeccablement repassé, cheveux blonds coupés à la perfection, yeux d'un bleu intense, traits réguliers, il ressemblait davantage à un mannequin de *Vogue* qu'à un membre du clergé.

— Je passais simplement te déposer le matériel pour la lettre d'information, dit-il à Kristy. Tu m'as dit que tu voulais t'en occuper demain matin, et je ne serai pas là avant quatorze heures.

Kristy lui prit le dossier des mains et le mit de côté.

— Rafraîchis-toi pendant que nous finissons de mettre le couvert. Rachel nous a préparé un somptueux plat de pâtes.

Ethan protesta à peine. Au cours du repas, il ne s'adressa qu'à Kristy et à Edward. Ce dernier lui raconta en détail comment il avait nourri Snuggle, le cobaye de la garderie, et Rachel prit conscience qu'une bonne relation s'était établie entre eux sans qu'elle s'en aperçoive. Elle fut heureuse de constater qu'Ethan n'avait pas projeté son hostilité envers elle sur son fils.

L'attitude de Kristy était très maternelle. Elle traitait Ethan comme un gamin de dix ans un peu attardé. Elle saupoudra ses tagliatelles de parmesan et versa une dose de vinaigrette sur sa salade. Un peu plus, et elle lui aurait coupé sa viande…

Lui, en revanche, demeurait insensible à ses attentions et à ses regards langoureux.

*Tiens ! Tiens !* songea Rachel. *Je commence à comprendre…*

Ethan étant reparti, Rachel envoya Edward dehors attraper des vers luisants pendant qu'elle lavait la vaisselle avec Kristy.

— Vous connaissez Ethan depuis longtemps ?

— Presque toute ma vie.

— Euh… Je parie que vous êtes amoureuse de lui depuis toujours.

Le bol que Kristy tenait s'échappa de ses doigts et tomba sur le linoléum, où il se brisa en deux morceaux bien nets.

Rachel baissa les yeux.

— Décidément, vous faites tout proprement.

— Pourquoi avez-vous dit cela ? À propos d'Ethan ? Que sous-entendiez-vous ?

Rachel se pencha pour nettoyer les dégâts.

— Laissez tomber. Je suis trop curieuse. Et votre vie privée ne me regarde pas.

— Ma vie privée, marmonna Kristy. Comme si j'en avais une.

— Qu'attendez-vous pour y remédier ?

— Y remédier ? répéta-t-elle, incrédule.

— De toute évidence, vous êtes attachée à lui.

Rachel s'attendait vaguement à ce que Kristy le nie farouchement. Elle n'en fit rien.

— Ce n'est pas si simple. Ethan Bonner est l'homme le plus séduisant de Salvation, voire de l'État de la Caroline du Nord, et il a un faible pour les jolies femmes couvertes de bijoux en robes moulantes.

— Mettez des bijoux et une robe moulante. Au moins, il vous remarquera.

Kristy haussa un sourcil.

— Moi ?

— Pourquoi pas ?

— Moi ? toussota-t-elle. Moi ? Vous m'imaginez… une simple secrétaire de paroisse… je… je suis si ordinaire…

— D'après qui ?

— Je ne pourrai pas. Jamais.

— Très bien.

— J'aurais l'air ridicule.

Rachel s'adossa à la table de la cuisine.

— Vous n'êtes pas laide, Kristy, en dépit de vos tenues de souris grise… Entre parenthèses, je n'ai rien à dire, murmura-t-elle avec un sourire penaud, en contemplant sa robe des années cinquante et ses mocassins noirs.

— Vous ne me trouvez pas laide ? Vraiment ?

Le cœur de Rachel se serra.

— Venez, installons-nous au salon. Non, vous n'êtes pas laide, loin de là. Vous êtes mince, ce qui plaît beaucoup aux hommes, vous avez les traits fins. Je suis sûre que vous avez de jolis seins, cachés sous ce chemisier trop classique, et...

— Vous croyez ?

— Vous le savez mieux que moi. Ce que je pense, Kristy, c'est que vous avez décidé une fois pour toutes, il y a très longtemps, que vous étiez moche. Vous n'avez jamais pris la peine de revenir là-dessus.

Kristy était partagée entre l'espoir, la stupéfaction et l'incompréhension. Rachel lui accorda quelques minutes de répit et en profita pour admirer la pièce au décor rustique mais chaleureux. Dehors, Edward courait après les vers luisants. Gabriel s'était-il assis à cet endroit pour contempler son fils ?

— Comment dois-je m'y prendre, selon vous ? demanda enfin Kristy.

— Je n'en sais rien. Si, prenez rendez-vous dans un salon de beauté. Faites-vous coiffer et maquiller. Allez vous acheter quelques vêtements dans une boutique à la mode.

Kristy parut enchantée par cette idée, mais elle s'assombrit très vite.

— Je pourrais me présenter au bureau toute nue, Ethan ne s'en rendrait même pas compte.

— Ce serait une excellente initiative, plaisanta Rachel. Mais je crois qu'il vaut mieux commencer par un changement total de votre personnalité.

Kristy arrondit la bouche, choquée, puis éclata de rire. Rachel décida de ne pas en rester là.

— Ah ! Un petit conseil… Cessez donc de le chouchouter.

— Que voulez-vous dire ?

— Comment voulez-vous qu'il vous considère comme une maîtresse, alors que vous vous comportez comme une mère ?

— Ce n'est pas vrai !

— Vous avez versé la vinaigrette sur sa salade !

— Parfois, il oublie.

— Tant pis pour lui. Il n'en mourra pas.

— Mais… c'est mon patron. Mon rôle est de m'occuper de lui.

— Depuis combien de temps exercez-vous ce métier ?

— Huit ans.

— Vous n'avez rien à vous reprocher, je suppose ? Vous êtes sans doute la meilleure secrétaire qui soit. Vous devinez ses pensées, vous savez ce dont il a besoin avant qu'il ne vous le demande.

Elle acquiesça.

— Qu'en avez-vous retiré, sinon un salaire mensuel ?

Kristy pinça les lèvres.

— Rien. Rien du tout. Ça ne me plaît même pas. Depuis quelque temps, je me dis que je ferais mieux d'aller m'installer en Floride, comme le souhaiteraient mes parents. Ils sont partis là-bas au moment de leur retraite, mais comme ils s'ennuyaient, ils ont ouvert une petite boutique de souvenirs à Clearwater. Ils me supplient de descendre les aider à gérer l'affaire.

— Et vous, qu'avez-vous envie de faire ?

— Je veux m'occuper d'enfants.

— Qu'attendez-vous pour vous y mettre ?

— Ce n'est pas si facile. Au moins, là, je suis près de lui.

— Est-ce une vie ?

— Vous ne comprenez pas !

— Je comprends mieux que vous ne le pensez. Dwayne m'a déguisée en traînée, tout en exigeant que je me comporte comme une sainte. J'ai tout essayé pour le satisfaire. Je n'étais jamais à la hauteur. Au lieu de vivre uniquement pour Ethan Bonner, vous devriez commencer à vivre pour vous.

— Et ma transformation, alors ? murmura Kristy, un peu déçue.

— Faites-le seulement si vous ne vous plaisez pas comme vous êtes.

Kristy soupira.

— Je me déteste.

— Tentez le coup, dans ce cas. Mais pour vous, Kristy. Pas pour Ethan.

Elles échangèrent un sourire, et Rachel constata avec bonheur que quelque chose avait changé entre elles. Désormais, elles étaient amies.

Au fil des jours, le corps de Rachel reprenait vie. Elle se sentait jeune et attirante. Le temps était magnifique, la température agréable. Quand Gabriel marquait une pause dans son travail, il essuyait une main sur son jean et la contemplait. Un frémissement la parcourait.

Parfois, il aboyait un ordre ou une insulte à peine voilée. Rachel n'en tenait pas compte, car elle devinait le sens profond de ces paroles : *J'ai envie de vous*.

C'était réciproque. Mais purement physique. Elle ne voulait rien de plus avec lui.

Quand elle avait l'impression que son désir allait la submerger, elle s'efforçait de penser à autre chose : à sa nouvelle amie Kristy, au bonheur retrouvé d'Edward, au coffre Kennedy.

Chaque soir, elle s'aventurait jusqu'au sommet de la colline de Heartache pour contempler la maison dans laquelle elle avait vécu autrefois. Elle devait y retourner pour récupérer son bien, mais elle ne pouvait pas prendre ce risque tant qu'il s'y trouvait. Il n'avait pas dit un mot au sujet de la clé. Préoccupé par l'ouverture du drive-in dans deux semaines, il avait dû oublier. Sinon, il lui en aurait parlé... Si seulement il pouvait s'absenter...

Neuf jours après sa première incursion dans la demeure de Charles Bonner, la chance se présenta enfin. Elle était en train de fixer les poignées aux portes des placards du restaurant, quand il s'approcha.

— Ethan et moi avons une affaire à régler. Je ne serai pas de retour cet après-midi. Fermez tout à double tour avant de partir.

Elle acquiesça, le cœur battant.

Elle acheva son ouvrage en un temps record, puis se précipita à la maison d'Annie pour y chercher la clé, dissimulée au fond du tiroir d'une commode. Lorsqu'elle atteignit enfin son but, il pleuvait légèrement.

Sa jupe était humide, de même que ses lourdes chaussures et ses chaussettes. Elle les retira dans la buanderie, afin de ne laisser aucune trace, et s'avança pieds nus jusqu'à l'escalier.

Elle fouilla d'abord la nursery. En vain. Elle se dirigea vers son ancienne chambre à coucher. Elle inspecta rapidement l'armoire, mais n'y découvrit rien d'intéressant. Il restait le bureau. Rachel ouvrit délicatement le tiroir du bas et retint son souffle. Le coffre ! Enfin !

Elle l'extirpa de sa cachette, l'ouvrit : il contenait une collection de disquettes multicolores. Elle les retira, les rangea soigneusement dans le tiroir, puis, le précieux coffre sous le bras, elle se rua vers le palier. Elle était tellement soulagée qu'elle en avait le vertige.

Elle était sur la première marche, quand Ethan Bonner poussa la porte d'entrée. Elle se figea. Trop tard. Il l'avait vue.

— Vous voilà voleuse, constata-t-il d'un ton sec.

— Bonjour, Ethan. Gabriel m'a priée de venir chercher ça.

— Vraiment ?

Elle s'obligea à sourire en venant vers lui.

— Je ne sais pas pourquoi il le veut. Vous savez, je ne suis qu'une employée, il ne me raconte pas tout.

— Peut-être me fournira-t-il une explication, si je la lui demande.

— Oh, ce n'est pas nécessaire…

— Gabriel ! s'écria Ethan en se tournant vers la porte restée ouverte… Tu peux venir, s'il te plaît ?

Un sentiment de panique assaillit la jeune femme.

— Laissez tomber. Je lui en parlerai tout à l'heure au boulot.

Sur ces mots, elle tourna les talons et courut vers l'arrière de la maison.

Ethan la rattrapa avant qu'elle ait traversé la cuisine.

— Pas si vite !

Gabriel surgit.

— Ethan ? Que se passe-t-il ? Rachel… ?

Il resta un instant immobile, puis tira la porte derrière lui.

— Je me demandais quand vous finiriez par utiliser cette clé.

— Tu lui as donné une clé ? s'exclama Ethan.

— Pas exactement. Disons que je savais qu'elle en avait une.

Il lui avait tendu un piège, et elle était tombée dedans la tête la première. Rachel s'indigna :

— Pourquoi n'avez-vous rien dit, si vous saviez qu'elle était en ma possession ? Et que faites-vous là ?

Sidéré par cette attaque, Ethan resta figé. Gabriel, lui, haussa les épaules.

— Charles a autorisé Ethan à prendre la table de la salle à manger pour la paroisse. Nous étions en train de la charger dans la camionnette.

Son regard s'attarda sur la jupe qui lui collait aux cuisses, sur ses mollets maculés de boue, ses pieds nus.

— Vous m'avez parlé d'une affaire à régler, pas d'un déménagement ! accusa-t-elle.

Gabriel ne dit rien. Ethan avait recouvré ses esprits.

— Je n'en reviens pas. Tu la laisses faire ? C'est elle qui s'est introduite dans cette maison !

— Parfois, il est plus facile de laisser à Rachel le temps de se calmer avant de discuter avec elle.

— Qu'est-ce qui se passe entre vous deux ? rugit Ethan en s'empourprant. Pourquoi l'écoutes-tu ? C'est une menteuse, une spécialiste de l'escroquerie.

— Ce sont là ses plus grandes qualités, riposta Gabriel. Vous avez perdu vos beaux mocassins ? railla-t-il.

— Je ne voulais pas salir.

— C'est très aimable à vous.

Ethan se jeta sur le téléphone.

— Jane rangeait ses disquettes dans cette boîte. J'appelle la police. La présence de Rachel me paraît louche depuis le début.

— Je me charge du problème, Ethan. Rachel, donnez-moi ce coffre.

— Allez au diable.

Il haussa un sourcil.

— Ethan, prends la camionnette. J'ai mis une bâche sur la table, elle ne craint rien.

— Je refuse de partir. Après tout ce que tu as subi...

Une fois de plus, le petit frère venait au secours du grand. Rachel ricana.

— Quoi ?

— Vous savez, ce n'est pas parce qu'on a souffert qu'on devient inapte à quoi que ce soit. Cessez donc de le dorloter.

Cette déclaration choqua même Gabriel. Il ne lui avait jamais parlé de ses souffrances. L'hostilité d'Ethan s'intensifia.

— De quel droit jugez-vous ma relation avec lui ? Gabriel, je n'y comprends rien. Je croyais qu'elle était juste une employée, mais...

— Mais... ?

— Tu ne devrais pas rester seul avec elle.

— Je ne serai pas seul, répliqua Gabriel avec un petit sourire. Ses cris me tiendront compagnie.

## 10

Ethan partit à contrecœur. Rachel n'avait besoin que de quelques minutes pour inspecter le fond du coffre, sous la doublure.

— Votre frère est un grognon. Ce doit être un héritage familial.

Gabriel croisa les bras et s'adossa à l'une des colonnes sculptées flanquant l'entrée du salon.

— Je suis étonné que vous ne vous soyez pas déshabillée devant lui pour acheter son silence.

— Tout s'est passé si vite. Je n'y ai pas pensé.

Il fit un pas en avant.

— Donnez-moi ça.

— Pas question. Ce coffre m'appartient. Ma grand-mère me l'a offert pour mes six ans.

— Donnez-le-moi.

— Elle a vendu des courgettes tout un été pour pouvoir me l'acheter. Elle m'a fait promettre de ne jamais m'en séparer.

— Rachel, on peut se battre ou discuter. À vous de choisir.

— Très bien, concéda-t-elle. Je vais vous le rendre. Mais avant cela, j'aimerais me sécher. Je meurs de froid.

Elle tenta de se diriger vers l'escalier. Gabriel lui barra le chemin et lui arracha le coffre des mains.

— Allez vite vous sécher pendant que je range ça. Je reprendrai la clé, aussi.

— Arrêtez ! Laissez-moi au moins regarder à l'intérieur.

— Pourquoi ?

— Parce que j'y ai peut-être laissé quelque chose.

— Par exemple ?

Elle hésita.

— Une lettre d'amour de Dwayne.

Il lui lança un regard noir et tourna les talons.

— Arrêtez !

Il continua.

— Attendez ! hurla-t-elle en le saisissant par le poignet. Bon, d'accord… peut-être que c'est Dwayne qui y a laissé quelque chose.

— Par exemple ?

— Par exemple... un... une boucle des cheveux d'Edward.

— Je ne suis pas convaincu.

Il repartit.

— D'accord, d'accord ! Je vais vous le dire... Par exemple, l'indication de l'endroit où il a caché les cinq millions de dollars.

Gabriel s'immobilisa.

— Ah, nous y voilà !

— Cet argent m'appartient, Gabriel. C'est l'héritage d'Edward. J'ai encore des dettes à rembourser, mais le reste est à lui. Je l'ai gagné à la sueur de mon front !

— Comment cela ?

— J'ai vendu mon âme, avoua-t-elle dans un murmure.

Il inclina la tête, se tut un instant, puis :

— Je vais vous chercher un peignoir. Vous claquez des dents.

Une demi-heure plus tard, elle s'assit en face de lui dans la cuisine, vêtue d'une robe de chambre marron, ne quittant pas des yeux le coffre Kennedy. Ses yeux étaient secs, pour rien au monde elle ne pleurerait devant lui, mais intérieurement, elle était au désespoir.

— J'étais pourtant certaine...

Elle secoua la tête, dépitée : le coffre ne contenait pas le moindre indice. Ils l'avaient examiné au millimètre près, mais n'avaient trouvé ni compartiment secret, ni numéro de compte bancaire en Suisse, ni microfilm, ni mot de passe pour un ordinateur...

— Le shérif du comté était là, avec les policiers de Salvation. L'un d'entre eux a dû...

— Ça n'a aucun sens, décréta Gabriel en ramassant sa tasse vide pour la remplir de café. Vous m'avez dit que vous aviez inspecté le coffre avant de monter dans votre voiture. Vous n'avez rien découvert à ce moment-là, n'est-ce pas ?

Il avait raison. Gabriel lui effleura l'épaule d'un geste étonnamment doux.

— Rachel, à mon avis, les cinq millions de dollars sont au fond de l'océan.

— Non. Dwayne a dû quitter le pays très vite. Il n'a pas eu le temps de procéder à une transaction compliquée. Jamais il n'aurait eu le droit de prendre une telle somme avec lui à la dernière minute... Non... Quand il m'a suppliée de le laisser dire au revoir à Edward, j'ai cru qu'il était sincère. Pourtant, je sentais que c'était louche.

— Dans ce cas, pourquoi ne vous a-t-il pas simplement demandé d'apporter le coffre ? Pourquoi a-t-il insisté pour revoir Edward ?

— À cette époque, nous nous adressions à peine la parole. Il savait que je ne pouvais pas lui refuser une ultime rencontre avec son fils.

Elle serra les doigts autour de sa tasse brûlante.

— J'étais enceinte d'Edward, quand je me suis enfin rendu compte de ce qui se passait au Temple. J'avais décidé de quitter Dwayne, mais quand je le lui ai annoncé, il est devenu fou. Ce n'était pas par amour, mais parce que ses fidèles m'appréciaient beaucoup.

Elle eut une moue amère.

— Il a menacé de m'enlever la garde d'Edward si je partais. J'ai dû rester, continuer à paraître à la télévision avec lui, sans jamais trahir mon désarroi. Si je n'avais pas respecté sa volonté, il se serait arrangé pour que ses amis témoignent contre moi.

— Le salaud.

— Ce n'est pas ainsi qu'il se voyait. Il justifiait toutes ses actions par des extraits de la Bible.

— Il vous a demandé de l'apporter...

— Elle avait appartenu à sa mère. Il était... Gabriel, croyez-vous que l'indice soit caché dans sa Bible ?

— Non. Je suis persuadé que l'argent est au fond de l'océan.

— Vous vous trompez ! Vous ne savez pas combien il était paniqué, ce soir-là.

— Il fuyait le pays, il n'y avait pas de quoi s'affoler.

— Très bien. Ne me croyez pas, lança-t-elle en se levant, au comble de la frustration.

Elle devait à tout prix retrouver cette Bible. Mettre la main sur cet argent était son seul espoir pour l'avenir. Mais Bonner n'en avait cure.

Ravalant un sanglot, elle se dirigea vers la buanderie. Sa robe tournait dans le sèche-linge.

— Rachel, je suis de votre côté, dit-il d'une voix douce.

Elle ne s'attendait pas à ce qu'il la soutienne, et elle était tellement lasse de se battre qu'elle faillit craquer. Elle aurait voulu se lover contre lui, ne fût-ce qu'un moment, pour partager un peu le poids de ses soucis. La tentation était si forte qu'elle en fut effrayée. Elle ne pouvait dépendre de personne d'autre que d'elle-même.

— Quel grand cœur ! railla-t-elle, décidée à ériger entre eux une barrière qu'il n'oserait plus franchir.

Il ne se fâcha pas.

— Je suis sincère.

Elle fit volte-face.

— Tu parles ! Qui essayez-vous de duper ? Après ce que vous avez connu, vous êtes tellement tordu que vous ne pouvez aider quiconque, et moi encore moins.

À peine avait-elle fini sa phrase, qu'elle s'en voulut d'avoir été aussi dure. Qu'est-ce qu'il lui prenait ? Jamais elle n'avait eu l'intention de se montrer aussi cruelle. Elle éprouva un élan de haine envers la harpie qu'elle était devenue.

Il ne réagit pas. Il se détourna sans un mot.

Fourrant les mains dans les poches du peignoir, elle lui emboîta le pas.

— Je suis désolée, Gabriel. Je n'aurais pas dû…

— Oubliez cela. Rhabillez-vous, je vous emmène, ajouta-t-il en s'emparant de son trousseau de clés.

La sonnerie du sèche-linge retentit. Rachel comprit qu'elle ne devait pas insister. Ou il accepterait ses excuses, ou alors, il les rejetterait.

Elle repartit dans la buanderie revêtir sa robe. Celle-ci était froissée, mais elle n'avait rien d'autre à se mettre…

Elle venait de l'enfiler, quand la porte s'ouvrit. Elle resserra l'étoffe autour de son buste.

Bonner paraissait hostile et malheureux : front plissé, lèvres pincées, poings serrés.

— Mettons les choses au clair tout de suite : je n'ai besoin de la pitié de personne. Surtout pas de la vôtre.

Elle se concentra sur ses boutons.

— Vous êtes trop indépendant pour m'inspirer de la pitié. Cependant, je suis triste que vous ayez perdu vos proches.

Il ne dit rien. Lorsqu'elle leva enfin les yeux, elle constata qu'il s'était légèrement décontracté.

— À quoi pensiez-vous quand vous avez dit à Ethan d'arrêter de me dorloter ?

— Rien. Une fois de plus, ma langue a fourché.

— Pour l'amour du ciel, Rachel, quand vous déciderez-vous à être franche avec moi ?

Il disparut. Elle fronça les sourcils. Il n'était pas à prendre avec des pincettes. Lorsqu'elle le rejoignit dans la cuisine, il s'était coiffé d'une casquette de base-ball à l'insigne des Chicago Stars. Elle s'avança jusqu'à lui.

— Les gens parlent de vous comme si vous alliez vous briser en mille morceaux d'un instant à l'autre. Je trouve cela malsain. Ça vous empêche d'avancer. Vous êtes un homme fort. Tout le monde devrait s'en souvenir, vous y compris.

— Fort ! répéta-t-il. Vous ne savez rien de moi.

— Vous êtes solide, Gabriel, insista-t-elle, tandis que la casquette valsait de l'autre côté du plan de travail et atterrissait par terre.

— Ne croyez pas que je suis comme vous !

Il traversa la salle de séjour au pas de charge. Il sortit par la baie vitrée qui donnait sur la terrasse. Il pleuvait, mais il ne semblait pas s'en apercevoir. Des gouttelettes d'eau dégoulinaient de ses cheveux sur son tee-shirt sombre. Il paraissait si seul. Elle s'approcha tout doucement.

— J'ai un pistolet près de mon lit, Rachel. Ce n'est pas pour assurer ma protection.

— Gabriel…

Elle avait envie de le toucher, de le réconforter, mais il était complètement renfermé sur lui-même. Elle se plaça à côté de lui, les bras sur la rampe mouillée.

— Le chagrin ne s'atténue pas ?

— Il s'est estompé. Puis vous avez surgi dans mon existence.

— Je vous ai rendu les choses plus difficiles ?

Il hésita.

— Je n'en sais rien. Ce que je sais, c'est que depuis votre venue, elles ont changé.

— Cela vous déplaît, devina-t-elle.

— Peut-être que cela me plaît trop, répliqua-t-il. Au fond, vous avez été une distraction.

— J'en suis heureuse.

— Pas forcément une bonne distraction, précisa-t-il.

— Je comprends.

Elle était trempée, mais il faisait plus chaud à l'extérieur qu'à l'intérieur, où l'air était climatisé.

— Elle me manque terriblement, tout le temps.

Il scruta Rachel avant d'ajouter :

— Pourquoi ai-je tellement envie de vous ?

Un lointain grondement de tonnerre accompagna ces paroles. Elle tressaillit.

— Je crois... Je crois que c'est le désespoir qui fait que nous sommes attirés l'un par l'autre.

— Je n'ai rien à vous offrir, sinon mon corps.

— Peut-être est-ce exactement ce dont j'ai besoin.

— Vous ne savez pas ce que vous dites.

— Vous ne savez pas ce que je pense, riposta-t-elle en lui tournant le dos.

Les bras croisés, elle alla à l'autre bout de la terrasse. Le ciel était bas, la brume s'accrochait aux montagnes lointaines.

— On m'a volé ma vie de femme, Gabriel. La nuit de mes noces, Dwayne m'a fait un sermon digne du XIXe siècle : mon corps était le vaisseau de Dieu, il voulait y toucher le moins possible. Il m'a laissée m'allonger sur le lit. Il ne m'a pas caressée. Il s'est contenté de me pénétrer, brutalement. J'ai eu très mal. Plus je pleurais, plus il était heureux : c'était la preuve de ma vertu, de ma pureté. Mais il se trompait. J'étais fascinée par la sexualité depuis toujours. Non, vraiment, vous ne savez pas ce que je veux.

— Entendu. Je n'en parlerai plus.

— Je ne sais pas pourquoi je vous parle de tout ça, enchaîna-t-elle, perplexe. Je me demande pourquoi j'ai envie de vous. Vu ma chance avec les hommes, vous êtes sans doute aussi nul au lit que l'était Dwayne.

Il esquissa un sourire.

— C'est possible.

Elle s'adossa à la rampe.

— Vous étiez fidèle à votre femme ?

— Oui.

— Vous en avez connu beaucoup d'autres avant elle ?

— Non. J'avais quatorze ans quand je suis tombé amoureux d'elle.

Il soutint le regard de Rachel. Elle chercha à déchiffrer le fond de ses pensées.

— Vous voulez dire que...

— Je n'ai eu qu'une femme dans mon existence, Rachel.

— Même depuis sa mort ?

— J'ai rencontré une prostituée, à Mexico, mais je l'ai renvoyée dès qu'elle a ôté ses vêtements. Vous avez peut-être raison : je dois être impuissant. Bon... assez de questions, conclut-il soudain en se rapprochant d'elle.

— Je vous ai tout raconté. Vous pourriez être plus loquace.

— Franchement, depuis quelques années, je pense rarement au sexe. Mais j'avoue que le jour où vous vous êtes déshabillée devant moi...

— J'étais désespérée. Autrefois, j'étais plutôt jolie.

Il prit une boucle de ses cheveux et la plaça délicatement derrière son oreille.

— Vous l'êtes encore, Rachel, surtout depuis que vous avez recommencé à manger. Vos joues ont enfin des couleurs.

Elle eut la sensation qu'il la buvait des yeux, et en fut troublée.

— N'oublions pas que j'ai le bout du nez froid. Ce n'est pas grave. Vous n'êtes pas obligé de mentir. Tout ce que j'essaie de vous dire, c'est que j'étais plutôt attirante.

— C'était un compliment, Rachel.

— Quoi, le bout du nez froid ?

Il s'esclaffa.

— Décidément, vous êtes exaspérante. Je ne comprends pas ce que j'apprécie dans votre compagnie.

— C'est la pensée du jour, Bonner. Si la façon dont vous m'avez traitée trahit votre affection, vous feriez sans doute mieux de reconsidérer vos capacités de communication.

Il sourit.

— Vous frissonnez.

— J'ai froid, mentit-elle.

— Je crois pouvoir y remédier.

Il l'enlaça, la pressa contre lui. Oh, oui… Elle goûta sa chaleur, la puissance de sa musculature. Il lui mordilla le lobe de l'oreille. Paupières closes, elle retint un frémissement. L'instant était crucial. Si elle le laissait faire, ce ne serait qu'une partie de jambes en l'air. Était-elle assez forte pour renoncer à son fantasme de l'amour parfait ?

Elle se rendit compte tout d'un coup qu'elle n'y croyait plus depuis des siècles. Sa vie lui interdisait de rêver. Était-ce un péché de s'offrir enfin un petit plaisir, pour elle toute seule ?

Il recula légèrement, posa les mains sur ses seins.

— J'ai envie de vous toucher depuis le premier jour.

Elle se serra contre lui, timidement tout d'abord, puis avec un soupçon d'agressivité. Il retint son souffle. Elle voulait davantage. Elle tenta de déboutonner sa braguette.

Bonner s'écarta comme si elle l'avait brûlé.

— N'allons pas trop vite… Rentrons…

Rachel eut du mal à contenir sa colère et son humiliation.

— Je ne suis pas vierge, vous savez. Je n'ai pas peur de vous. Vous venez de tout gâcher, Bonner. Allez au diable !

Tournant les talons, elle descendit les marches glissantes et s'enfuit en courant.

— Rachel !

Elle avait laissé ses mocassins dans la buanderie. Tant pis. Elle gravirait la colline de Heartache pieds nus. Serrant les poings, elle comprit soudain que ce n'était pas ce qu'elle voulait.

Elle repartit en sens inverse.

— Vous réagissez un peu vite, vous ne trouvez pas ?

— Allez vous faire cuire un œuf.

En trois enjambées, il fut devant elle. Il la saisit par sa robe, l'ouvrit d'un geste irrité.

— Aïe !

— Taisez-vous.

Il embrassa le bout de son sein. Rachel fondit.

— Alors... où en étais-je, déjà ? murmura-t-il.

— Oh, Gabriel, souffla-t-elle.

## 11

Il fit glisser sa robe sur ses épaules et mit les mains sur ses seins.

Un instant plus tard, ils étaient agenouillés dans l'herbe trempée. Étourdie par l'intensité de son désir, elle se rendit compte tout d'un coup qu'ils ne s'étaient pas embrassés. Elle chercha ses lèvres, renversa la nuque, ferma les yeux.

Il la poussa à terre et se coucha près d'elle, une main sous sa jupe. Une boucle noire lui collait au front.

— Vous avez la peau douce,. murmura-t-il.

Elle était presque nue dans l'herbe. Elle aurait dû avoir froid. Elle se sentait brûlante.

— Vous êtes trop habillé, marmonna-t-il.

— C'est exactement ce que je me disais.

Ils se remirent à genoux, et pendant que Gabriel continuait de la caresser, elle lui arracha son tee-shirt. Un gémissement lui échappa lorsqu'il glissa la main vers son intimité.

— Ne bougez pas, chuchota-t-il.

Elle s'attaqua à sa braguette.

— Non... geignit-il.

Ils frémirent à l'unisson, au bord d'un précipice dans lequel ils n'osaient ni l'un ni l'autre plonger.

Il retira sa main.

Elle enleva la sienne.

Ils se levèrent, achevèrent de se dénuder, confectionnèrent un matelas avec la robe, le jean et le tee-shirt.

C'était si bon. Il était lourd et fort. L'humidité ne tarda pas à pénétrer leur semblant de literie, mais Rachel était insensible au manque de confort. Elle serait volontiers restée là un millier d'années, en sécurité dans ses bras sous la pluie d'été.

Elle n'avait jamais imaginé qu'elle pourrait être à la fois excitée et triste. Elle se pressa contre lui, les larmes aux yeux.

— Vous n'avez pas fait ça depuis longtemps, devina-t-il, le souffle court.

Elle s'arqua vers lui, soudain impatiente, explosant en un feu d'artifice de sensations lorsqu'il la pénétra.

La pluie redoubla de violence. Blottie contre lui, Rachel se laissa aller dans un tourbillon aussi puissant que l'orage...

Il pleuvait si fort qu'ils voyaient à peine la maison. Tous deux semblèrent se rendre compte au même moment à quel point la scène pouvait paraître étonnante. Ils auraient au moins pu prendre le temps de rentrer, de trouver un lit...

— Pas mal, pour une débutante, roucoula-t-il.

Elle se mit sur le côté, ses cheveux balayant la terre détrempée.

— Oui, pas mal...

Il haussa un sourcil.

Elle lui adressa un sourire espiègle.

Ensemble, ils regagnèrent la demeure. En y pénétrant, Rachel eut un frisson.

— Si la douche est en état de marche, j'y cours.

Elle ne fut guère surprise lorsqu'il l'y accompagna.

Torse nu, vêtu d'un jean, Gabriel s'assit au bord du lit. Il entendait au loin le séchoir à cheveux, tandis que Rachel s'efforçait tant bien que mal de dompter sa toison auburn.

Il cacha son visage dans ses mains. Il venait de perdre encore une petite partie de Cherry. Il ne pouvait plus affirmer qu'il n'avait fait l'amour qu'avec une seule femme. Ce lien était désormais brisé.

Le plus dur était sans doute de constater à quel point il s'était senti en harmonie avec Rachel. Elle était exigeante, bruyante, drôle et passionnée.

— Gabriel ?

Elle avait surgi sur le seuil de la chambre. Le tee-shirt que lui avait prêté Bonner pendait sur ses épaules, le pantalon de sa belle-sœur était trois fois trop grand. Elle s'était servi d'un élastique pour attacher ses cheveux, mais des boucles folles cascadaient autour de sa figure. Ses taches de rousseur et le vert de ses yeux ressortaient au milieu de son visage encore pâle.

— Gabriel ?

Il n'avait pas envie de lui parler pour le moment. Pourquoi ne le laissait-elle pas tranquille ?

Elle s'approcha, effleura son épaule d'une caresse réconfortante. Elle comprenait son désarroi.

— Je sais, Gabriel. Elle te manque terriblement. Mais tu n'as rien fait de mal.

Un étau s'était resserré autour de sa poitrine. La compassion de Rachel le désarmait.

— Cherry se mettait-elle en colère contre toi, de temps en temps ?

Son prénom. Elle avait prononcé son prénom. Autour de lui, personne ne le faisait plus.

Il savait que sa famille et ses amis s'efforçaient de l'épargner, mais il commençait à croire qu'elle s'était effacée de toutes les mémoires sauf de la sienne. Le besoin de parler d'elle était presque irrésistible.

— Elle... Cherry n'était pas une battante. Elle était plutôt réservée. Quand elle se renfermait dans sa coquille, je savais qu'il y avait un problème.

Rachel hocha la tête.

Il la contempla et fut frappé de sentir chez elle une telle générosité d'esprit. Elle semblait le comprendre. C'était impossible. Elle ne savait rien de lui...

Elle déposa un baiser sur sa joue.

— Je veux rentrer, maintenant.

Il acquiesça, se leva, enfila une chemise.

Ce soir-là, après avoir fini la vaisselle, Rachel décida d'emmener Edward en ville pour manger une glace. Du temps de son mariage, elle se souciait assez peu de ce qu'elle avait dans son porte-monnaie. Désormais, elle comptait chaque sou. Ceux qu'elle avait mis de côté pour cette petite expédition étaient très précieux.

Edward rebondissait comme un ressort sur son siège, tout en vantant les mérites du chocolat par rapport à la vanille. Rachel avait invité Kristy à venir avec eux, mais celle-ci avait refusé. Peut-être sentait-elle que Rachel avait besoin d'un peu de temps en tête à tête avec son fils. Avec ses pensées, aussi.

Pendant qu'Edward babillait, les images de l'après-midi défilèrent dans la mémoire de Rachel. La pluie, le corps de Gabriel, la façon dont elle s'était abandonnée.

Le seul fait de penser à lui suffisait à ranimer son désir. Cette constatation la terrifiait, mais elle savait que, en même temps, elle était attirée par autre chose. Son côté ours, sa franchise brutale, sa bonté déguisée. Il était bien le seul à Salvation à ne pas la juger en fonction de son passé.

Elle se surprit à rêver d'un Gabriel un peu moins tourmenté. C'était imprudent. Elle ne devait surtout pas s'éprendre de lui, pas même dans ses fantasmes.

Les affaires allaient bon train, chez le glacier de Petticoat Junction. Prenant Edward par la main, Rachel traversa la rue. Une femme d'une trentaine d'années, un bébé dans les bras, se raidit en les voyant arriver, puis dit quelques mots à l'oreille de sa voisine. Cette dernière se retourna. C'était Carol Dennis.

Rachel était encore trop loin pour l'entendre. Autour d'elle, cependant, on réagissait déjà. Rachel perçut un murmure de désapprobation. Puis, ce fut le silence.

Le cœur battant, elle ralentit. Pendant un instant, il ne se passa rien, puis Carol Dennis lui tourna le dos. Sans un mot, son amie l'imita. Un jeune couple suivit l'exemple, puis un couple plus âgé. Le message était clair : on la bannissait.

Elle aurait voulu s'enfuir, mais c'était impossible. Elle serra la main d'Edward.

— Alors ? Vanille ou chocolat ?

Il ne répondit pas. Il hésitait.

— Je parie que tu préférerais chocolat.

Le serveur avait les cheveux frisés et le visage boutonneux.

— Deux petits cornets, annonça-t-elle. Un à la vanille, l'autre au chocolat.

Un homme apparut derrière le vendeur. Don Brady, le propriétaire de l'établissement, avait longtemps été un fidèle du Temple.

— C'est fermé, lança-t-il.

— Vous n'avez pas le droit, monsieur Brady.

— Pour vous, si.

Il baissa la vitre avec un claquement sec.

Rachel eut un haut-le-corps. Pauvre Edward. Comment pouvaient-ils se comporter ainsi devant un enfant ?

— Tout le monde nous déteste, chuchota-t-il.

— Et alors ? riposta-t-elle. Aucune importance. De toute façon, les glaces ne sont pas bonnes ici. Je connais un autre endroit où elles sont bien meilleures.

Elle emmena Edward en direction de la voiture, s'obligeant à ne pas courir, pour ne pas donner l'impression d'une fuite. Elle ouvrit la portière, aida son fils à s'installer et à attacher sa ceinture. Sa main tremblait si fort qu'elle eut du mal.

Quelque chose effleura son épaule. En se redressant, elle vit derrière elle une femme rondelette en pantalon vert pomme et chemisier blanc, orné d'une broche en forme de perroquet assortie à ses boucles d'oreilles. La tête ronde, les traits lourds, elle portait d'énormes lunettes noires.

— Madame Snopes, je vous en prie, il faut absolument que je vous parle.

— Je ne m'appelle plus Snopes.

L'autre parut à peine l'entendre.

— Il faut que vous veniez guérir ma petite-fille.

Stupéfaite, Rachel demeura bouche bée.

— Je vous en supplie, madame Snopes. Elle s'appelle Emily. Elle n'a que quatre ans, et elle souffre de leucémie. Elle a connu une rémission de six mois, mais maintenant... Je ne sais pas ce que nous deviendrons si nous la perdons...

— Je... Je suis vraiment navrée, mais je ne peux rien pour vous.

— Posez vos mains sur elle.

— Je ne suis pas guérisseuse.

— Vous en êtes capable. Je le sais. Je vous ai vue à la télévision. Ils peuvent raconter ce qu'ils veulent, je sais que vous êtes une disciple de Dieu. Vous êtes notre ultime espoir, madame Snopes. Il faut un miracle pour sauver Emily.

Rachel transpirait abondamment. Sa robe lui collait à la poitrine, le col la serrait.

— Je... Je ne peux pas.

— Si, si ! J'en ai la certitude !

— Je vous en prie, je... je suis désolée.

— Priez pour elle ! s'écria la dame. Priez pour notre petite.

Rachel répondit d'un bref signe de tête. Comment expliquer à cette pauvre femme qu'elle ne priait plus jamais, qu'elle avait perdu la foi ?

Le cœur noué, elle regagna la maison à vive allure. De vieux souvenirs resurgissaient. Un jour, Dwayne s'était agenouillé devant une femme dont une jambe était plus longue que l'autre.

*Au nom de Jésus-Christ notre Seigneur, guérissez ! Guérissez, je vous l'ordonne !*

À l'écran, tout le monde avait pu voir la jambe se raccourcir.

Ce que personne n'avait remarqué, c'était le geste discret de Dwayne, juste avant de se mettre à genoux. En soulevant la jambe la plus longue, il avait subrepticement tiré sur le talon de sa chaussure. En suppliant le ciel de venir en aide à la malade, il s'était contenté de remettre l'escarpin en place. Les spectateurs avaient tous été dupés.

Rachel se rappela le moment précis où son amour pour son mari s'était transformé en mépris. C'était le soir où elle avait découvert que Dwayne portait un minuscule transmetteur à l'oreille durant ses messes. En coulisses, un de ses assistants lui lisait les détails des souffrances que les victimes avaient inscrites auparavant sur une petite carte de prière.

Les doigts de Rachel se refermèrent sur le volant. Elle allait devoir quitter très vite cette ville, sous peine de devenir complètement cinglée. Le coffre Kennedy n'avait rien révélé d'intéressant. Il lui restait à retrouver la Bible de Dwayne, dans l'espoir d'y déceler son secret.

Le soupir d'Edward la ramena brutalement sur terre. Ils étaient devant la maison. Rachel se rendit compte qu'elle avait totalement oublié les glaces.

— Oh, mon chéri, pardon !

Il regarda droit devant lui, sans protester. Une fois de plus, la vie le maltraitait.

— Nous y retournerons, je te promets.

— C'est pas grave.

Si, c'était grave. Elle fit demi-tour et partit en trombe acheter un esquimau à l'épicerie du quartier. En sortant du magasin, Edward déballa sa glace, jeta le papier dans une poubelle. Ensemble, ils traversèrent le parking pour regagner la Ford.

À cet instant précis, Rachel vit que les quatre pneus de sa voiture venaient d'être lacérés.

## 12

Malgré une nuit sans sommeil, Rachel fut debout dès six heures le lendemain matin. Pieds nus, en tenue de nuit, elle alla dans la cuisine.

En mettant en marche la cafetière, elle admira les dessins que formaient les rayons du soleil sur la table. Dehors, l'herbe scintillait de rosée, et les fleurs s'épanouissaient. Émue par tant de beauté et de simplicité, elle eut les larmes aux yeux. *Merci, Annie Glide, de me laisser profiter de la magie de votre maison.*

Si seulement elle parvenait à résoudre tous ses problèmes... Elle n'avait pas d'argent pour remplacer les pneus de l'Escort. Elle ne savait pas du tout comment elle allait s'y prendre. Se rendre au travail ne lui causerait aucun souci. Le trajet à pied serait long, mais il ne l'effrayait pas. Mais Edward ? La veille, Kristy était venue les chercher à l'épicerie. Chaque jour, c'était elle qui l'emmenait et le ramenait de la garderie. Quand elle déménagerait, cependant...

Rachel songea qu'elle devait à tout prix retrouver la Bible.

La matinée était trop belle pour se laisser submerger par les tracas. Elle aurait tout le temps de ruminer plus tard, au travail. Le café était prêt. Elle le versa dans une tasse qu'elle emporta dans le vestibule.

C'était son moment préféré, juste avant qu'Edward ne se réveille. Tout paraissait tranquille. Elle allait s'asseoir sur le rocking-chair grinçant de la véranda et savourer le silence. Ces petits bonheurs lui étaient bien plus précieux que le luxe dans lequel elle avait vécu avec Dwayne. Ici, elle pouvait rêver tout à loisir d'une maisonnette avec un jardin, où Edward jouerait avec ses copains, et, pourquoi pas ? son chien. Elle avait très envie de lui offrir un animal domestique.

Elle poussa le verrou, puis la porte moustiquaire. En mettant le pied dehors, elle aspira une grande bouffée d'air et fut envahie d'une extraordinaire sensation de plaisir. Cet instant n'appartenait qu'à elle.

Elle se tourna vers le fauteuil, et son euphorie s'évapora. La tasse tomba à ses pieds, inondant ses tibias de café brûlant. Elle resta insensible à la douleur. Elle ne voyait que le mot peint en rouge sur la façade de la maison, entre les deux fenêtres.

*Pécheresse.*

Kristy se précipita vers elle, en chemise de nuit.

— Qu'est-ce qu'il y a ? J'ai entendu... Oh, non !

— Les salauds, siffla Rachel.

Kristy porta une main à sa gorge.

— C'est ignoble. Comment les habitants de cette ville peuvent-ils être aussi cruels ?

— Ils me haïssent. Ils ne veulent pas de moi ici.

— Je téléphone à Gabriel.

— Non !

Mais, déjà, Kristy se ruait sur l'appareil.

La matinée était gâchée. Rachel essuya le sol avec une vieille serpillière. Elle allait rentrer s'habiller, quand elle entendit le rugissement de la camionnette de Gabriel qui surgit dans l'allée. Il freina dans un crissement de pneus, se gara n'importe comment et sauta à terre.

Hirsute, il semblait s'être vêtu à la hâte.

— Gabriel, je suis si contente que tu sois là ! s'exclama Kristy. Regarde ça !

Il avait déjà vu le graffiti, et ses yeux lançaient des flammes.

— Rachel, toi et moi allons rendre visite à Odell Hatcher, déclara-t-il. Je veux que la police surveille la propriété.

— La ville devient folle, murmura Kristy.

Rachel ne dit rien, et Kristy enchaîna en racontant l'épisode des pneus lacérés devant l'épicerie.

— On dirait que Dwayne Snopes leur a brisé le cœur, et qu'ils cherchent à se venger en s'en prenant à Rachel.

— La police n'interviendra pas, dit cette dernière. Personne ne veut de moi ici.

— Nous allons voir ça, répliqua Gabriel d'un ton morose.

— Moi, je ne veux pas que tu t'en ailles, déclara Kristy.

— Tu as tort. J'ai été égoïste. Je ne me suis pas rendu compte à quel point tout cela allait vous affecter.

— Je m'en fiche ! s'écria Kristy.

— Occupe-toi de toi, Rachel, lui conseilla Gabriel.

Elle ne put discuter car, à cet instant, la porte grinça, et Edward apparut. Il tenait Jeannot d'une main et, de l'autre, se frottait l'œil. Son pyjama décoloré était trop court, l'étoffe, usée jusqu'à la corde. Rachel eut honte de ne pas lui offrir ce qu'il y avait de mieux.

— J'ai entendu une grosse voix.

Elle se précipita à ses côtés.

— Ce n'est rien, mon chéri. Nous parlions avec M. Bonner.

Edward aperçut Gabriel. Il pinça les lèvres.

— Il crie.

Rachel le poussa dans la maison.

— Viens, on va s'habiller.

Il se laissa entraîner sans protester, mais au moment où la porte se refermait il marmonna quelque chose. Rachel pria pour que Gabriel n'ait pas compris.

— Abruti.

Lorsqu'elle revint dans la cuisine pour donner à Edward son petit déjeuner, elle remarqua que Gabriel était dans la véranda, un pot de peinture et un pinceau à la main. Elle versa du lait sur les céréales de son fils et sortit.

— Tu n'es pas obligé, tu sais...

— Si, gronda-t-il. Il va falloir une deuxième couche. Je terminerai après le travail.

— Je m'en charge.

— Non.

Elle n'eut pas le courage d'insister.

— Merci.

Peu après, il passa la tête dans la cuisine et lui ordonna de monter dans la camionnette.

— Nous allons voir Odell Hatcher.

Vingt minutes plus tard, ils s'asseyaient dans le bureau du chef de la police. Maigre comme un clou, cheveux gris et épars, nez crochu, Hatcher toisa Rachel derrière ses lunettes cerclées de plastique, tandis que Gabriel lui exposait les faits.

— Nous allons voir ça, déclara-t-il enfin.

Cependant, Rachel crut distinguer dans son regard une lueur de satisfaction. Elle devina qu'il ne s'attarderait pas sur cette affaire. Elle décida de passer à l'attaque.

— Monsieur Hatcher, le jour où Dwayne s'est enfui, vos hommes ont confisqué ma voiture. J'aimerais savoir ce qu'est devenue la Bible qui s'y trouvait. C'est un souvenir de famille, sans aucune valeur marchande, mais je tiens à le récupérer.

— Le véhicule comme le reste a servi à couvrir les dettes de Dwayne.

— J'en suis persuadée, mais je souhaite savoir où est cette Bible.

De toute évidence, Hatcher était réticent.

— Je vais vérifier, marmonna-t-il.

— Merci.

Odell disparut. Gabriel se mit debout et alla se planter devant l'unique fenêtre, qui donnait sur une rue étroite où se succédaient laveries automatiques et magasins de pièces détachées.

— Tu m'inquiètes, Rachel.

— Pourquoi ?

— Tu es imprudente. Tu plonges sans avoir réfléchi aux conséquences éventuelles de tes actes.

Faisait-il allusion à l'épisode de la veille ? Jusqu'ici, ni l'un ni l'autre n'en avaient parlé.

— Tu es trop impétueuse. C'est dangereux. Je sais que, jusqu'ici, personne n'a tenté de te molester, mais qui sait si cela ne va pas arriver ?

— Je n'ai pas l'intention de rester longtemps. Dès que j'aurai l'argent, je quitterai Salvation et...

— *Si* tu as l'argent.

— Je l'aurai. Ensuite, j'irai le plus loin possible. Peut-être à Seattle. J'achèterai une voiture qui roule, une pile de livres et de jouets pour Edward, et une petite maison. Je...

Elle se tut, tandis que l'officier de policier reparaissait. Il déposa un dossier devant elle.

— Voici la liste de tout ce que nous avons récupéré dans la voiture.

Elle la parcourut : une raclette, des papiers, un petit coffre, un tube de rouge à lèvres. Et ainsi de suite...

— Il y a une erreur quelque part. La Bible n'est mentionnée nulle part.

— Cela signifie qu'elle n'était pas dans le véhicule.

— Elle y était. Je l'y ai mise moi-même.

— C'était il y a trois ans. Vous savez, la mémoire nous joue parfois des tours.

— Ma mémoire ne me joue aucun tour. Je veux savoir ce qu'est devenue cette Bible !

— Je n'en ai pas la moindre idée. Elle n'était pas dans la voiture, sans quoi elle figurerait sur ce rapport. N'oubliez pas que vous étiez particulièrement nerveuse, ce jour-là.

Elle retint son souffle pour ne pas hurler.

— Ça n'a rien à voir. Le coffre était sur le siège avant. Il a atterri à la maison. Comment est-ce possible ?

— Sans doute a-t-on considéré qu'il faisait partie des meubles. L'automobile a été vendue aux enchères.

— J'y ai posé la Bible en même temps que le coffre. Un de vos hommes a commis une erreur.

Hatcher eut du mal à dissimuler sa colère.

— Madame Snopes, nous allons intensifier les rondes autour de votre maison. Malheureusement, ça ne changera rien aux sentiments des habitants de cette ville. Suivez mon conseil, allez vous installer ailleurs.

— Elle a le droit d'habiter ici comme n'importe qui, s'interposa Gabriel.

Hatcher ôta ses lunettes et les posa sur son bureau.

— Je me contente de citer des faits. Vous n'étiez pas là, quand Mme Snopes et son mari ont littéralement semé la haine dans notre ville. Ils se souciaient peu de savoir à qui ils prenaient de l'argent, du moment qu'ils se remplissaient les poches. Je sais que vous avez eu des soucis dernièrement, Gabriel. J'en déduis que vous n'êtes pas tout à fait lucide. Sans quoi, vous choisiriez mieux vos amis. Pensez à votre famille. Je doute que vos parents soient heureux d'apprendre que vous fréquentez la veuve Snopes.

Gabriel articula à peine :

— Elle s'appelle Stone, et si elle affirme que la Bible était dans sa voiture, c'est qu'elle y était.

Odell Hatcher demeura de glace. Il croyait en la bureaucratie. Si l'objet en question ne figurait pas dans le rapport, c'était qu'il n'avait jamais existé.

Plus tard dans la journée, Rachel acheva de repeindre les équipements de jeux du drive-in. Elle était soulagée que Gabriel l'ait soutenue, même s'il était persuadé qu'elle perdait son temps. Elle jeta un coup d'œil vers lui : assisté d'un électricien professionnel, il fixait les projecteurs. Il dut sentir son regard sur lui, car il leva la tête.

Rachel tressaillit, tous ses sens en éveil. En même temps, elle se demanda quelles étaient les règles à respecter, maintenant que leur relation avait changé. Pour la première fois, elle comprit à quel point il leur serait difficile de se rencontrer.

Ce soir-là, il lui annonça qu'il la déposait chez elle. Elle accepta avec joie, car elle était épuisée. Elle avait travaillé dur. Cela ne la dérangeait pas : elle commençait à croire qu'elle tenait plus au drive-in que Gabriel. Elle attendait avec impatience le jour de l'inauguration.

Il démarra. L'atmosphère était chargée d'électricité. Rachel baissa la vitre, puis se rendit compte que la climatisation était en route.

— Tu as chaud ?
— Oui.
Il effleura sa cuisse d'une petite caresse, l'invitant à se rapprocher de lui. Au lieu de cela, elle remonta la vitre. Il retira sa main.
— Gabriel, je… je me demande comment nous allons pouvoir poursuivre notre… notre aventure.
— Ah ? répliqua-t-il d'un ton offensé. Parce que, pour toi, ce n'est qu'une aventure ?
— Ce n'est pas une liaison, argua-t-elle. Une liaison, c'est trop sérieux. C'est une aventure, et je ne vois pas comment nous allons la mener.
— Nous n'aurons pas le moindre souci.
— Si tu crois cela, c'est que tu n'as pas réfléchi. Après tout, nous ne pouvons pas nous absenter en plein milieu de la journée pour…
— Pourquoi pas ? interrompit-il en mettant ses lunettes noires.
Pour se protéger du soleil ? Ou d'elle ?
— Tu fais semblant de ne pas comprendre.
— Pas du tout. À mes yeux, il n'y a aucun problème.
— Où irions-nous ?
— N'importe où. Après l'intermède d'hier, il ne me semble pas que nous soyons très difficiles.
Il jeta un coup d'œil vers elle, et elle vit son reflet dans les lunettes. Elle paraissait minuscule, fragile comme une feuille de papier. Elle se détourna.
— Si le comptoir du restaurant ne te convient pas, nous pouvons toujours aller chez moi.
— Tu ne comprends rien à rien.
— Dans ce cas, tu ferais mieux de m'expliquer…
— Tu me paies à l'heure.
— Et alors ?
— Et alors… qu'advient-il de mon salaire pendant les heures où nous… où on…

Il la dévisagea d'un air méfiant.

— Ça n'a aucun rapport avec ton chèque de paie.

Bon ! Elle allait devoir lui faire un dessin.

— Est-ce que tu me paieras mes heures « d'aventure » ou pas ?

— Euh... oui ? murmura-t-il.

— Espèce de mufle !

— Non ! Non, bien sûr que je ne te paie pas.

— Je m'en sors déjà péniblement. Chaque sou compte. Notre après-midi d'hier m'a coûté trois jours de nourriture.

Il y eut un long silence.

— Je ne gagnerai pas ce round, n'est-ce pas ? souffla-t-il enfin.

— C'est pourtant clair ! Il ne peut rien se passer pendant les heures ouvrables, puisque c'est toi qui me paies. Après cela, je dois m'occuper de mon fils. Notre aventure est condamnée avant même d'avoir commencé.

— C'est absurde, Rachel. Et il est hors de question que je te déduise les heures d'hier. Écoute, tu fais une montagne d'un grain de sable. Si nous avons envie de faire l'amour, et que le moment y est propice, alors, nous ferons l'amour. Ça n'a rien à voir avec ton salaire.

Il lui caressa le genou.

— Ça va ?

— Très bien, répliqua-t-elle en souriant, touchée par sa sollicitude.

— Tant mieux.

— Et toi ?

— En pleine forme.

— Je suis contente de l'apprendre. Tu viens de dépasser l'allée de la maison.

— Je sais.

— Je croyais que tu me ramenais chez moi.

— Plus tard.

Ils poursuivirent jusqu'à Salvation. Gabriel gara sa camionnette devant le garage de Dealy. La Ford Escort les y attendait.

— Oh, Gabriel !

Elle poussa la portière, courut vers la voiture... et fondit en larmes.

— Il n'y a rien de tel que des pneus neufs pour attendrir une dame, railla-t-il.

Il plaça un bras autour de sa taille et la serra contre lui.

— C'est m... merveilleux. Mais je n'ai p... pas de quoi te rembourser.

— Est-ce que je te l'ai demandé ? L'assurance de Charles couvrira les frais.

— Pas tous.

— Peu importe. Nous reviendrons la chercher tout à l'heure.

Il repartit vers le centre-ville et se gara dans le parking en face de Petticoat Junction.

— Viens. Nous allons nous offrir une glace.

Elle le saisit par le bras. Elle comprenait son intention, et en était sincèrement touchée. Sa gorge se noua.

— Merci, Gabriel, mais il faut que je me batte toute seule.

Il ne se laissa pas impressionner par cette démonstration d'indépendance. Mâchoires serrées, il lui lança un regard noir.

— Descends de là immédiatement. Tu vas manger une glace, un point c'est tout.

— C'est mon problème, c'est à moi de le résoudre.

Il claqua la portière.

— Pour l'instant, tu te débrouilles à merveille.

— Je veux une augmentation, décréta-t-elle. Si tu peux te permettre de m'offrir des pneus et des glaces, c'est que tu as de quoi me payer davantage.

— Souris, on t'observe.

Tous les adultes les fixaient : les mères avec leurs jeunes enfants, des ouvriers, une femme d'affaires, son portable collé à l'oreille. Seul un groupe d'adolescents en skate-board semblait ne prêter aucune attention à l'arrivée de la veuve Snopes.

Gabriel se planta devant la vitrine et s'adressa à la vendeuse.

— Le patron est dans les parages ?

Elle mâchouilla son chewing-gum avant d'acquiescer.

— Allez le chercher, voulez-vous ?

Pendant qu'ils attendaient, Rachel remarqua un gobelet en plastique devant la vitrine : *Fondation Emily*, lut-elle, sous la photo d'une gamine aux boucles dorées. Elle repensa à la dame aux boucles d'oreilles en forme de perroquet.

*Vous êtes notre ultime espoir, madame Snopes. Il faut un miracle pour sauver Emily.*

L'espace d'un instant, elle eut du mal à respirer. Elle se concentra sur son sac, l'ouvrit, en sortit un billet de cinq dollars, le glissa dans la fente.

Don Brady apparut.

— Tiens, Gabriel ! Comment…

Les mots moururent sur ses lèvres. Gabriel fit comme si de rien n'était.

— Salut, Don ! J'étais justement en train de vanter tes glaces au chocolat à Rachel. Tu nous en prépares deux grandes, s'il te plaît ?

Don hésita, et Rachel sentit qu'il cherchait comment s'en sortir. Il n'avait aucune envie de la servir, mais il n'osait pas non plus défier le fils d'une des familles les plus influentes de la ville.

— Euh… oui, bien sûr.

Quelques minutes plus tard, ils repartirent avec leurs glaces, pour lesquelles ni l'un ni l'autre n'avaient d'appétit. Ils se dirigèrent vers la camionnette, sans voir le petit homme maigre qui les épiait dans l'ombre en fumant une cigarette.

Russ Scudder écrasa son mégot. Bonner couchait sûrement avec elle. Sinon, jamais il n'aurait remplacé les pneus. Il comprenait maintenant pourquoi Bonner l'avait engagée : pour la sauter.

Russ fourra les poings dans ses poches et pensa à sa femme. Il était allé la voir la veille. Elle avait refusé de le recevoir. Elle lui manquait beaucoup. Si seulement il avait du boulot, elle le reprendrait peut-être. Mais Rachel Snopes lui avait pris le seul emploi qu'on lui ait proposé à Salvation.

Il ne regrettait pas d'avoir lacéré ses pneus. Ce n'était pas prévu, mais lorsqu'il avait aperçu sa voiture, il n'avait pas résisté à la tentation. Quelques heures plus tard, il s'était rendu à la maison d'Annie avec une bombe de peinture. Elle allait peut-être enfin réaliser qu'on ne voulait pas d'elle.

G. Dwayne l'aurait probablement félicité pour ses initiatives. En dépit de ses montres Rolex et de ses costumes sur mesure, Dwayne était un type bien. Il priait constamment, il aimait Dieu. C'était à cause de Rachel qu'il avait mal tourné. Pour satisfaire ses désirs, elle l'avait forcé à voler l'argent du Temple.

Et voilà qu'elle revenait, comme si de rien n'était. Elle se servait de Gabriel, comme elle l'avait fait avec G. Dwayne, mais cet imbécile était trop stupide pour s'en rendre compte.

Russ avait essayé d'expliquer à son épouse que Rachel était responsable de tous ses malheurs, mais elle n'avait pas compris. À ses yeux, Russ était un raté.

Il avait besoin d'un petit remontant. Un verre ou deux, et il irait mieux.

— Il sera là, *lui* ? s'enquit Edward, le samedi matin, alors que Rachel rangeait l'Escort derrière le bar du drive-in.

Inutile de lui demander de préciser qui il entendait par *lui*.

— M. Bonner n'est pas si méchant que ça, tu sais. Il m'a donné du travail, il nous laisse habiter dans la maison. Il s'est arrangé pour que j'aie une voiture.

— C'est le pasteur Ethan qui nous a trouvé la maison et la Ford.

— Parce que M. Bonner le lui a demandé.

Gabriel demeurait l'ennemi juré du petit garçon. Curieusement, il avait noué avec Ethan une véritable amitié. Rachel songea qu'elle devrait l'en remercier un jour, quitte à en étouffer.

Son fils s'était épanoui à la garderie. Il n'avait pas encore de véritables amis, mais il s'exprimait davantage, et même parfois, se rebellait. À deux reprises, il s'était emporté lorsqu'elle l'avait prié de se coucher.

— Attends de voir l'aire de jeux, dit-elle en lui tendant un sac rempli de jouets.

Jeannot à la main, il courut devant elle. Il avait forci, grandi. Ses jambes et ses bras étaient bronzés, ses mouvements paraissaient plus vifs.

— Regarde ! Nous avons mis des tables de pique-nique. Tu vas pouvoir t'asseoir pour dessiner.

Elle lui avait apporté son cahier de coloriage et une boîte ne contenant pas moins de soixante-quatre crayons de couleur. Elle lui avait aussi acheté une paire de baskets neuves, un pyjama, un tee-shirt.

Quant à elle, elle se contentait de ce qu'elle avait. Elle nettoyait soigneusement ses vieux mocassins noirs chaque matin. Grâce aux vieilles robes d'Annie Glide, elle n'avait besoin de rien.

La camionnette de Gabriel surgit dans un nuage de poussière. Edward se cacha derrière la tortue. Rachel se dirigea vers le véhicule pour saluer Gabriel.

La veille, il lui avait donné la clé de la maison de Charles, afin qu'elle puisse y chercher la Bible pendant qu'il dînait dehors avec Ethan. Elle ne l'avait pas trouvée, mais elle était reconnaissante à Bonner de sa confiance.

Il la caressa des yeux, et elle éprouva une sensation de vertige au souvenir de leur étreinte, deux jours plus tôt.

— Bonjour.

La brise souleva l'ourlet de sa jupe, qui effleura le jean de Gabriel.

— Bonjour.

Il glissa une main derrière sa nuque.

— L'électricien ne vient pas, aujourd'hui.

Mais ils n'étaient pas seuls. Il ne savait pas qu'Edward était là, et il était toujours maître de sa feuille de paie. Avec un soupir, elle s'écarta.

— Tu ne vas pas recommencer ?

— Si…

Il ne dit rien. Sourcils froncés, il la contempla.

— Tu as laissé le jean de Jane sur le lit. Pourquoi ne l'as-tu pas pris ?

— Parce qu'il n'est pas à moi.

— Je vais t'en acheter un dès aujourd'hui.

Elle haussa un sourcil.

— Je préfère que tu m'augmentes.

— Laisse tomber.

Elle plaqua les mains sur ses hanches.

— Bonner, je travaille comme une folle. Je ne connais pas un seul homme qui accepterait d'en faire autant pour ce salaire de misère.

— C'est vrai, concéda-t-il d'un ton aimable. Tu es une très bonne affaire. N'oublie pas que nous nous étions mis d'accord.

Peut-être, mais à ce rythme-là, et si elle ne mettait pas très vite la main sur la Bible, elle serait coincée pour toujours avec Edward à Salvation.

À ce propos, elle ne lui avait toujours pas dit que son fils était avec elle pour la journée.

— Euh… J'espère que ça ne t'ennuie pas, mais j'ai dû amener Edward.

Il s'assombrit.

— Je ne le vois pas.

— Il s'est caché. Il a peur de toi.

— Je ne lui ai rien fait, pourtant. Je t'avais dit de ne pas…

— Nous sommes samedi, il n'a nulle part où aller.

— Je croyais que Kristy s'en occupait le samedi.

— Je ne peux pas compter sur elle indéfiniment. Bientôt, elle va déménager. Elle a une multitude de choses à faire.

Gabriel jeta un coup d'œil vers l'aire de jeux. Edward était toujours dissimulé derrière la tortue. L'hostilité de Bonner envers son fils irritait profondément Rachel. Edward n'était-il pas un merveilleux petit garçon ? Comment une personne intelligente pouvait-elle ne pas l'aimer ?

— Entendu, trancha-t-il. Surveille-le bien.

— Nous sommes dans un drive-in, pas dans un magasin de porcelaine, Gabriel. Il ne peut rien casser.

Au lieu de répondre, Gabriel sortit un rouleau de câble de sa camionnette et s'éloigna.

Rachel avait l'impression d'avoir été trahie. S'il tenait à elle, il se devait de…

Elle s'arrêta juste à temps. Après tout, leur relation n'avait aucun avenir. Il était son patron, elle, l'objet momentané de son plaisir. Point final.

## 13

*Je suis sexy.*

*Je suis sexy.*

*Je suis sexy.*

Kristy pressa la paume de sa main sur sa poitrine à peine dissimulée par un tee-shirt bleu sans manches rentré dans un jean blanc très moulant.

Le cœur battant, elle s'installa derrière son bureau impeccablement rangé. Elle attendait ce moment depuis deux semaines, depuis le soir où elle avait confié à Rachel ses sentiments pour Ethan Bonner. Dans quatre jours, elle emménagerait dans son nouvel appartement. L'heure était à l'audace...

Par la fenêtre grande ouverte, la brise souleva une boucle de ses cheveux fins et soyeux, désormais courts et dégradés. Le coiffeur s'était montré intransigeant : *On va les dégrader, pour une coiffure à la fois simple et sophistiquée*.

Aujourd'hui, ses cheveux lui chatouillaient la nuque et les joues. Ils voletaient comme des plumes autour des minuscules diamants dans ses oreilles.

La veille, en la voyant, Rachel avait arrondi les yeux. Kristy s'était aussitôt effondrée. Rachel avait ri aux éclats.

— Kristy, c'est superbe !

Rachel l'avait serrée dans ses bras, puis suppliée de lui montrer tout ce qu'elle avait acheté : vêtements, lingerie fine, maquillage, parfum... Edward avait froncé le nez en disant à Kristy qu'elle sentait « bizarre ».

Après avoir admiré les acquisitions de son amie, Rachel lui avait répété qu'elle était magnifique.

— J'espère que tu as fait tout ça pour toi, Kristy. Parce que tu en avais vraiment envie, pas uniquement pour attirer l'attention d'Ethan Bonner.

— Oui, c'est pour moi, avait affirmé Kristy.

Elles savaient toutes deux que c'était un mensonge. Elle aurait préféré conserver ses cheveux longs et plats, ses tenues ordinaires, son visage lisse, rehaussé simplement d'un peu de rouge à lèvres. Si elle l'avait pu, elle serait redevenue invisible. Elle préférait être invisible. Elle était née pour être invisible.

Malheureusement, en restant invisible, elle n'avait aucune chance d'éveiller le désir de son pasteur préféré.

Elle se figea en entendant ses pas dans le couloir. Les bureaux de la paroisse étaient fermés le lundi, ils avaient donc beaucoup de travail à rattraper. *Mon Dieu, je vous en supplie, faites qu'il craque tout de suite, car je ne pense pas que je tiendrai le coup bien longtemps*...

— Bonjour ! s'exclama-t-il. Tu veux bien m'apporter le rapport de la commission, que j'y jette un coup d'œil. Ensuite, nous nous pencherons sur le calendrier du mois de juillet.

Sans un regard, il se réfugia dans son antre.

Kristy Brown, l'invisible.

Elle s'empara de son sac, en extirpa le minuscule flacon de parfum et s'en aspergea copieusement le décolleté. Elle s'examina brièvement dans la glace de son poudrier : fond de teint, sourcils délicatement arqués, mascara brun, fard à joues rose pâle, lèvres écarlates...

Aïe ! Aïe ! Aïe ! Cette bouche... Mais la vendeuse avait insisté, et les paroles que Rachel avait prononcées le matin même lui revinrent : *À te voir ainsi, Kristy, le sang du beau révérend ne fera qu'un tour. Remarque, tu t'en fiches, puisque tu as fait tout ça pour toi.*

Kristy rassembla les papiers dont elle avait besoin. Ils lui échappèrent des mains. Elle se pencha pour les ramasser, et aperçut ses ongles de pied vernis. Elle eut l'impression de contempler le pied d'une autre.

*Je suis sexy. Je suis sexy. Je suis ridicule, mais sexy.*

Ethan était plongé dans la lecture d'un catalogue. La gorge nouée, elle posa le dossier devant lui, rajusta machinalement la pile de courrier, puis prit place, comme d'habitude, en face de lui. Elle croisa les jambes, son jean trop serré lui coupant la circulation.

Ethan parcourut le rapport.

— J'aimerais trouver le moyen de les stimuler. Je tiens à ce que cette campagne annuelle de la Compassion surpasse les précédentes. Cependant, le comité ne propose pas grand-chose d'excitant.

— Et si nous demandions aux adultes de la formation permanente de participer ? Ils sont pleins de bonne volonté.

*Regarde-moi ! Dévore-moi !*

— Hum... Bonne idée. Tu peux appeler Mary Lou et lui demander son avis ?

*Touche-moi !* Kristy s'empourpra. Elle changea de position.

Ethan renifla, mais resta insensible à son parfum.

Elle glissa l'agenda du mois de juillet sur la table. Il allait bien finir par remarquer toutes les bagues dont elle avait orné ses mains, non ?

Il ne vit rien.

— Il y a un problème, le 10. J'ai une réunion avec le synode. De deux choses l'une : soit on reporte le pique-nique des catéchismes, soit ils y vont sans moi.

Kristy se serait volontiers enfuie en courant, mais elle savait que si elle cédait à la tentation, elle n'aurait plus jamais le courage de recommencer. Elle se mit debout, contourna le bureau, se plaça juste derrière Ethan.

— Les enfants seront déçus, si tu n'es pas là. On pourrait peut-être prévoir le pique-nique pour le jeudi ?

Il éternua. Elle lui tendit un mouchoir en papier.

— Ce n'est pas ce jour-là qu'on a invité les parents à déjeuner ?

— Ce n'est pas grave. On les conviera quelques jours plus tôt.

— Parfait. Je compte sur toi, conclut-il en jetant son mouchoir dans la corbeille.

Elle n'en pouvait plus. Le doigt sur le calendrier, elle se pencha, les seins presque sous son nez.

— Le 23 conviendrait parfaitement pour le spectacle des Amis de Jésus.

Silence. Un silence interminable, pesant.

Les muscles du dos d'Ethan se tendirent. Il aplatit la main sur la table. Elle attendit un commentaire.

Lentement, il leva la tête, centimètre par centimètre, mais il semblait à court de mots. Pour finir, il déglutit.

— Kristy ?

Comment Rachel réagirait-elle en pareille situation ? Kristy avança le menton, posa une main tremblante sur sa hanche.

— Ouais ?

Jamais de sa vie elle n'avait répondu si familièrement !

Il la dévisagea, les yeux écarquillés.

— Euh... tu as un nouveau euh... tee-shirt ?

Elle opina en feignant l'ennui le plus profond, mais c'était difficile, car c'était la première fois qu'Ethan Bonner lui prêtait vraiment attention. Un frémissement lui parcourut l'échine.

Il avait le regard... vide. Petit à petit, il recouvra ses esprits, fronça les sourcils.

— Qu'as-tu fait ?

Elle avait envie de pleurer, mais Rachel l'étranglerait si elle apprenait qu'elle s'était effondrée.

— Je... j'en avais assez. J'avais envie de changer.

— De changer ! Tu... on dirait... Tu peux porter ce que tu veux chez toi, mais pas ici. Ce jean, par exemple...

— Qu'est-ce qu'il a, mon jean ? Tu viens tous les jours en jean. Billie Lake aussi, quand elle me remplace.

— Oui, mais... Bon, d'accord, je n'ai rien contre le jean, mais... Euh... ton rouge à lèvres est peut-être euh... un peu trop voyant.

Soudain, un sentiment de colère l'envahit. Il bavait littéralement devant Laura Delapino avec ses lèvres écarlates, mais elle, cette bonne vieille Kristy Brown, n'avait droit qu'à ses critiques.

— Ça ne te plaît pas...

— Je n'ai pas dit cela. Ce n'est pas à moi de juger. Cependant, il me semble qu'au sein d'une paroisse...

Rachel n'aurait jamais supporté ça. Pour rien au monde.

— Si ça ne te plaît pas, tu peux toujours me renvoyer.

Il parut sincèrement choqué.

— Kristy !

Elle devait à tout prix sortir. Il s'éclaircit la gorge.

— Ne t'emporte pas. Je suis sûr que lorsque tu auras réfléchi, tu…

— C'est tout réfléchi. Je démissionne !

Elle se rua dehors, cheveux au vent, s'empara de son sac et courut s'écrouler dans sa voiture. Quelle sotte elle était. Comment avait-elle pu s'imaginer qu'il tomberait amoureux d'elle sous prétexte que son nouveau soutien-gorge lui gonflait les seins de deux tailles ? Elle restait Kristy Brown, la souris grise prête à tout pour un homme qui ne la voyait pas. Pour couronner le tout, elle était désormais sans emploi.

À travers ses larmes, elle vit la porte s'ouvrir. Ethan surgit, paniqué. En aucun cas elle ne se montrerait dans cet état. Elle mit le moteur en marche.

— Kristy !

Il se précipita vers elle. Elle démarra en trombe.

— Arrête, Kristy ! Tu exagères. Prenons le temps d'en parler…

Ce fut alors qu'elle commit l'inimaginable. Elle baissa sa vitre et gratifia le révérend Bonner d'un bras d'honneur.

Deux jours plus tard, Ethan n'était toujours pas remis de son émotion.

— Qu'est-ce que c'est que ce comportement ? s'indigna-t-il en la regardant danser sur la piste du *Mountaineer* avec Andy Miels, qui devait avoir au moins dix ans de moins qu'elle.

Ses mouvements étaient un peu guindés, mais personne, au bar, ne semblait en prendre ombrage.

Kristy s'était présentée au *Mountaineer* avec une minijupe moulante et un tee-shirt mettant en valeur une poitrine dont personne n'avait jamais soupçonné l'existence. Ses faux diamants scintillaient à ses oreilles, et son pendentif était bien niché au creux de ses seins.

Avant l'arrivée de Kristy, Ethan dînait tranquillement en compagnie de Gabriel, à qui il essayait de soutirer des informations concernant la veuve Snopes. La semaine précédente, quand Ethan avait surpris la jeune femme avec le coffre, il s'était demandé ce qui se passait entre elle et son frère. Il était terrifié. Rachel devait savoir à quel point Gabriel était fortuné. Il négligeait ses finances, et elle était une opportuniste.

La venue de Kristy avait mis un terme brutal à cette conversation.

— Elle est seule ! s'exclama Ethan. Elle n'a même pas eu la décence de venir avec une copine. Franchement, Gabriel... elle a été la baby-sitter d'Andy Miels !

— Apparemment, ils n'y pensent plus, ni l'un ni l'autre.

Kristy était une habituée de ce lieu, où l'on pouvait boire et manger à volonté. Le *Mountaineer* était un établissement tout à fait respectable. Cependant, elle s'était toujours contentée de dîner dans un coin, avec sa famille ou des amis. Jamais elle n'était venue ainsi, seule, au bar, le soir... déguisée en traînée.

Ethan avait du mal à contenir sa colère.

— Tu sais ce qu'elle a fait, mardi, en partant ? Un bras d'honneur ! Kristy Brown !

— Oui, tu me l'as déjà dit. À trois reprises.

— Elle emménage dans son nouvel appartement ce week-end. Tu ne crois pas que, après avoir passé sa journée à préparer ses cartons, elle devrait être trop fatiguée pour s'amuser ?

— Elle me semble en pleine forme.

Kristy rit, tandis qu'Andy la ramenait à leur table, où étaient assis quelques-uns de ses camarades. Une bande de vauriens, songea Ethan. La casquette à l'envers, des boucles d'oreilles, le menton barbu… Des vauriens plutôt séduisants. Andy était joueur de football. Les autres devaient être ses équipiers.

— Tout ça, c'est à cause de Rachel Snopes.

Les doigts de Gabriel se crispèrent autour de son verre.

— Elle s'appelle Stone. Rachel Stone.

— Elle a transformé Kristy en… en putain.

— Ethan…

— Je me demande comment elle arrive à bouger là-dedans. Ça ne semble pas la gêner. Regarde-moi ça… Elle leur colle ses seins sous le nez !

— C'est bien la première fois que tu remarques sa poitrine.

— Toi non plus, tu n'avais jamais rien vu.

— Je ne travaille pas avec elle chaque jour depuis huit ans.

— Elle a bien fait de démissionner, sans quoi, j'aurais été forcé de la renvoyer. Une secrétaire de paroisse se doit de se tenir.

— Elle est habillée comme Laura Delapino et Amy Majors, que tu admires.

— Elles ne sont pas Kristy. Vraiment, tu es obtus, Gabriel. Tout allait bien jusqu'à ce que la veuve Snopes s'installe avec elle. De toute évidence, Rachel l'a corrompue.

— Tu crois ?

Ethan haussa les épaules.

— Écoute-moi attentivement, Ethan. Rachel a un mal fou à garder la tête au-dessus de l'eau. On l'ignore, on a lacéré ses pneus, la maison a été vandalisée. N'essaie pas de me convaincre que…

Il avait raison, mais le sentiment de culpabilité d'Ethan s'évapora brusquement tandis qu'Andy portait son verre de bière aux lèvres de Kristy. Il se leva brutalement.

— Je m'en vais.

De l'autre côté du bar, Kristy le vit s'approcher au pas de charge. Il était toujours impeccable. Même son jean délavé était parfait. Ses cheveux blonds étaient bien coupés, ses yeux, d'un bleu limpide.

— J'aimerais te parler, Kristy.

— Tu peux aller au diable, riposta-t-elle.

Rachel serait fière d'elle. Elle rejeta la tête en arrière. Pour rien au monde elle ne trahirait sa déception. Après avoir quitté le bureau, mardi matin, elle était retournée à la maison d'Annie ramasser tous ses nouveaux vêtements pour les jeter. Elle s'était ravisée en apercevant son reflet dans la glace.

Elle avait compris, alors, ce que Rachel tentait de lui expliquer depuis le début. Si elle agissait, ce devait être pour elle, et non dans le dessein de séduire un pasteur étriqué, aussi mûr qu'un adolescent de seize ans. Elle avait donc décidé de conserver cette nouvelle image.

— Je veux te voir en privé.

Un sermon ? Elle secoua la tête.

— Tout de suite, Kristy.

— Non.

— Va-t'en, espèce de nul, lança l'un des camarades d'Andy.

Kristy le dévisagea, atterrée. On ne s'adressait pas à Ethan Bonner sur ce ton.

— Euh... Désolé pour lui, pasteur Ethan, bredouilla Andy. Jason n'est pas de la région.

Ethan leur jeta un regard noir, puis se tourna vers Kristy.

— Kristina, viens avec moi immédiatement.

Le juke-box braillait. L'estomac noué, Kristy ramassa une serviette en papier et un bout de papier cellophane d'un paquet de cigarettes, puis poussa le bock de bière vers le milieu de la table pour que tout le monde puisse se servir librement.

Ethan se pencha pour lui murmurer à l'oreille :

— Si tu ne me suis pas de ton plein gré, je te porterai.

Il ne ressemblait plus au pasteur Ethan, l'ami de tous. Kristy se rappela soudain qu'il était coléreux. Il ne le montrait pas souvent, et le regrettait toujours après. Mais il ne s'agissait pas d'*après*, il s'agissait de *maintenant*. Elle préféra ne pas courir le risque. Elle se leva le plus dignement possible.

— Très bien. Je suppose que je peux t'accorder quelques minutes.

— Tu as intérêt, grogna-t-il.

Il la saisit par le bras, mais, en avançant, elle se décontracta. Elle était vaguement étourdie. Elle n'avait pas l'habitude de boire, et les deux bières qu'elle venait d'ingurgiter avaient suffi à l'enivrer. La sensation était délicieuse. Ethan pouvait la sermonner tant qu'il le voudrait, elle s'en fichait éperdument.

Il l'emmena jusqu'à sa voiture. De sa main libre, il tâta la poche de son jean. Puis l'autre.

Une fois de plus, il avait oublié ses clés. Le trousseau gisait sans doute sur la table, à l'intérieur du bar. Kristy en avait toujours un double dans son sac.

Machinalement, elle plongea la main dedans, puis se rendit compte que ce n'était pas sa besace de tous les jours, mais une jolie pochette noire avec une chaîne dorée. Elle se souvint aussi des conseils de Rachel : *Cesse donc de le materner*...

— J'ai laissé mes clés… tu me passes les tiennes ?

Kristy Brown, la souris grise sur laquelle on pouvait compter en toute circonstance… Elle retomba brutalement sur terre.

— C'est regrettable.

Il la lâcha, irrité, et lui arracha son sac. En silence, elle le regarda fouiller.

— Elles ne sont pas là !

— Je ne suis plus ta secrétaire.

— Bien sûr que… qu'est-ce que c'est que *ça* ?

Mortifiée, Kristy s'empourpra.

— Un préservatif, Ethan. Je suis étonnée que tu n'en aies jamais vu.

— Qu'est-ce qu'il fait dans ton sac ?

La gêne de la jeune femme fit place à la fureur.

— Mêle-toi donc de tes affaires !

Elle reprit son sac d'un geste violent.

Deux couples, dont l'un appartenait à la paroisse d'Ethan, émergèrent du *Moutaineer*. Ethan poussa Kristy vers la voiture, puis s'immobilisa en se rappelant qu'il ne pouvait pas y monter.

Le bar-restaurant était situé dans une impasse, entre un magasin de jouets et une boutique de souvenirs, tous deux fermés pour la nuit. En face, il y avait un petit parc avec des tables à pique-nique et des jeux pour les enfants. Ethan y entraîna Kristy.

— Assieds-toi.

Comme elle n'appréciait guère ses manières autoritaires, elle prit l'initiative de se percher sur la table, et non sur le banc qu'il lui indiquait. Il s'installa à côté d'elle.

— Je suis ton pasteur. Le fait que tu sois célibataire et que tu te promènes avec un préservatif dans ton sac me concerne.

Quelle mouche l'avait piqué ? Ethan avait toujours respecté les choix des autres, même s'il n'était pas d'accord. Il prêchait avec véhémence l'abstinence, mais, en même temps, il encourageait l'usage des contraceptifs et la prévention contre les maladies.

— J'espère que toute femme sexuellement active de ta congrégation suit mon exemple, riposta-t-elle.

— Comment ça, sexuellement active ? Qui es-tu pour… Je veux dire… mais… Comment…

Il se ressaisit enfin.

— Je ne savais pas qu'il y avait un homme dans ta vie.

Cette fois, les effets de l'alcool s'estompèrent complètement. Après tout, qu'avait-elle à perdre ?

— Comment le saurais-tu ? Tu ne t'intéresses pas à moi.

Il parut choqué.

— Nous nous connaissons depuis l'école primaire. Tu es une de mes plus anciennes amies.

— C'est ainsi que tu me considères ?

— Évidemment.

— Tu as raison. Je suis ton amie. Mais tu n'es pas le mien, Ethan. Les amis se font des confidences. Tu ne sais rien de moi.

— Au contraire, je…

— Par exemple ?

— Je connais tes parents, la maison dans laquelle tu as grandi. Je sais que tu t'es cassé le bras, il y a deux ans, et…

— Mais moi. Moi ! Qui suis-je ?

— Une chrétienne honnête et travailleuse.

À quoi bon ? Il ne voulait pas l'entendre. Elle se mit debout sur le banc.

— Il faut que j'y aille.

— Non !

Il la força à se rasseoir. Ce faisant, le sein de Kristy effleura le bras de Bonner. Il eut un mouvement de recul, comme s'il s'était brûlé.

— Écoute, je… je ne cherche pas à t'offenser. Ta vie sexuelle ne me regarde pas, mais, en ma qualité de pasteur, je me dois de te conseiller…

Cette fois, elle explosa.

— Ethan, garde tes conseils pour toi. J'ai déjà pris ma décision. J'ai l'intention de modifier ma façon de vivre. Je dois être prête à parer à toutes les éventualités.

— Le sexe avant le mariage est un péché.

Il changea de position, mal à l'aise, comme s'il se rendait compte tout d'un coup à quel point son discours était pompeux. Son regard s'attarda un instant sur la poitrine de Kristy.

— Peut-être, mais à mon avis, il existe une hiérarchie dans les péchés. Commettre un meurtre ou violenter quelqu'un me paraît bien plus grave que de renoncer à sa virginité à trente ans.

Contrairement à ce qu'elle attendait, il ne s'étonna pas de cette révélation.

— Avec qui as-tu l'intention de coucher ?

— Je n'en sais rien encore, mais je veux que ce soit un homme intelligent, célibataire et *sensible*.

— Tout ça, pour éprouver des sensations charnelles, murmura-t-il. Je n'en reviens pas.

— Ethan, je n'ai rien à perdre. Je n'ai ni mari ni enfant. Je n'aime pas mon métier.

— Ah, non ?

— Non, Ethan. Je le déteste.

— Pourquoi ne me l'as-tu jamais dit ?

— Parce que j'étais une poule mouillée. J'étais en sécurité. Il m'était plus facile de me plaindre que de changer.

— Pourquoi es-tu restée toutes ces années, alors ?

C'était une question à laquelle elle ne pouvait répondre en toute franchise.

— Je te le répète, la peur du changement. Mais c'est fini.

— Rachel est à l'origine de cette crise, n'est-ce pas ?

— Pourquoi la hais-tu à ce point ?

— Elle se sert de Gabriel.

Kristy n'en croyait rien, mais Ethan n'était pas d'humeur à suivre la logique.

— Tu as raison. Tout ça, c'est *grâce* à Rachel. C'est elle qui m'en a donné le courage. Je l'admire énormément. Elle est constamment au bord du précipice, mais elle ne geint jamais et elle travaille comme une folle.

— Gabriel lui a facilité les choses. Il lui a donné un emploi, une voiture. Il la loge chez Annie, il paie la garderie pour Edward.

— Ça, ça doit rester entre nous. Et Rachel a rendu cent fois la pareille à Gabriel. Depuis qu'elle est là, il paraît ressuscité. Je l'ai même entendu rire.

— Il surmonte enfin son deuil. Ça n'a rien à voir avec elle. Rien du tout !

Discuter ne servirait à rien. Il pinça les lèvres.

— J'apprécierais que tu m'accordes au moins deux semaines de préavis avant de quitter ton poste.

Il n'avait pas tort. Le lâcher du jour au lendemain était cruel. Elle se dit que ce serait pénible de continuer de le voir pendant quinze jours, mais après tout, elle était à son service depuis huit ans. Deux semaines de plus ou de moins…

— D'accord. À condition que tu ne te mêles plus de mes affaires.

— Je ne voulais pas te blesser, Kristy. À te voir ainsi métamorphosée, j'ai eu un choc. Essaie de comprendre.

— J'ai froid. Je rentre.

— Je préférerais que tu n'y retournes pas.

— Oublie le préavis.

— Bon, bon. Pardon. Allons-y. Tu pourras boire un verre avec nous.

— Non. Je veux danser.

— Je danserai avec toi.

— Quel événement !

— Pourquoi es-tu si agressive ?

— Parce que ça m'amuse ! Parce que j'en ai par-dessus la tête de gâcher mon existence à courir dans tous les sens pour faire plaisir aux autres.

— Pour moi, tu veux dire.

— Je ne veux plus en parler.

Elle retourna dans le bar, alors qu'elle n'avait qu'une envie : rentrer chez elle. Ethan fut envahi par un étrange sentiment de culpabilité.

— Tu mènes une vie exemplaire ! lança-t-il derrière elle. Tout le monde te respecte.

— Voilà une pensée qui me réconfortera les longues soirées d'hiver, riposta-t-elle par-dessus son épaule.

Décidément, le monde devenait fou, pensa-t-il. Kristy Brown était méconnaissable. Elle était... elle était sexy !

Cela l'ennuyait, mais, depuis mardi, il ne cessait de penser à ses seins, à sa taille de guêpe, à ses hanches arrondies. Elle avait les jambes longues et fines. Sa nouvelle coiffure lui seyait. D'une certaine manière, elle était devenue plus humaine.

Il fourra les poings dans les poches de son jean en essayant de comprendre pourquoi cette transformation le perturbait tant. Parce qu'il allait perdre une excellente secrétaire, voilà pourquoi.

*Imbécile !* lui chuchota une petite voix intérieure.

Kristy avait raison. Tout était à sens unique. Il était au courant des événements de son existence, sans plus. Il ne savait pas comment elle s'occupait pendant son temps libre. Il ne savait ni ce qui l'amusait ni ce qui la chagrinait.

Quand il pensait à Kristy, il voyait l'image de...

Il tressaillit.

D'un paillasson efficace. Toujours là, toujours prête à rendre service, sans jamais rien exiger en retour.

Il fixa la nuit. Il avait honte.

Kristy était une femme généreuse, une amie. Or, il l'avait blessée. Il devait se faire pardonner. Il ne lui restait que deux semaines pour agir.

## 14

Le lendemain, Gabriel et Rachel prenaient leur pause déjeuner près de la tortue de l'aire de jeux, leur endroit préféré. Au-dessus de leurs têtes, le gigantesque écran les protégeait du soleil.

Neuf jours s'étaient écoulés depuis qu'ils avaient fait l'amour sous la pluie. Le drive-in ouvrait dans une semaine, mais Gabriel ne pensait qu'à la douceur du corps de Rachel sous le sien. Malheureusement, elle paraissait avoir d'autres préoccupations.

Sa patience était à bout. Il en avait assez de la voir vêtue des vieilles robes d'Annie Glide. Il avait décidé d'agir.

— J'ai solutionné notre petit dilemme.

— Lequel ? demanda-t-elle en se servant une cuisse de poulet.

Elle avait remonté sa jupe et étiré ses jambes nues devant elle. Elles étaient bronzées, parsemées de légères taches de rousseur. L'un de ses genoux était égratigné, l'autre, orné d'un pansement. Ses mollets semblaient prendre l'essentiel des coups : un hématome par-ci, une coupure par là. Elle travaillait trop fort.

Ses chevilles fines contrastaient avec ses grosses chaussettes et ses mocassins noirs. Elle les polissait avec soin chaque soir. Au début, il s'était demandé pourquoi elle s'acharnait à les entretenir, puis il s'était rendu compte qu'elle n'avait guère le choix, puisqu'elle n'en possédait qu'une paire.

Il lui en aurait volontiers offert des dizaines, mais il savait qu'elle les lui jetterait à la figure.

Il s'éclaircit la gorge.

— Celui qui concerne ton salaire horaire et ce que tu peux ou non accomplir pendant ce temps.

— Tu m'augmentes !

— Certainement pas !

Il essaya de ne pas sourire devant son air désappointé. Ce n'était pas facile, mais il s'arrangeait pour limiter ses liquidités tout en s'assurant qu'elle ne manquait de rien. Il savait que s'il lui donnait trop d'argent, elle ferait des économies. Dès qu'elle aurait de quoi partir, elle quitterait la ville.

Tôt ou tard, elle allait devoir accepter le fait que G. Dwayne n'avait jamais caché ses cinq millions de dollars à Salvation. Elle n'aurait dès lors plus aucune raison de rester. Or, Gabriel ne tenait pas à ce qu'elle s'en aille. Pas encore.

— Je le mérite, pourtant.

— Je ne sais pas pourquoi je n'y ai pas pensé plus tôt, poursuivit-il comme s'il ne l'avait pas entendue. Je vais te mensualiser. Ainsi, « aventure » ou pas, tu auras toujours la même somme.

— Combien ?

Il lui annonça un chiffre et attendit qu'elle explose. Ce qui ne tarda pas.

— Tu es le plus radin, le plus pingre, le plus…

— Tu peux parler.

— Je ne suis pas riche comme toi. Je suis obligée de faire attention.

— Avec un salaire mensuel, tu y gagneras. Je continuerai de te payer tes heures supplémentaires, mais tu ne seras pas pénalisée si tu dois prendre un moment dans la journée pour faire une course ou… autre chose.

Il mordit dans son aile de poulet.

— Tu devrais t'agenouiller pour me remercier, ajouta-t-il.

— Pardon ? Je n'ai pas bien saisi.

— Laisse tomber.

Il mourait d'envie de la prendre là, tout de suite. Mais elle méritait mieux.

Il voulait l'emmener dans un restaurant quatre étoiles, juste pour le plaisir de la voir manger.

C'était son grand bonheur. Chaque jour, il trouvait un prétexte pour la nourrir. Il arrivait le matin avec des croissants et lui annonçait qu'il ne supportait pas la perspective de les manger tout seul. Vers midi, il se déclarait affamé. Au milieu de l'après-midi, il l'obligeait à se reposer un peu et lui proposait fruits ou fromage. S'il continuait ainsi, il aurait bientôt du mal à fermer son jean. Rachel, en revanche, embellissait de jour en jour.

Ses joues s'étaient remplies, ses yeux ne lui mangeaient plus le visage. Son teint avait pris une jolie couleur, et ses formes s'étaient un peu arrondies. Elle ne serait jamais grosse, mais elle n'était plus émaciée.

Une vague de mélancolie le submergea au souvenir de Cherry, qui s'inquiétait toujours pour sa ligne. Il lui avait répété mille fois qu'il l'aimerait encore, même si elle pesait cent cinquante kilos. Elle insistait pour compter les calories… Il l'aurait aimée dodue ou maigre, handicapée, vieille ou fripée. Rien n'aurait pu l'empêcher de l'aimer. Pas même la mort.

Il jeta son morceau de viande à moitié consommé dans la poubelle et se coucha dans l'herbe, les mains derrière la nuque.

Rachel posa une main sur sa poitrine.

— Parle-moi d'eux, Gabriel, murmura-t-elle. De Cherry et de Jamie.

Il tressaillit. Une fois de plus, elle avait prononcé leurs prénoms. Même Ethan s'y refusait. Son frère voulait le protéger, mais Gabriel commençait à croire que sa femme et son fils n'existaient plus que dans sa propre mémoire.

La tentation de s'exprimer était grande, pourtant, il y résista. Il était fou, mais pas au point de vanter les mérites de son épouse défunte auprès de celle qu'il avait l'intention de posséder le plus tôt possible.

— Les autres sont trop gentils pour te le faire remarquer, Bonner, mais tu cours le risque de devenir un de ces hommes égocentriques et renfermés que personne ne supporte. Tu as de quoi t'apitoyer sur ton sort, mais tu as la vie devant toi...

Un sentiment de colère l'assaillit. Elle dut sentir ses muscles se contracter, car Rachel posa la tête sur sa poitrine, dans l'espoir de le calmer. Une mèche de cheveux effleura ses lèvres. Elle sentait bon le shampooing, le soleil et la pluie d'été.

— Raconte-moi comment tu as connu Cherry.

L'agressivité de Gabriel s'estompa.

— On s'est rencontrés lors d'un pique-nique du catéchisme.

— Vous étiez adolescents ?

— À peine. Nous avions onze ans, et elle venait de s'installer à Salvation. Je courais sans regarder devant moi, quand je l'ai heurtée. Elle a répandu son verre de jus de raisin sur sa robe.

— Ça n'a pas dû lui plaire.

— Elle a eu une réaction incroyable. Elle a souri, et elle m'a dit : « Je sais que tu es désolé. » Comme ça. « Je sais que tu es désolé. »

Rachel s'esclaffa. Gabriel rit à son tour.

— Elle n'avait peur de rien. Elle voyait toujours le bon côté des gens. Tu ne peux pas imaginer combien cela lui a joué de tours.

Couché sur le dos, il se laissa envahir par les bons souvenirs. Ils revinrent, l'un après l'autre. Une abeille bourdonna. Les criquets chantaient. La chevelure de Rachel lui chatouillait les lèvres.

Il avait les paupières lourdes. Il s'endormit.

Le lendemain soir, Rachel, Edward et Ethan aidèrent Kristy à s'installer. Son nouvel appartement était petit, mais chaleureux et charmant. Les murs étaient peints en blanc, et une odeur de neuf y régnait.

Son mobilier avait été livré dans la journée. La plupart des meubles avaient appartenu à ses parents. Ils les avaient donnés à leur fille lorsqu'ils étaient partis pour la Floride. Aujourd'hui, elle les trouvait moches.

— Je sais que je n'ai pas de quoi remplacer ces horreurs, confia-t-elle tout bas à Rachel, mais... je ne sais pas. Ça ne me convient plus.

Elle eut un petit rire amer.

— C'est absurde ! Il y a cinq jours, je me suis coupé les cheveux et racheté une garde-robe. Voilà que je me prends pour une autre. En vérité, je me sens coupable de ne pas avoir rejoint mes parents en Floride, c'est tout.

— La semaine a été dure, répondit Rachel en rangeant les verres dans un placard. Ne t'inquiète pas pour le décor. Quelques coussins de couleurs vives, une ou deux affiches de musée, et le tour sera joué.

— Peut-être.

Edward émergea de la chambre.

— On a besoin d'un tournevis cruciforme pour fixer la tête de lit. Tu en as un ?

Kristy se dirigea vers sa boîte à outils, qui trônait sur le comptoir marquant la division entre la cuisine et la salle de séjour.

— Tiens.

Rachel sourit malgré elle devant l'air important de son fils. Edward partit retrouver Ethan. Kristy en voulait au pasteur, mais Rachel avait du mal à ne pas l'apprécier, tant il s'occupait gentiment d'Edward.

— Il s'est comporté comme un goujat, jeudi soir, au *Mountaineer*, souffla Kristy, une lueur de colère dans les prunelles. Pourtant, il fait comme si de rien n'était.

— Ce doit être aussi pénible pour lui que pour toi d'oublier cet épisode.

Rachel sourit et serra son amie contre elle. Ce soir, Kristy était habillée d'un tee-shirt rouge et d'un jean neuf. Elle avait échangé ses sandales fines contre une paire de baskets. Sa tenue n'avait rien de sexy, mais Rachel avait remarqué la façon dont Ethan la suivait des yeux.

— J'ai gaspillé toutes ces années à me languir pour un hypocrite immature, mais c'est fini !

Si Kristy haussait encore un peu le ton, Ethan l'entendrait. Rachel se garda pourtant d'intervenir.

— J'ai assez d'économies pour reprendre des études. Il ne me reste que quelques cours à suivre pour obtenir mon diplôme de puéricultrice. Je n'aurai aucun mal, par la suite, à trouver un emploi d'assistante, histoire de payer mes traites.

— C'est formidable.

— Je regrette de ne pas l'avoir fait plus tôt.

— Tu n'étais peut-être pas prête.

— Sans doute pas, concéda Kristy. Tu sais, Rachel, pour la première fois de ma vie, je n'ai pas l'impression d'être invisible.

Ethan surgit, Edward sur ses talons.

— Ça y est. On pourrait peut-être s'attaquer à l'étagère ?

— Merci, mais je n'ai pas encore décidé où la poser, répliqua Kristy, d'un ton brusque.

— Très bien. Nous allons brancher le poste de télévision.

— Je te remercie, Ethan, mais ça va comme ça.

Le message était clair : elle le chassait. Ethan l'ignora.

— Viens, Edward. Allons raboter la porte de la salle de bains.

— L'entrepreneur m'envoie un ouvrier demain. Vraiment, Ethan, je n'ai plus besoin de rien. Je te verrai demain au bureau.

Penaud, Ethan rangea les outils dans la boîte et se dirigea vers la sortie. Rachel eut soudain pitié du séduisant pasteur Bonner.

La maison était dans le noir. Depuis l'incident de la croix brûlée, Gabriel savait que Rachel ne devait pas rester seule. Maintenant que Kristy avait déménagé, il avait peur pour elle.

Il avait prévu de venir plus tôt, mais Ethan était passé lui rendre visite, et Gabriel avait été forcé d'écouter son interminable monologue sur l'attitude de Kristy. Il s'était ensuite lancé dans une diatribe contre Rachel, qui, selon lui, n'en voulait qu'à l'argent de son frère. Bref... il était près de minuit.

Gabriel gara sa camionnette devant le garage et resta là un moment, dans le silence de la nuit. Le fait de parler de Cherry avec Rachel l'avait soulagé. Si elle avait été seule, il aurait volontiers emménagé avec elle. Malheureusement, il y avait son fils, et la perspective d'avoir près de lui ce petit garçon pâle et silencieux le déprimait d'avance.

Gabriel avait beau se répéter que l'enfant n'y était pour rien, quand il voyait Edward, il songeait à Jamie et se disait que le plus valeureux des deux était mort.

Il retint son souffle. C'était une pensée ignoble. Impardonnable.

Il prit sa valise et se dirigea vers l'entrée. Il n'avait aucun mal à trouver son chemin, en dépit de l'obscurité : enfant, il avait dormi ici des centaines de nuits.

Combien de fois était-il passé par la fenêtre de la chambre, avec Charles, une fois Annie endormie ? Ethan était trop jeune pour les accompagner, et il se plaignait souvent d'avoir raté quelques-unes des aventures de ses aînés.

Une chouette ulula au loin. Les chaussures de Gabriel bruissaient dans l'herbe, ses clés cliquetaient dans sa main.

— Ne bougez pas !

L'ombre de Rachel surgit dans la véranda. Il s'apprêtait à lancer une plaisanterie, quand il reconnut le vieux fusil de sa grand-mère, pointé sur son torse.

— Je suis armée, et je n'ai pas peur !

— C'est moi, Rachel.

— Gabriel ? Qu'est-ce que tu fabriques ici ? Tu m'as fait une peur bleue !

— Je suis venu te défendre, annonça-t-il d'un ton dépité.

— On est en plein milieu de la nuit.

— Je voulais arriver plus tôt, mais j'ai eu quelques problèmes avec Ethan.

— Ton frère est un vaurien.

— Il t'adore, lui aussi.

Gabriel s'avança pour désarmer la jeune femme. Elle alluma la lumière de la véranda. Il eut la gorge sèche en la découvrant, pieds nus, vêtue d'une chemise d'homme, les cheveux en désordre.

— Qu'est-ce que c'est que ça ?

— Comme tu peux le constater, c'est une valise. Je m'installe ici pour quelque temps.

— C'est une idée de Kristy ?

— Non. Kristy se fait du souci, mais l'initiative est entièrement la mienne. Maintenant qu'elle n'est plus là, tu es plus vulnérable.

Il posa son bagage dans le salon et vérifia le fusil. Il n'était pas chargé. Il le rendit à Rachel. Au même instant, il pensa au Smith & Wesson qu'il avait enfermé à clé avant de partir. Le fait d'avoir un pistolet dans le tiroir de sa table de chevet lui parut tout d'un coup grotesque.

— Range ça.

— Tu me crois incapable de me débrouiller toute seule, s'indigna-t-elle. Je n'ai pas besoin de toi. Reprends ta camionnette de paysan et va-t'en.

Il ne put s'empêcher de sourire. Elle avait ce don, avec lui.

— Du calme, Rachel. Tu n'as jamais été aussi heureuse de me voir, et tu le sais.

Elle grimaça.

— Tu emménages vraiment ?

— J'ai assez de mal à dormir comme ça, sans avoir à me soucier de ce qui se passe ici.

— Je n'ai pas besoin de baby-sitter, mais un peu de compagnie ne me ferait pas de mal.

Cela ressemblait presque à un aveu : elle était angoissée. Elle disparut pour remettre son arme en place, tandis que Gabriel portait sa valise dans l'ancienne chambre de sa grand-mère, désormais débarrassée des affaires de Kristy. Son regard s'attarda sur le lit et le rocking-chair, et il se rappela combien il avait eu peur ici, la nuit, quand il était petit.

Percevant le pas de Rachel derrière lui, il se retourna.

— Tu n'as rien de mieux pour dormir ?

— Quoi ? Ça ne te plaît pas ?

— Cette chemise appartient à Charles. Si tu en veux une, prends plutôt une des miennes.

Il jeta son bagage sur le matelas, l'ouvrit, en extirpa une chemise propre. Rachel l'examina d'un œil critique.

— Celle de Charles est beaucoup plus belle.

Les yeux de Bonner lancèrent des flammes. Elle sourit.

— Mais la tienne paraît nettement plus confortable.

— Tu peux le dire.

— Si tu veux que je fasse la cuisine, il faudra que tu t'occupes des courses, annonça-t-elle soudain, les mains sur les hanches.

— Quelle drôle d'idée ! Je suis meilleur cuisinier que toi.

Elle réfléchit.

— Tu as un plus gros appétit, aussi. Je ne peux pas dépenser tout mon argent pour te nourrir. Oui, vraiment, tu manges comme un ogre.

Avant qu'il ne puisse répliquer, une petite voix intervint.

— Maman ?

Gabriel fit volte-face et découvrit le petit, sur le seuil de la pièce. Il portait un pyjama neuf, trop grand. Rachel voyait loin…

Elle se précipita vers lui comme s'il était brûlant de fièvre.

— Viens, mon chéri. Je vais te remettre au lit.

— Qu'est-ce qu'il fait ici ?

Elle l'entraîna dans le couloir.

— Cette maison appartient à Gabriel. Il peut y venir quand il veut.

— C'est la maison du pasteur Ethan.

— Ethan et Gabriel sont frères.

— C'est pas vrai !

Gabriel les entendit pénétrer dans ce qui avait été la salle de couture d'Annie. L'enfant marmonna quelque chose qu'il ne comprit pas… *bruti*… Curieux… Ce petit était étrange. Gabriel savait qu'il aurait dû avoir pitié de lui, mais les souvenirs l'envahissaient.

*Jamie en pyjama, tout juste sorti du bain. Ses cheveux noirs. La façon dont il se pelotonnait contre son père quand celui-ci lui lisait son histoire préférée. Il s'endormait toujours avant la fin, et…*

— Tu n'as besoin de rien ?

— Si… De toi.

Elle se pressa contre lui. Il glissa les mains sous la chemise, savoura la douceur de sa peau. Mais elle s'écarta. Pour fermer la porte à clé.

Combien de fois Cherry avait-elle eu ce geste, dans leur ferme en Géorgie, afin que Jamie ne puisse les surprendre en fâcheuse position ? La douleur revint en force.

Rachel lui prit le menton et chuchota :

— Reste avec moi, camarade. Moi aussi, j'ai besoin de toi.

Elle comprenait toujours.

Ils s'étreignirent avec ferveur, leur excitation redoublant du fait de devoir rester silencieux.

Gabriel se demanda tout d'un coup s'il ne ferait pas mieux de l'épouser. Ainsi, elle serait en sécurité. Il avait envie d'être avec elle.

Mais il ne l'aimait pas, pas comme il avait aimé Cherry. Et puis, il n'était pas question qu'il élève son fils.

Il passa une nuit sans sommeil. À l'aube, n'y tenant plus, il se leva pour prendre une douche. Il savait que Rachel se levait tôt, pourtant, elle dormait toujours lorsqu'il reparut dans la chambre, tout habillé. Il sourit. Il l'avait éreintée.

Dans la cuisine, tout était silencieux. Il ouvrit la porte et sortit. Un flot de nostalgie l'envahit. Il avait l'impression d'être revenu dans son enfance.

Il se rappela son impatience à aller jouer dehors, tous les matins. Annie devait le menacer de sa cuiller en bois pour qu'il prenne son petit déjeuner. Dès la dernière bouchée, il se précipitait vers les créatures qui l'attendaient : écureuils, opossums, ratons laveurs et autres putois.

Ces animaux lui manquaient. Mais ce n'était pas le moment d'y penser. Il avait un drive-in à gérer.

Cette pensée le déprima. Il descendit les marches et contempla l'ancien potager, infesté de mauvaises herbes.

Un hurlement déchira le silence. Il contourna la maison, le cœur battant, puis se figea en apercevant l'enfant, tout seul au bout de la véranda. Paralysé par la peur, il fixait quelque chose que Gabriel ne pouvait pas voir. Un serpent.

En trois enjambées, Gabriel fut près du petit. Il s'empara du serpent.

Rachel se rua dehors.

— Edward, qu'y a-t-il ? Qu'est-ce que...

Gabriel contemplait le garçonnet d'un air agacé.

— Ce n'est qu'une couleuvre... Tu vois, cette ligne jaune sur son dos. Il ne te fera aucun mal. Vas-y. Touche-le.

Edward recula en secouant vigoureusement la tête.

— Allez ! insista Gabriel. Je te dis qu'il ne te fera aucun mal.

Edward se ratatina sur lui-même.

Rachel tenta de le consoler.

— Ce n'est rien, mon chéri. Les couleuvres, c'est gentil. Il y en avait beaucoup, dans la ferme où j'ai grandi. Tiens ! On va la relâcher, pour qu'elle puisse retrouver sa famille.

Gabriel lui lança un regard de reproche. Cet enfant ne deviendrait jamais un homme si elle continuait de le materner ainsi. Jamie n'avait jamais eu peur des serpents. Dès sa plus tendre enfance, il savait ceux qui étaient venimeux. Mais Jamie était mort...

— Que dirais-tu d'un bon petit déjeuner ? proposa Rachel à son fils.

Il acquiesça, pelotonné contre elle.

— Le pasteur Ethan a dit que je devais aller à l'office aujourd'hui.

Rachel parut irritée.

— Une autre fois, peut-être.

Intérieurement, Gabriel en voulut à son frère d'avoir émis cette suggestion. Ethan n'avait sûrement pas réfléchi aux réactions que susciterait la venue de Rachel à la messe.

— Tu as dit ça dimanche dernier, geignit Edward.

— Viens ! On va ouvrir la nouvelle boîte de céréales.

— Je veux y aller aujourd'hui.

— Obéis à ta maman, intervint Gabriel.

Rachel se retourna vivement, ouvrit la bouche, la referma, puis poussa Edward dans la maison.

Gabriel décida de les éviter tous les deux en s'offrant une longue marche dans les bois. Il finit par tomber sur l'endroit où il avait créé un sanctuaire pour les animaux blessés. À l'âge de dix ou onze ans, il leur avait construit des cages pour les soigner. Avec le recul, il était surpris de constater combien il avait réussi à en sauver.

Ce souvenir l'attrista.

N'ayant aucune envie de rencontrer Rachel et son fils, il rentra chercher sa camionnette. Il alla prendre un café en ville, puis poursuivit son chemin jusqu'à l'église d'Ethan.

Il n'était pas le seul retardataire. Kristy Brown arriva discrètement bien après la prière de confession. Sa robe jaune était très courte, et son attitude défiait quiconque d'en faire un drame. Gabriel ne put s'empêcher de sourire. Comme la plupart des habitants de Salvation, il n'avait jamais vraiment prêté attention à Kristy, sauf quand il avait eu besoin de ses services.

Après la messe, il rendit visite à Charles. Il lui annonça qu'il allait déménager quelque temps. En apprenant la raison de cette décision, Charles s'emporta.

— Tu vas t'installer avec la veuve Snopes ? Ethan m'a dit que tu la fréquentais, mais je n'ai pas voulu le croire. Tu vas vivre avec elle ?

— Ce n'est pas ça, répliqua Gabriel. Elle est en danger.

— C'est à Odell de se charger de sa protection.

Gabriel entendit un petit cri. Sa nièce, Rosie, était un bébé magnifique, au regard espiègle, à l'esprit indépendant. Il sentit son cœur se serrer.

— Écoute, Gabriel, j'ai discuté avec Ethan. Je sais que tu as toujours eu un faible pour les animaux blessés, mais Rachel est une vipère. Je...

— Gabriel, ignore-le ! interrompit Jane Darlington-Bonner. Ethan aussi. Moi, j'aime bien la veuve Snopes.

— Je suis content de l'apprendre, mais je ne crois pas que tu l'aies rencontrée.

— En effet. Cependant, j'ai vécu dans son horrible demeure. Quand Charles et moi avions nos problèmes... je sais que ça peut paraître stupide, mais je me réfugiais dans sa chambre ou dans la nursery, et... l'atmosphère dans ces deux pièces était très différente. J'ai toujours pensé que c'était grâce à elle.

Charles eut un rire sceptique. Gabriel sourit.

— Rachel est loin d'être une sainte, Jane, mais tu as raison. Elle est bonne, et elle a la vie dure. Tâche de calmer mon frère, veux-tu ?

— Je ferai de mon mieux. Bonne chance, Gabriel.

Il alla voir Odell Hatcher, puis passa chercher ce qu'il restait de victuailles dans son réfrigérateur avant de regagner la maison d'Annie. Toutes les fenêtres étaient ouvertes, la porte aussi. Rachel et son fils étaient invisibles.

Gabriel vida ses sacs. En se retournant, il découvrit l'enfant, sur le seuil de la cuisine. Il était entré à pas feutrés.

— Ta maman est dehors ?

Il fixa le bout de ses chaussures.

— Réponds-moi, Edward, je t'en prie.

— Oui, marmonna-t-il.

— Oui, quoi ?

Edward se raidit.

— Regarde-moi !

Il obéit, lentement.

— Quand tu t'adresses à moi, Edward, je veux que tu dises « oui, monsieur », « non, monsieur ». Quand tu parleras à ta mère ou à Kristy, ce sera « oui, madame », ou « non, madame ». Tu vis en Caroline du Nord. C'est ainsi que les enfants bien élevés s'expriment dans notre région. Tu comprends ?

— Mmm...

— Edward...

— Je ne m'appelle pas Edward.

— C'est ainsi que ta mère t'appelle.

— Elle a le droit. Pas toi.

— Comment veux-tu que je t'appelle, alors ?

— Tom.

— Tom ?

— J'aime pas Edward. Je veux qu'on m'appelle Tom.

— Edward, tu as trouvé la ficelle ?

La porte s'ouvrit, et Rachel apparut, le visage et les mains maculés de terre. Son regard se posa immédiatement sur son fils, comme si elle craignait que Gabriel ne l'eût maltraité derrière son dos.

— Edward ?

L'enfant alla ouvrir un placard et en sortit une pelote.

— Mets-la près du seau, veux-tu ?

Il acquiesça, puis jeta un coup d'œil méfiant vers Gabriel.

— Oui, madame.

Rachel le dévisagea, intriguée. Edward alla dehors.

— Pourquoi l'as-tu prénommé Edward ?

— En souvenir de mon grand-père. Ma grand-mère y tenait beaucoup.

— Tu ne pourrais pas l'appeler Ed, ou Eddie, par exemple ?

— Excuse-moi, mais… en quoi cela te concerne-t-il ?

— Il vient de me dire qu'il préférerait s'appeler Tom.

— Tu es sûr que ce n'est pas toi qui as critiqué son prénom ?

— Certain.

Elle s'avança, l'index pointé vers lui, comme un pistolet.

— Laisse mon fils tranquille. Et ne t'immisce plus jamais dans nos affaires comme tu l'as fait ce matin.

— N'oublie pas que tu es ici chez moi.

— Je n'oublie rien du tout. Et je parle sérieusement, Gabriel. Ne touche pas à mon fils.

Il renonça à discuter. Il sortit de sa poche un bout de papier, qu'il déplia. C'était sa façon à lui de demander pardon pour l'incident de la matinée.

— Odell m'a donné la liste de toutes les personnes présentes à l'aérodrome la nuit où G. Dwayne s'est enfui.

La mauvaise humeur de Rachel s'évapora.

— Oh, merci ! Tu es sûr que c'est tout ? Il n'y en a qu'une dizaine. Il devait y avoir une centaine de personnes, là-bas.

— La liste est complète.

Alors que Rachel se penchait dessus, un bruit de moteur résonna dehors. Gabriel fut soulagé de reconnaître Kristy. Rachel se précipita à sa rencontre. Edward se jeta dans ses bras.

— Tu es revenue !

— Comme promis. J'en avais assez de travailler, je suis venue voir si tu voulais m'accompagner à la fête du Cochon, cet après-midi.

— Super ! Je peux, maman ?

— Bien sûr, mais avant cela, tu vas aller te laver.

Gabriel repartit vers la cuisine, où il se versa une tasse de café.

— Mais pourquoi veux-tu récupérer la Bible de Dwayne ? s'enquit Kristy. Qu'est-ce que tu…

Les mots moururent sur ses lèvres lorsqu'elle vit Gabriel.

— Euh… bonjour, Gabriel.

— Bonjour, Kristy.

— C'est pour Edward, répondit Rachel. Cette Bible est un souvenir de famille.

Ainsi, même Kristy n'était pas au courant. Il était le seul à savoir la vérité.

— Un de ces hommes a dû la prendre le soir où ils ont confisqué ma voiture, enchaîna Rachel en lui tendant la liste.

— Sûrement pas Pete Moore. Il n'a pas mis les pieds dans une église depuis des années.

— Il a pu se l'approprier pour des raisons autres que religieuses.

Kristy finit par éliminer six des dix personnes citées. Quant aux quatre autres, elle comprenait mal pourquoi elles se seraient emparées d'un tel objet, mais Rachel refusait de se laisser abattre.

— Je vais commencer par eux, mais si je ne trouve rien, je verrai les autres.

Edward surgit.

— Je suis tout propre ! On peut y aller, Kristy ? Tu crois qu'il y aura des vrais cochons ?

Après leur départ, un silence paisible enveloppa la maison. Rachel et Gabriel seraient seuls pour le reste de l'après-midi. Paupières closes, il se reprocha de la désirer autant, puisqu'il ne l'aimait pas. C'était impossible. Il ne savait plus aimer. Mais il était heureux en sa compagnie. Avec elle, il retrouvait un semblant de sérénité.

La porte moustiquaire claqua derrière lui.

— Allons-y, Gabriel. Nous allons trouver cette Bible.

Il était sur le point de protester, puis se ravisa. À quoi bon ? Rachel était décidée.

## 15

— Quelle perte de temps ! s'exclama Gabriel en claquant la portière de la camionnette.

À l'intérieur, il régnait une chaleur étouffante. Les sièges étaient brûlants.

— Il ne nous reste plus qu'un nom sur la liste.

— Je propose de manger d'abord. J'ai envie d'un hamburger.

— Ma parole, mais tu es boulimique ! Nous avons déjeuné il y a à peine une heure.

— J'ai faim. Et puis, rendre visite à Rick Nagel ne nous avancera à rien. Ce n'est pas parce qu'il a copié sur Kristy lors d'un examen de géographie en CM2 qu'on doit le soupçonner.

— Je fais confiance aux instincts de Kristy.

Le gravier crissa sous les pneus, tandis que le véhicule de Gabriel émergeait à reculons de l'allée de Warren Roy. Il mit en marche la climatisation, tout en la gratifiant d'un regard à la fois tolérant et exaspéré. Il était persuadé qu'elle se fatiguait pour rien, et il avait sans doute raison. L'expression ahurie de leurs deux premiers interlocuteurs l'avait convaincu que ni l'un ni l'autre ne savaient de quoi elle parlait. Pourtant, cette Bible devait bien être quelque part.

Un détail la tracassait depuis le début. Elle ressortit le papier. Bill Keck… Frank Keegan… Phil

Dennis… Kirk DeMerchant… Elle n'en connaissait aucun.

*Dennis*. Elle écarquilla les yeux.

— Phil Dennis ? Il est de la même famille que Carol ?

— C'est son beau-frère. Pourquoi ?

Elle posa l'index sur la feuille.

— Il était présent, ce soir-là.

— Pas de chance : il est parti dans l'ouest il y a deux ans. S'il a pris la Bible, elle est loin.

— Pas s'il l'a donnée à Carol.

— Pourquoi aurait-il fait cela ?

— C'était une inconditionnelle de Dwayne. Elle croit toujours en lui. Peut-être que son beau-frère a voulu lui faire un cadeau.

— Peut-être, mais rien n'est moins sûr !

— Vraiment, tu n'es pas très encourageant.

— Je n'y peux rien.

Son attitude l'agaçait, mais, au moins, il continuait de la soutenir. Elle examina à la dérobée son profil aux traits anguleux et songea un instant à lui raconter une blague, histoire de le voir sourire. Un sentiment de lassitude la submergea. Elle lui aurait volontiers demandé de retourner à la maison, mais c'était impossible. Elle replia son papier avec soin.

— Allons voir Carol.

Il ne protesta pas. Il soupira.

— Tu es sûre que tu n'as pas envie d'un hamburger ?

— Si j'en mange encore un, je vais me mettre à meugler. Je t'en supplie, Gabriel, emmène-moi chez Carol.

— Je parie qu'elle appartient à ton fan-club, grommela-t-il.

— Euh…

Rachel hésita, puis décida qu'il était inutile de lui préciser combien Carol Dennis la détestait.

Cette dernière habitait une vaste demeure de style colonial bordée par une pelouse rectangulaire. La porte d'entrée était flanquée de pots débordant de pétunias roses et violets. Rachel passa devant Gabriel, prête à affronter le pire, mais avant qu'elle n'appuie sur la sonnette, deux adolescents sortirent, suivis de Bobby Dennis.

Un mois s'était écoulé depuis leur rencontre à l'épicerie mais, dès qu'il l'aperçut, il se raidit.

— Que voulez-vous ?

Gabriel se rapprocha de Rachel.

— J'aimerais parler à ta mère.

Il s'empara de la cigarette que fumait l'un de ses copains, aspira une bouffée, la lui rendit.

— Elle n'est pas là.

Rachel frémit à l'idée qu'Edward puisse tourner aussi mal.

— Sais-tu quand elle sera de retour ?

Il haussa les épaules.

— Ma mère ne me dit jamais rien.

— Nos mères sont à la fête du Cochon, intervint son camarade.

— Pas possible, murmura Gabriel.

— On va y aller, tout à l'heure. Vous voulez qu'on leur transmette un message ?

— Non, merci, dit Rachel.

— Espèces de bons à rien, grogna Gabriel, lorsqu'ils regagnèrent la camionnette. Tu n'iras pas à cette fête.

— Bonner, j'ai déjà assez de mal comme ça sans avoir à te traîner partout comme un boulet.

— Dès qu'ils te verront, les gens se jetteront sur toi. En un clin d'œil, tu te retrouveras en train de griller à côté du cochon.

— Si tu as peur, tu n'as qu'à me déposer sur ton chemin. Kristy me ramènera.

Il enclencha vivement la marche arrière.

— Nous aurions pu avoir la maison pour nous tous seuls tout l'après-midi. En profitons-nous ? Non…

— Cesse de te comporter comme un adolescent en rut.

— Je me sens l'âme d'un adolescent en rut.

— Ah, oui ? Moi aussi, riposta-t-elle en souriant.

Il immobilisa le véhicule au milieu de la rue, se pencha, l'embrassa sur la bouche.

— Tu es sûre que tu veux aller à la fête du Cochon ?

— Je changerais bien d'avis, mais ce ne serait pas une bonne idée. Un dernier essai, Gabriel. Je vais discuter avec Carol Dennis, puis nous rentrerons.

— C'est curieux, j'ai l'impression que ça ne sera pas aussi simple, marmonna-t-il, l'air résigné.

La manifestation se déroulait sur le terrain de sports jouxtant le parc Memorial, le plus grand espace vert de la ville. Une odeur de charbon et de viande grillée imprégnait l'air.

Rachel distingua presque immédiatement Ethan et Edward, au pied du kiosque où se déchaînait un orchestre de jazz. Edward, écoutant les musiciens, dégustait une barbe à papa. Ethan avait les yeux rivés sur une tente, à une dizaine de mètres de là. Rachel ne tarda pas à y apercevoir Kristy, à l'entrée, qui discutait avec un beau blond.

Ethan grimaça. *Tant mieux pour lui*, songea Rachel.

— Maman ! hurla soudain Edward.

Il s'élança vers elle, sa friandise dans une main, Jeannot dans l'autre. Il paraissait si heureux. Elle en eut les larmes aux yeux.

— Le pasteur Ethan m'a acheté une barbe à papa ! Et Kristy m'a donné un hot dog, parce que, quand j'ai vu le cochon, j'ai failli pleurer. Je n'y pouvais rien, maman, ajouta-t-il, penaud. Il était mort, il avait des trous à la place des yeux, et ils l'ont grillé sur le feu.

— C'est pour cela que ça s'appelle la fête du Cochon, camarade.

— Je ne mangerai plus jamais de cochon, annonça-t-il.

Elle n'osa pas lui expliquer ce que contenait la saucisse dans son pain.

— J'ai eu un ballon, de Kristy. Il était rouge, mais il a éclaté et...

Edward aperçut enfin Gabriel. Il se tut et serra Jeannot sous son menton.

Ethan les rejoignit. Il salua Rachel d'un bref signe de tête, puis bavarda avec son frère. Apparemment, elle n'était pas la seule à souffrir de ce dédain. Détectant un mouvement sur le côté, elle tourna la tête juste à temps pour voir la barbe à papa d'Edward atterrir sur la chaussure de Gabriel.

Celui-ci recula, mais trop tard. Il poussa un cri de dégoût en voyant le bonbon rose se répandre sur le cuir marron.

— C'était un accident, intervint précipitamment Rachel.

— Je ne le crois pas.

Il fixa Edward, qui ne cilla pas. En effet, il l'avait fait exprès. Il voulait Ethan pour lui tout seul, et il en voulait à Gabriel d'avoir attiré son attention.

Elle chercha un mouchoir en papier dans son sac et le tendit à Gabriel. Ethan tapota les cheveux d'Edward.

— Tu aurais dû faire plus attention, Edward.

Il observa tour à tour Gabriel et Ethan.

— Tom.

Ethan sourit.

— Tom ?

Edward acquiesça.

Rachel ne savait pas comment, mais elle sentait que tout cela était de la faute de Gabriel.

— Ne dis pas de bêtises. Tu t'appelles Edward et tu devrais en être fier. Je t'ai parlé de mon grand-père, tu t'en souviens ? C'était son prénom.

— C'est nul. Personne ne s'appelle comme ça.

Ethan lui serra l'épaule pour le réconforter.

— La partie de volley va bientôt commencer. On y va ?

— Vas-y, proposa Gabriel. Rachel et moi avons quelqu'un à voir.

Ethan ne dissimula pas son irritation.

— Je ne pense pas que ce soit une bonne idée.

— Ne t'inquiète pas, d'accord ?

— Bon. À tout à l'heure, camarade, dit Ethan à Edward.

Le petit garçon parut très malheureux. On venait de le séparer de son idole. Sa journée était gâchée.

— Tu veux une autre barbe à papa ? proposa Rachel.

Gabriel fourra les poings dans ses poches, et elle sut immédiatement ce qu'il pensait : elle aurait dû punir Edward, au lieu de le récompenser. Mais Gabriel ne pouvait pas savoir tout ce qu'il avait enduré...

— Non, merci, chuchota le petit.

Kristy s'approcha, les joues roses, le regard brillant.

— Vous n'allez pas me croire, mais j'ai une invitation à dîner. Mike Reedy veut m'emmener au restaurant. Je le connais depuis des années, mais je... je n'arrive pas à croire que j'ai accepté ! Je n'aurais pas dû. Je vais être tellement émue que je ne saurai pas quoi lui raconter.

Avant que Rachel ne puisse la rassurer, Gabriel la serra amicalement contre lui.

— Justement, Kristy, c'est ta grande qualité. Les hommes adorent parler, et toi, tu sais les écouter.

— Tu crois ?

— Mike est un type formidable. Vous allez passer une bonne soirée, j'en suis sûr.

Ils bavardèrent encore quelques minutes, puis Kristy s'excusa pour aller s'occuper du stand de la paroisse. Rachel nota qu'elle avait attendu qu'Ethan le quitte pour s'y rendre.

— Je veux aller à la maison, bougonna Edward.

— Pas tout de suite, mon chéri. Je dois rencontrer quelqu'un.

Elle se glissa entre Gabriel et son fils, et tous trois se dirigèrent vers les boutiques.

— Gabriel ! s'exclama un homme aux cheveux gris, qui sollicitait des fonds pour une œuvre de charité.

— Bonjour, Carl, répondit Gabriel à contrecœur.

Carl examina Rachel d'un air intrigué, mais sans hostilité particulière. Elle comprit qu'il n'avait eu aucun lien avec le Temple. Les deux hommes échangèrent des banalités, puis Carl en vint à ce qui le tourmentait :

— Tu sais, on aurait bien besoin d'un vétérinaire, dans notre association. La semaine dernière, nous avons perdu un doberman de deux ans parce que Ted Harley n'a pas pu arriver à temps. Il était à Brevard.

— Je suis navré de l'apprendre, Carl, mais je ne suis pas habilité à exercer en Caroline du Nord.

— À mon avis, le doberman se serait peu soucié de la paperasse.

Gabriel haussa les épaules.

— Je ne l'aurais peut-être pas sauvé, tu sais.

— Oui, je sais, mais tu aurais au moins essayé. Il nous faut un vétérinaire local. J'ai toujours trouvé dommage que tu ne reviennes pas à Salvation...

Gabriel s'empressa de changer de sujet.

— L'inauguration du drive-in aura lieu vendredi soir. Il y aura un feu d'artifice, et l'entrée sera gratuite. J'espère que tu viendras avec ta famille.

— Tu peux compter sur moi.

Ils poursuivirent leur chemin. Ils passaient devant un stand où l'on vendait des tee-shirts personnalisés, quand Rachel fut bousculée. Edward lâcha sa main, elle se cogna contre Gabriel. Il la rattrapa par le bras. Elle regarda autour d'elle, mais ne remarqua rien de spécial.

Edward resta tout près d'eux, mais refusa de lui donner de nouveau sa main. C'était un peu comme s'il cherchait à mettre le plus de distance possible entre Gabriel et lui.

Derrière une table croulant sous les gâteaux de toutes sortes, Carol Dennis s'affairait.

— La voilà.

— Plus jeune, elle était adorable, murmura Gabriel. C'était avant qu'elle ne s'entiche de religion.

Carol leva les yeux. Ses mains s'immobilisèrent sur le carton qu'elle tenait, et son regard lança des flammes. Rachel savait combien Carol pouvait être désagréable, et elle regretta la présence d'Edward à ses côtés.

Décidément, cette femme manquait de naturel. Ses cheveux étaient trop noirs, son teint, trop pâle. Pommettes saillantes, menton pointu, visage allongé, elle avait une allure sévère et rébarbative.

— Bonjour, Carol.

— Que faites-vous là ?

— J'aimerais vous parler.

Carol jeta un coup d'œil vers Gabriel, mal à l'aise.

— Je ne vois pas de quoi... Tiens, bonjour, Edward ! Tu veux un biscuit ? Je crois qu'il m'en reste un, par ici.

— Merci.

Rachel retint son souffle, puis se lança :

— Je cherche quelque chose que vous avez peut-être en votre possession.

— Ah ?

— La Bible de Dwayne.

Carol parut d'abord surprise, puis méfiante. Rachel eut un frémissement d'excitation.

— Pourquoi l'aurais-je ?

— Je sais que vous étiez très attachée à Dwayne. Je pense que votre beau-frère a pris la Bible qui se trouvait dans ma voiture, le soir où Dwayne s'est enfui, et qu'il vous l'a donnée..

— Vous m'accusez de vol ?

— Pas du tout. Je suis sûre que vous l'avez conservée soigneusement, et je vous en suis reconnaissante. Mais aujourd'hui, je voudrais la récupérer.

— Vous êtes la dernière à qui revient cet objet.

— Ce n'est pas pour moi, mais pour Edward, affirma Rachel après une imperceptible hésitation. Il ne lui reste rien de son père, sinon cette Bible.

Rachel attendit. Carol dévisagea Edward, qui lui sourit. Elle se mordit la lèvre.

— Bien. C'est vrai. C'est moi qui l'ai. La police l'aurait rangée n'importe où, ce qui était inacceptable.

— Je vous remercie d'en avoir pris soin.

— Je me fiche de votre gratitude. J'ai agi en pensant à Dwayne, pas à vous.

— Je comprends. Je sais qu'il aurait apprécié votre geste.

Carol se détourna, comme si elle ne supportait plus la présence de Rachel.

— Nous pourrions peut-être passer chez vous tout à l'heure, proposa Rachel.

— Non. Je la remettrai à Ethan.

— Quand ?

— Je crois qu'il est en congé lundi. Je la lui apporterai mardi dans la journée.

Mardi... Rachel ne pouvait patienter jusque-là. Elle allait protester, quand Gabriel l'interrompit.

— C'est parfait, Carol. J'en parlerai à Ethan.

Il empoigna Rachel et l'attira à l'écart de la foule.

— Si tu insistes, tu ne reverras jamais ta Bible.

Elle se retourna pour s'assurer qu'Edward les suivait.

— Cette femme est odieuse. Elle fait exprès de me torturer.

— D'ici à quelques jours, ça n'aura plus aucune importance. Allons manger.

— Tu ne penses donc qu'à ton estomac ?

— Il m'arrive d'avoir d'autres envies.

Elle frissonna.

— C'est toi qui offres ?

Il parut amusé.

— C'est moi qui offre.

— Viens, Edward, on va manger.

— Je n'ai pas faim.

— Tu aimes la pastèque, non ? C'est léger et frais.

Ils se dirigèrent vers les buffets. Edward traînait les pieds. Gabriel l'aurait bien réprimandé, car Rachel avait dépensé toutes ses économies pour lui acheter ces baskets neuves, mais il savait que ce n'était pas à lui d'intervenir.

Soudain, Rachel fronça le nez.

— Je crois que je préfère un épi de maïs grillé.

Peu après, ils s'attablaient pour déguster leur maïs. Gabriel avait également commandé un hot dog et une salade. Edward grignotait à peine. Il ne cessait de tourner la tête vers un monsieur qui mangeait en compagnie de son fils.

— Ce petit garçon est à la garderie avec toi, Edward ? Tu sembles le connaître.

— Ouais. Il s'appelle Kyle. Et moi, c'est Tom.

Rachel eut l'air exaspéré. Kyle et son père se levèrent pour jeter leurs assiettes en carton dans la poubelle. Le papa sourit, souleva l'enfant et le plaça sur ses épaules.

Edward eut un regard tellement envieux que Gabriel en eut le cœur serré. C'était pourtant simple. Un père qui portait son fils.

Gabriel se détourna.

— Edward, tu en as mis partout ! s'exclama Rachel. Attends un peu, je vais te nettoyer.

Sa main se figea dans son sac.

— Gabriel... mon porte-monnaie ! Il a disparu.

— Laisse-moi voir.

Il fouilla à son tour, sans succès.

— Tu l'as peut-être laissé à la maison.

— Non. Il était là quand j'ai sorti le mouchoir pour essuyer ta chaussure.

— Tu en es sûre ?

— Certaine. Tu te rappelles quand j'ai failli tomber, tout à l'heure ? Quelqu'un m'a bousculée. Ce doit être à ce moment-là que...

— Combien avais-tu sur toi ?

— Toute ma fortune. Quarante-trois dollars.

Elle était accablée. Il savait combien elle était forte, mais il ne put s'empêcher de se demander jusqu'à quand elle supporterait les coups.

— Retournons à l'endroit où ça s'est passé. Peut-être que le porte-monnaie est tombé et que quelqu'un l'a ramassé.

Elle n'en croyait rien. Lui non plus.

En revenant sur leurs pas, ils repassèrent devant le stand des gâteaux. Carol Dennis était toujours à l'ouvrage, en compagnie d'une femme vêtue de couleurs vives. Rachel reconnut la grand-mère d'Emily, la petite fille qui souffrait de leucémie.

— Madame Snopes !

— Fanny, qu'est-ce qui te prend ? s'indigna Carol.

— J'ai demandé à Mme Snopes d'aller chez ma fille et de prier pour Emily.

— Comment est-ce possible ? s'emporta Carol.

— Seul un miracle peut sauver notre Emily.

— Ce n'est certainement pas elle qui pourra l'accomplir ! Vous vous rendez compte combien cette famille souffre ? ajouta-t-elle à l'intention de Rachel. Comment pouvez-vous leur donner autant de faux espoirs ?

Rachel allait nier toute intervention, mais Carol enchaîna :

— Combien leur demandez-vous ? Je parie que chacune de vos prières a un prix.

— Je regrette de ne pas pouvoir vous aider, madame, mais je n'ai plus la foi.

— Comme si vous l'aviez eue un jour ! rétorqua Carol.

Fanny sourit, le regard plein de compassion.

— Cherchez au fond de votre cœur, madame Snopes. Vous verrez que ce n'est pas vrai. Ne nous tournez pas le dos. Je sais que vous pouvez aider Emily.

— Mais non, je ne peux pas !

— Comment le savez-vous ? Vous n'avez pas essayé. Allez au moins la voir.

— Je ne veux pas éveiller ses…

— Sors ton carnet de chèques, Fanny, elle changera d'avis, marmonna Carol.

Que d'amertume, chez cette femme qui se prétendait une enfant de Dieu !

— Je regrette, murmura Rachel. Je regrette terriblement...

Gabriel s'interposa :

— Mesdames, veuillez nous excuser, mais nous sommes à la recherche du porte-monnaie de Rachel. Elle l'a perdu tout à l'heure.

Rachel eut un élan de reconnaissance envers lui.

— Je ne savais pas que tu connaissais Fanny Thayer, dit-il, lorsqu'ils purent enfin s'éloigner.

— Elle ne m'avait pas donné son nom de famille.

— Qu'est-ce que c'est que cette histoire ?

Rachel expliqua la situation.

— Tu pourrais aller voir la fillette. Ça ne peut pas lui faire de mal.

— Je ne suis pas une hypocrite.

Contre toute attente, Gabriel n'insista pas.

— Il me semble que c'est là qu'on t'a poussée. Je vais interroger les gens.

Il revint peu après, et Rachel devina que les nouvelles étaient mauvaises.

— Peut-être que quelqu'un le rapportera à la police plus tard.

— Peut-être, répondit-elle avec un triste sourire.

Il lui caressa brièvement la joue.

— Retournons à la maison. Ça suffit pour aujourd'hui.

Elle acquiesça.

À cet instant, Russ Scudder émergea du stand des boissons. Il attendit qu'ils eussent disparu, puis sortit le porte-monnaie de Rachel du cornet de pop-corn vide qu'il tenait entre ses mains. Il en retira tout l'argent.

Quarante-trois dollars. Dommage qu'il n'y en ait pas plus. Il contempla les billets froissés, jeta le porte-monnaie dans la poubelle la plus proche, puis repartit tranquillement.

Parvenu devant Carl Painter, il ignora l'urne décorée d'un chien aux yeux battus. Il glissa les quarante-trois dollars dans la fente du cylindre en plastique qui se trouvait juste à côté, celui sur lequel était inscrit *Fondation Emily*.

## 16

Ce soir-là, pour la centième fois, Rachel lut l'histoire de *Stellaluna* à son fils. Ce conte joliment illustré narrait les aventures d'un bébé chauve-souris séparé de sa mère et élevé par des oiseaux aux habitudes bien différentes des siennes. Lorsqu'elle eut terminé, Edward sortit l'oreille de Jeannot de sa bouche et contempla sa maman d'un air angoissé.

— La maman de Stellaluna a eu un accident. Ils ne se sont pas vus pendant très longtemps.

— Mais ils ont fini par se trouver.

— Mmm....

Cette réponse ne le satisfaisait guère. Il n'avait ni père, ni maison, ni famille proche. Il savait que Rachel était le seul élément stable de son existence.

Après l'avoir bordé dans son lit, elle se rendit dans la cuisine où se trouvait Gabriel. Il tourna la tête en l'entendant, fourra une main dans sa poche et en sortit plusieurs billets.

Elle compta cinquante dollars.

— Qu'est-ce que c'est que ça ?

— Une prime. Tu as travaillé plus que je ne le demandais. C'est la moindre des choses.

Il essayait de compenser ce qu'elle avait perdu tout en épargnant son amour-propre. Elle cligna des paupières, émue.

— Merci, murmura-t-elle.

— Je vais dehors un moment. Je reviens bientôt.

Il ne l'invita pas à le suivre. Elle ne le lui demanda pas. Dans les moments comme celui-ci, elle se rappelait combien ils étaient différents l'un de l'autre.

Elle se préparait à se coucher quand il revint. Elle enfila une chemise, lava sa figure et ses dents. Gabriel était dans la cuisine, accroupi devant un carton près du fourneau.

En s'approchant, elle y vit un matelas, sur lequel gisait un minuscule moineau blessé.

Le mardi, à trois jours de l'ouverture du drive-in, Rachel commençait à croire qu'ils ne seraient jamais prêts à temps. La perspective d'inaugurer *L'Orgueil de la Caroline* l'excitait.

Malheureusement, Gabriel ne semblait pas partager son enthousiasme, et son manque d'intérêt pour l'affaire s'intensifiait de jour en jour.

À quinze heures, le téléphone sonna dans le bar. Elle lâcha le chiffon avec lequel elle achevait de nettoyer la machine à pop-corn et courut décrocher.

— J'ai la Bible, annonça Kristy. Le fils de Carol vient de me la déposer.

Rachel poussa un soupir de soulagement.

— Je passerai ce soir.

Elles bavardèrent encore quelques instants. Lorsque Rachel raccrocha, Gabriel apparut.

— Kristy a récupéré la Bible !

— Modère tes espoirs.

Elle lui caressa la joue.

— Tu t'inquiètes trop, tu sais.

Il s'apprêtait à se lancer dans un nouveau sermon, aussi s'empressa-t-elle de changer de sujet.

— Comment les choses se passent-elles avec Todd ?

— Il me donne l'impression de savoir ce qu'il fait.

Todd Bennett était le projectionniste. Le drive-in serait ouvert quatre soirs par semaine. Todd, qui habitait à Brevard, effectuerait l'aller-retour. Gabriel se chargerait de la vente des billets, et assisterait Rachel au bar pendant l'entracte. Une autre jeune femme, Kayla, serait là pour donner un coup de main en cas de besoin.

Rachel s'était longtemps demandé ce qu'elle ferait d'Edward quand elle travaillerait le soir. Pour finir, la solution lui était apparue clairement : elle n'avait pas de quoi payer une baby-sitter. Elle lui avait donc préparé un lit de camp dans le bureau de Gabriel, attenant à la salle de projection.

— Tu as déjeuné ? lui demanda-t-il d'un ton sévère.

— Jusqu'à la dernière miette, répondit-elle, sans pouvoir s'empêcher de sourire, tellement elle était heureuse qu'on se préoccupe de son sort. Comment se porte Titi ?

— Il vit toujours.

— Tant mieux.

Il avait apporté le moineau au drive-in afin de surveiller l'évolution de sa santé.

— Où l'as-tu trouvé, déjà ?

— Près de la véranda. En général, on les remet dans leur nid, mais il n'y en avait trace nulle part... Qu'est-ce qui te rend si heureuse ? grommela-t-il.

— Toi, Bonner, répliqua-t-elle en venant se lover contre lui.

Elle posa la tête sur sa poitrine pour écouter les battements de son cœur. Il lui caressa le dos.

— Allons à la maison.

— Nous avons trop à faire. D'ailleurs, nous avons déjà fait l'amour hier soir. Tu as oublié ?

— Je ne me souviens de rien. Il va falloir que tu me mettes au parfum.

— Tout à l'heure.

Il l'embrassa avec passion, explorant ses lèvres du bout de la langue, éveillant une multitude de sensations exquises.

Il la serra davantage, glissa une main sous sa jupe. Elle voulut déboutonner sa braguette.

Un bruit sourd résonna au-dessus de leurs têtes. Ils se séparèrent précipitamment, comme deux enfants coupables d'une grosse bêtise. Ce devait être Todd, qui avait fait tomber quelque chose dans la salle de projection.

Rachel s'agrippa au comptoir.

— J'avais oublié que nous n'étions pas seuls, chuchota Gabriel.

— En effet. Tu t'es laissé totalement noyer par le désir, Bonner. *Totalement !*

— Je ne suis pas tout seul. Et ce n'est pas drôle. Il ne manquerait plus qu'on soit surpris en flagrant délit...

— Bof ! Quand j'étais jeune, j'avais peur d'aller en enfer.

— Et maintenant ?

— Je ne m'en soucie plus. « C'est fait, c'est fait », telle est ma devise.

— Rachel...

— Excuse-moi, Bonner. Dis donc, tu as intérêt à te remettre au boulot avant que le patron ne s'en prenne à toi. C'est un type franchement pincé, et si tu n'y prends pas garde, il déduira des heures de ta paie. Personnellement, il me terrifie.

— Pas possible !

— Il est impitoyable. Et radin, en plus. Heureusement, je suis plus maligne que lui. Je sais comment obtenir une promotion.

— Oui... ?

— Je vais le déshabiller et lui sauter dessus.

Il se mit à tousser. Satisfaite d'avoir produit son effet, elle se remit à l'ouvrage.

Edward s'accroupit près du carton, les mains sur les genoux, le regard sombre.

— Il n'est pas encore mort.

L'attitude pessimiste du garçonnet irritait Gabriel, mais il s'efforça de garder son calme. Il remit la mixture qu'il avait préparée pour nourrir l'oiseau dans le réfrigérateur. Edward se redressa, enfonça sa peluche dans l'élastique de son short et se dirigea vers la salle de séjour.

— Laisse ta mère un peu tranquille, d'accord ?

— Je veux la voir.

— Tout à l'heure.

Depuis que Kristy la lui avait apportée, Rachel était enfermée dans sa chambre avec la Bible de G. Dwayne. Si elle avait découvert quelque chose, elle se serait précipitée pour leur annoncer la nouvelle, mais comme elle n'avait pas bougé, Bonner devina qu'elle était une fois de plus confrontée à une cruelle déception.

Ignorant ses conseils, l'enfant s'aventura vers le couloir.

— Je viens de te demander de lâcher ta mère.

— Elle m'a dit qu'elle allait me lire *Stellaluna*.

Gabriel savait qu'il aurait dû aller chercher le livre et lui raconter l'histoire. Il en était incapable. Il ne pouvait pas.

*Encore une fois, papa. Lis-moi* Stellaluna *une dernière fois, s'il te plaît*.

— C'est l'histoire d'une chauve-souris, n'est-ce pas ?

Edward hocha la tête.

— Une gentille chauve-souris. Elle ne fait pas peur.

— Allons dehors. Nous en apercevrons peut-être une.

— Une vraie chauve-souris ?

— Bien sûr. C'est leur heure. Elles se nourrissent une fois la nuit tombée.

— Ben... j'ai des trucs à faire ici.

— Dehors, Edward. Tout de suite.

— Je m'appelle Tom. Tu devrais rester près de Titi, pour qu'il meure pas.

Gabriel ravala son impatience.

— Je m'occupe d'oiseaux malades depuis que j'ai ton âge. Je sais ce que je fais, trancha-t-il. Quand mes frères et moi étions jeunes, enchaîna-t-il plus gentiment, nous en ramassions tout le temps. Nous ne savions pas que nous devions les remettre au nid. Nous les ramenions à la maison. Parfois, ils mouraient. Le plus souvent, nous les sauvions.

D'après ses souvenirs, c'était lui qui avait accompli le plus de miracles. Les intentions de Charles étaient pures, mais il se passionnait pour une partie de foot et oubliait de les nourrir. Quant à Ethan, il était trop petit pour assumer une telle responsabilité.

— Tu as dit à maman que le pasteur Ethan est ton frère, dit Edward d'un ton accusateur.

— C'est exact.

— Vous vous ressemblez pas.

— Il est le portrait craché de notre mère. Charles et moi avons hérité les traits de notre père.

— Vous êtes pas pareils.

— C'est normal, même pour des frères.

— Mon frère, il me ressemble, déclara Edward en enfonçant le talon de sa basket dans la terre humide.

— Ton frère ?

Edward fronça les sourcils.

— Il est très fort, il peut battre environ mille personnes. Il s'appelle… Strongman. Il n'est jamais malade, et il m'appelle toujours Tom.

— Tu sais, je crains que tu ne fasses de la peine à ta maman, en voulant changer de prénom.

— Elle a le droit de dire Edward. Pas toi.

Gabriel déplia un transat, puis un second.

— Assieds-toi. Regarde de ce côté-ci. Des dizaines de chauves-souris vivent dans la grotte, juste au-dessus.

Edward s'installa, Jeannot sous le bras.

Quelques minutes s'écoulèrent. Jamie se serait trémoussé d'impatience. Le fils de Rachel attendit tranquillement. Il avait trop peur de Gabriel pour se rebeller. Et Gabriel lui en voulait de le craindre.

Les vers luisants apparurent, tandis que la brise s'estompait. Edward resta immobile. Gabriel chercha quelque chose à dire, mais ce fut le petit qui s'exprima le premier.

— Je crois que j'ai vu une chauve-souris.

— Non. C'est un aigle.

Edward mit son lapin sur ses genoux et enfonça l'index dans un petit trou de la couture.

— Ma maman va se fâcher, si je reste dehors trop longtemps.

— Observe bien les arbres.

Il cacha la peluche sous son tee-shirt et se pencha vers l'arrière. Le siège grinça. Il revint vers l'avant, puis repartit vers l'arrière.

— Chut, Edward !

— Je ne suis pas Ed...

— Tom !

Edward croisa les bras sur sa poitrine. Gabriel grogna.

— Pardon.

— J'ai envie de faire pipi.

Gabriel décida d'abandonner.

— Très bien.

Edward se leva d'un bond. À cet instant précis, la voix de Rachel leur parvint.

— Edward, c'est l'heure d'aller au lit.

Elle était debout dans la cuisine brillamment éclairée et Gabriel admira sa silhouette mince et élancée. Elle était à la fois unique... et une mère parmi d'autres.

Gabriel pensa à Cherry, attendit d'être assailli par la douleur. Il éprouva seulement de la mélancolie.

— Maman, tu m'as dit de pas jurer, hein ?

— En effet. C'est malpoli.

Il jeta un coup d'œil furieux vers Gabriel.

— Lui, il a juré.

Gabriel retint une exclamation indignée. Rachel poussa son fils à l'intérieur, sans commentaire.

Lorsqu'il fut couché, Rachel vint s'asseoir dans la véranda. Gabriel, qui était allé nourrir le moineau, la rejoignit.

— Tu n'as rien découvert d'intéressant dans la Bible, n'est-ce pas ?

Elle n'avait toujours pas digéré sa déception.

— Non. Mais de nombreux extraits sont soulignés, et il y a des annotations partout. Je me concentre sur chaque page. Je finirai par trouver.

— Ce n'est pas facile pour toi, murmura-t-il.

Elle était épuisée, frustrée, toute son énergie s'était évaporée. Elle ravala un flot de larmes.

— Pas de sentiment avec moi, Bonner. Je suis solide, mais pas tant que ça.

Il posa un bras sur ses épaules.

— D'accord, ma chérie.

*Ma chérie*. Elle appuya la tête contre lui, soudain accablée. Elle était amoureuse. Elle avait beau le nier, la vérité était là.

Ses sentiments étaient bien différents de ceux qu'elle avait éprouvés pour Dwayne. À l'époque, ce qu'elle avait ressenti était un mélange malsain d'admiration pour un héros et de recherche du père. Aujourd'hui, elle était une femme mûre. Lucide. Elle voyait ses défauts et ceux de Gabriel. Elle savait aussi qu'il était destructeur de céder à ses fantasmes et d'imaginer un avenir avec lui. Il aimait encore son épouse défunte. Et il détestait Edward.

L'animosité entre Gabriel et son fils ne s'atténuait pas. Au contraire. Comment s'y prendre pour que leur relation s'améliore ?

Elle était lasse. Vaincue. Gabriel avait raison : rien n'était facile pour elle.

— Essaie de ne pas jurer devant Edward, s'il te plaît.

— Je n'ai rien dit de mal. Tu sais, Rachel, ce môme a beaucoup de qualités, mais il gagnerait à s'endurcir.

— Je l'inscris dès demain matin au cours de mauvaise humeur.

— Ce que je veux dire, c'est... Son lapin, par exemple. Il a cinq ans. Je suis persuadé que les autres se moquent de lui.

— Il m'assure qu'il le range dans son casier à la garderie.

— Tout de même. Il a passé l'âge.

— Jamie n'a jamais eu de doudou ?

Gabriel se raidit, et Rachel comprit qu'elle s'était aventurée en terre interdite.

— Pas à cinq ans.

— Je regrette qu'Edward ne soit pas suffisamment macho à ton goût. Ces dernières années ont été semées d'embûches pour lui. Sans compter un mois entier à l'hôpital, au printemps dernier.

— De quoi souffrait-il ?

— Il a eu une pneumonie... Il a mis un temps fou à s'en remettre. J'ai cru qu'il ne s'en sortirait jamais. C'était horrible.

— Je suis désolé.

Cette conversation avait ouvert une brèche entre eux.

— Allons nous coucher, Rachel, chuchota-t-il.

Elle le regarda dans les yeux. Il ne lui vint pas à l'esprit de refuser. Main dans la main, ils rentrèrent dans la maison.

Un rayon de lune éclairait le lit, inondant la chevelure de Rachel et son corps nu, abandonné. Ses petits gémissements excitaient Gabriel. Comment avait-il pu se passer de ce plaisir ? Comment s'était-il laissé envahir par la douleur, au point de renoncer à tout bonheur ?

Le drap emmêlé autour de leurs hanches, ils s'assoupirent.

Soudain, une furie se jeta sur eux.

— Laisse ma maman ! Va-t'en !

Gabriel reçut un coup sur la tête. Des petits poings le frappèrent, des ongles lui égratignèrent le cou.

— Arrête ! Arrête !

Rachel s'était figée.

— Edward !

— Tu lui fais mal ! Laisse-la ! sanglota l'enfant.

Comment était-il entré ? La porte était pourtant fermée à clé…

— Edward, ça suffit ! s'écria Rachel.

— Je ne lui fais aucun mal, Edward.

— Je ne m'appelle pas…

— Tom, rectifia aussitôt Gabriel.

— Je vais te tuer !

— Edward Stone, tais-toi immédiatement, tu m'entends ? hurla Rachel.

Le petit garçon s'immobilisa.

— Gabriel ne me fait aucun mal, Edward, murmura-t-elle.

— Qu'est-ce qu'il fait, alors ?

Pour la première fois depuis leur rencontre, Rachel parut à court de mots. Gabriel se tourna vers Edward, aux joues striées de larmes.

— Je l'embrassais, Ed… euh… Tom.

— Tu sais, mon trésor, j'aime bien que Gabriel m'embrasse.

— Non ! C'est pas vrai !

Gabriel décida d'intervenir.

— Tom, j'aimerais que tu ailles chercher un verre d'eau à la cuisine pour ta maman. Elle a très soif.

— Obéis, Edward. J'ai vraiment soif.

À contrecœur, le petit s'en alla. Dès qu'il fut sorti, les deux adultes se levèrent et se rhabillèrent à la hâte.

— Je croyais que tu avais fermé à clé, marmonna-t-il.

— Et moi, je pensais que tu t'en étais chargé.

Edward reparut en un temps record, l'eau débordant du verre.

En voulant le lui prendre des mains, Rachel trébucha sur un objet. C'était le livre de *Stellaluna*. Gabriel mit plusieurs secondes avant de comprendre qu'Edward s'en était servi pour le frapper à la tête.

## 17

Rachel prit tout son temps pour boire. Quand elle eut fini, elle tapota la tête d'Edward.

— Viens, mon trésor. On va te remettre au lit.

Gabriel s'avança. Il savait qu'il devait éclaircir la situation avant que le petit ne se recouche. Il le fixa avec attention.

— Tom, j'aime beaucoup ta maman, et pour rien au monde je ne lui ferais du mal. Je veux que tu t'en souviennes. Si tu nous vois nous toucher, c'est parce que nous en avons envie, et non parce que nous avons un problème.

Edward écarquilla les yeux.

— Comment tu peux vouloir le *toucher* ?

— Je sais que c'est difficile à comprendre, d'autant que tu ne t'entends pas forcément avec Gabriel. Mais avec lui, je me sens bien.

— C'est moi que tu dois embrasser, pas lui !

Elle sourit.

— J'adore te faire des câlins, mais je suis une adulte, Edward, et, par moments, je préfère embrasser un monsieur.

— Alors tu peux embrasser le pasteur Ethan !

Rachel ne put s'empêcher de rire.

— Désolé, camarade. Le pasteur Ethan est ton ami, Gabriel est le mien.

— Ce sont pas des *frères*, je suis sûr qu'il ment !

— Demain, à la garderie, tu devrais poser la question au pasteur Ethan.

— Viens, Tom, intervint Gabriel. Allons nourrir Titi une dernière fois avant de dormir.

Cependant, Edward ne se laissait pas convaincre comme ça.

— Comment je peux savoir si tu vas pas l'embrasser ?

— J'en ai bien l'intention, mais seulement quand ta maman sera d'accord.

— Moi, je suis *pas* d'accord ! Et je vais tout raconter au pasteur Ethan ! ajouta-t-il en se dirigeant vers la porte.

— Épatant, marmonna Gabriel. Il ne manquait plus que ça.

Le pasteur Ethan avait d'autres soucis. Il était onze heures du matin, et il restait à peine une demi-tasse de café dans la machine dont il partageait l'utilisation avec Kristy.

Il savait le préparer. Il le faisait chaque matin chez lui. Mais ici, il était au bureau, et, depuis huit ans, Kristy s'assurait que la cafetière était toujours pleine.

Il s'empara du pot en verre, passa au pas de charge devant sa secrétaire. Dans la kitchenette, il ouvrit le robinet et éclaboussa son polo tout neuf. Il repartit en sens inverse, mit le café dans le filtre, sans compter les mesures, appuya sur le bouton. Là ! Elle allait voir ce qu'elle allait voir.

Malheureusement, elle était trop occupée à chantonner une mélodie de Whitney Houston en pianotant sur son clavier d'ordinateur. Ethan se demanda ce qui l'agaçait le plus : le café pas fait, la bonne humeur de Kristy, ou le fait qu'elle ait remis sa tenue « d'avant ».

Sa robe kaki sans formes le rendait fou. Il l'avait vue des dizaines de fois. Elle était ample, confortable, sans style. Où étaient passés les jeans moulants, les hauts sans manches et les sandales à bretelles fines ?

Si elle avait décidé de redevenir la Kristy d'autrefois, pourquoi n'allait-elle pas jusqu'au bout ? Pourquoi n'avait-elle pas dompté sa coiffure dégradée et laissé son rouge à lèvres écarlate dans sa salle de bains ?

Ses bagues et ses faux diamants aux oreilles scintillaient gaiement. Le regard d'Ethan tomba sur la robe. Si seulement il n'avait jamais su ce qu'elle cachait...

*Pense à autre chose*, lui chuchota une petite voix. *Concentre-toi sur ton sermon. Si tu fais un tant soit peu d'effort, ce sera le meilleur de tous.*

Il tressaillit.

Kristy s'arrêta, se leva, jeta un coup d'œil dans sa direction, puis fonça vers les toilettes.

Il savait que, dès qu'elle rentrerait chez elle, elle se changerait. Mais il ne la verrait pas, car elle lui avait clairement dit qu'elle ne voulait pas de lui dans son nouvel appartement. Finis les repas maison, les visites impromptues au cours desquelles il pouvait se plaindre. Elle lui manquait déjà.

Il fixa l'écran sans le voir. La veille, elle avait de nouveau dîné avec Mike Reedy. Pour la deuxième fois. Samedi, Mike l'avait emmenée à un restaurant de Cashiers. Hier, ils avaient mangé au restaurant du *Mountaineer*. Trois de ses paroissiens s'étaient arrangés pour qu'Ethan le sache.

Kristy ne revenait pas. Il avait les mains moites. Il savait où elle rangeait son sac. Dans le tiroir de gauche, tout en bas, auprès d'une boîte de mouchoirs en papier et d'une petite mallette de premier secours. Tout au long de son existence, Ethan s'était efforcé de se comporter de façon honorable. Ce qu'il s'apprêtait à faire n'avait rien d'honorable, mais la tentation était irrésistible.

Un pasteur honnête, entièrement dévoué à Dieu, se serait détourné. Pas Ethan. Il ouvrit le sac. Un porte-monnaie, un peigne, une boîte de Tic-Tac, du maquillage, un trousseau de clés. Pas de préservatifs.

Il perçut le bruit de ses pas et referma à la hâte le tiroir.

— Quelque chose ne va pas ?

— J'ai la migraine.

— Va t'asseoir. Je t'apporte de l'aspirine.

Pour la première fois de la semaine, elle le dorlotait un peu. Elle lui apporta un verre d'eau et deux cachets. Elle s'inquiéta de savoir s'il avait mal dormi. Malheureusement, il n'en profita guère, ses pensées étaient ailleurs.

Comment n'avait-il pas remarqué plus tôt à quel point elle était jolie ? Discrète. Délicate.

— Tu sais que le drive-in ouvre vendredi, s'entendit-il déclarer.

— J'espère qu'il y aura un peu de monde. Les habitants de la ville en veulent à Gabriel d'aider Rachel. Il y a des rumeurs de boycott. Les gens sont cruels, ajouta Kristy, l'air inquiet.

— Puisque nous voulons tous deux assister à l'inauguration, si je passais te prendre vers vingt heures ?

Kristy le dévisagea, ahurie.

— Tu veux qu'on y aille ensemble ?

— Bien sûr. Nous devons soutenir Gabriel, non ?

Le téléphone sonna. Kristy hésita avant de décrocher. Très vite, Ethan comprit que son interlocutrice était Patty Wells, la coordinatrice de la garderie.

— Oui, il est là. Bien sûr. Dis à Edward de monter, Patty.

Elle raccrocha en fronçant les sourcils.

— Depuis le début de la matinée, il la harcèle parce qu'il veut te parler. J'espère qu'il n'y a pas de problème.

Tous deux connaissaient suffisamment Edward pour savoir qu'il n'exigeait jamais rien. Le fait qu'il réclame avec insistance une entrevue était inquiétant !

Kristy se remit à l'ouvrage. Quelques minutes plus tard, elle fit entrer Edward chez Ethan.

— Tu peux fermer la porte, si tu veux, petit.

Edward se tourna vers Kristy. Ethan savait tout l'amour qu'il portait à la jeune femme. Pourtant, sans un mot, il poussa la porte avec les deux mains. L'affaire était sérieuse.

Ethan l'entraîna vers le canapé près de la fenêtre.

Edward avait une tache de peinture rouge sur le bout de sa basket. Machinalement, il tendit la main sur le côté. Puis il se gratta le coude. Jeannot n'était pas là pour le soutenir.

— Qu'est-ce qui te tracasse, bonhomme ?

— Gabriel est un gros menteur. Il dit qu'il est ton frère.

Ethan s'apprêtait à le lui confirmer, mais il se ravisa en voyant le désespoir d'Edward.

— Qu'est-ce qui te fait croire qu'il ment ?

— C'est un abruti. Je le déteste.

— Si je comprends bien, tu ne l'aimes pas beaucoup.

— Non. Ma maman devrait pas l'aimer non plus.

*Un point pour toi, fiston.*

— Ça doit t'ennuyer.

— Je lui ai dit qu'elle pouvait m'embrasser, moi, mais elle a dit qu'elle voulait embrasser un monsieur.

*Surtout s'il a un compte en banque bien fourni...*

— Je lui ai dit qu'elle pouvait t'embrasser, mais elle a dit que tu étais mon ami, et Gabriel, son ami. Elle a dit que je devais plus le frapper.

— Tu as frappé Gabriel ?

— J'ai sauté sur son dos pendant qu'il l'embrassait. Je l'ai tapé avec *Stellaluna* jusqu'à ce qu'il la lâche.

En d'autres circonstances, l'histoire aurait amusé Ethan. Mais il s'agissait de son frère.

— Où était Gabriel, quand tu lui as sauté sur le dos ?

— Il écrasait ma maman.

— Il l'écrasait ?

— Tu sais bien. Il était sur elle. Il l'écrasait.

*Nom de nom !*

Les yeux d'Edward se remplirent de larmes.

— Il est méchant. Je veux que tu lui dises de s'en aller. Je veux que ma maman t'embrasse.

Ethan mit un bras sur les épaules de l'enfant.

— Tu sais, entre adultes, c'est différent. Ta maman et Gabriel sont amis.

— Il l'écrasait !

— Ce sont des grandes personnes, expliqua Ethan d'un ton volontairement calme. Ils ont le droit. Mais tu sais, Edward, ça ne signifie pas que ta maman ne t'aime plus.

Edward réfléchit un instant.

— Mouais...

— Tu as un peu de mal avec Gabriel, mais il est très gentil.

— C'est un abruti.

— Il a eu de grands malheurs, ce qui le rend parfois un peu bougon, mais il n'est pas méchant.

— Quels grands malheurs ?

Ethan décida de dire la vérité.

— Il avait une femme et un petit garçon qu'il aimait énormément. Ils sont morts dans un accident de voiture. Il est encore très triste.

Edward se plongea dans ses pensées. Enfin, il se rapprocha du pasteur et posa la tête sur sa poitrine. Ethan le serra contre lui. Décidément, la vie était étrange. Voilà qu'il réconfortait le fils d'un homme qu'il haïssait et d'une femme pour laquelle il n'éprouvait pas le moindre respect. Comment expliquer ce sentiment de sérénité qui le submergeait ?

— Tu sais, Edward, Gabriel est bien mon frère. Je l'aime beaucoup.

L'enfant se raidit, mais ne s'écarta pas.

— Il est méchant.

— Essaie de réfléchir très fort. Gabriel n'a-t-il jamais eu un geste gentil envers toi ?

Edward commença par secouer la tête, puis s'arrêta.

— Y a un truc.

— Quoi ?

— Il m'appelle Tom.

Un quart d'heure plus tard, Ethan téléphonait à Charles. Sans briser le sceau du secret de sa conversation avec Edward, il lui laissa entendre qu'ils avaient un énorme problème sur les bras.

— Salut, frérot ! Tu donnes des échantillons gratuits ?

Rachel leva la tête en entendant la voix grave résonner dans le bar.

— Charles !

Gabriel posa son carton de viennoiseries et se précipita vers son frère. Tandis qu'ils se tapaient amicalement dans le dos, Rachel en profita pour examiner Charles Bonner. Décidément, ils étaient tous beaux, dans cette famille.

Le teint mat et les cheveux noirs de Gabriel et de Charles contrastaient fortement avec la blondeur d'Ethan. Tous deux étaient grands, musclés, minces et se ressemblaient comme deux gouttes d'eau.

— Tu aurais dû me prévenir de ta visite !

— Pour rien au monde je n'aurais raté l'inauguration de ce soir.

— Charles, ce n'est qu'un drive-in.

Rachel frémit. À ses yeux, c'était bien plus que cela.

Elle avait passé la journée à former Kayla, qui devait l'aider derrière le comptoir. Elle avait aussi enseigné à Gabriel quelques rudiments afin qu'il puisse donner un coup de main pendant l'entracte. Il apprenait vite, mais sans enthousiasme. Sa place n'était pas là, mais auprès des animaux en détresse.

— Tu veux du café ? proposa Gabriel à son frère. Ou une glace, peut-être ? Tu vas voir, je suis un vrai pro du cornet.

— Non, merci. Rosie s'est énervée dès la sortie d'Asheville. Elle a horreur de la voiture. Je veux retourner au mausolée pour soulager Jane.

Le mausolée… Rachel n'eut aucun mal à deviner de quoi il s'agissait. Charles enchaîna, d'un ton un peu trop enjoué.

— Je suis juste passé te dire que Jane vous invite, Ethan et toi, à onze heures demain pour un brunch, histoire de fêter le lancement de ta nouvelle affaire. Tu viendras ?

— Volontiers.

— Euh… ne dis rien à Jane, mais, à ta place, je mangerais un peu avant de venir. Telle que je la connais, elle risque de vous offrir des petits pains aux céréales et du tofu. Si tu savais comment elle nourrit Rosie... pas de sucreries, pas de colorants, rien d'artificiel...

Gabriel sourit.

— Me voilà averti.

— C'est superbe ! s'exclama Charles en examinant l'endroit comme si c'était un restaurant quatre étoiles. Tu as drôlement bien travaillé.

Rachel eut du mal à dissimuler son irritation. Il était presque pire qu'Ethan. Elle aimait le drive-in mais, de toute évidence, ce n'était pas ce qu'il fallait à Gabriel.

Charles l'aperçut enfin. Son sourire s'effaça. Ils ne s'étaient jamais rencontrés, mais elle savait qu'il avait deviné son identité.

— Rachel, voici mon frère Charles. Charles, Rachel Stone.

Charles la salua d'un bref signe de tête.

— Madame Snopes.

— Très heureuse de vous connaître, Harry.

— Mon prénom est Charles.

— Ah.

Il pinça les lèvres, et elle regretta aussitôt son impertinence.

Après son départ, l'après-midi fut un cauchemar. Kayla fit tomber un gigantesque bocal de sauce piquante, qui se répandit partout. Un des hommes qui installaient le feu d'artifice se coupa la main et dut être transporté à l'hôpital pour des points de suture. Gabriel se renferma complètement sur lui-même. Plus tard, alors que Rachel allait chercher Edward à la garderie, une vieille Chevrolet émergea subitement d'une ruelle et faillit lui rentrer dedans. Penchée sur le volant pour reprendre ses esprits, elle reconnut Bobby Dennis. Une fois de plus, elle se demanda comment elle avait pu susciter une telle animosité chez un simple adolescent.

Ce soir-là, Edward allait et venait dans le bar, tandis que les premières voitures arrivaient.

— Je peux me coucher aussi tard que je veux, hein, maman ?

— Oui, mon trésor.

Elle sourit en remplissant la machine à pop-corn. Le feu d'artifice ne débuterait qu'après la tombée de la nuit. Edward ne tiendrait sans doute pas le coup jusque-là.

Un couple entra accompagné de plusieurs enfants. Les premiers clients. Rachel s'empressa de les servir. Vint ensuite un groupe de jeunes, parmi lesquels se trouvait Bobby Dennis. Ce fut Kayla qui s'occupa d'eux. Cependant, au moment où le trio d'adolescents ressortait, Rachel ne put s'empêcher de lancer :

— J'espère que le film vous plaira !

Il lui lança un regard noir.

Elle haussa les épaules. Elle ne savait pas ce qu'il avait contre elle, mais visiblement, il n'allait pas se laisser amadouer.

La clientèle continua de défiler, mais les affaires furent moins bonnes que ne l'avait espéré Rachel. Au moment du feu d'artifice, elle vit que le parc n'était qu'à moitié plein. Il n'y avait rien à faire le vendredi soir à Salvation. Les habitants de la ville tenaient donc à faire savoir à Gabriel qu'il allait payer cher le fait d'avoir engagé Rachel.

Edward s'endormit peu après le début du film. Rachel le monta à l'étage et le contempla un moment. Gabriel faisait des efforts envers lui. Il lui avait appris à nourrir le moineau. Il l'avait emmené visiter la grotte aux chauves-souris. Cependant, son cœur n'y était pas. Au fil des jours, l'atmosphère à la maison devenait de plus en plus tendue. Elle allait devoir agir vite.

Todd, le projectionniste, lui sourit lorsqu'elle revint. En descendant l'escalier, elle aperçut Gabriel, qui sortait du bar. Au même moment, un homme, qu'elle ne put identifier immédiatement, émergea de l'ombre.

— Tu n'as pas fait salle comble, Bonner.

Il haussa les épaules.

— Ce n'est pas tous les jours dimanche.

— Surtout quand tu fais travailler la veuve Snopes.

— Scudder, mêle-toi donc de tes affaires.

— Comme tu voudras.

Russ Scudder. Il avait perdu beaucoup de cheveux, depuis qu'elle l'avait vu pour la dernière fois. Il avait maigri, aussi.

Gabriel leva la tête vers elle.

— Russ était gardien de sécurité, au Temple, expliqua-t-elle.

— Je sais. Je l'ai engagé ici pour me donner un coup de main, mais j'ai dû le renvoyer au bout de deux semaines. Je ne lui faisais pas confiance.

— Il a raison, nous aurions dû avoir plus de monde. On te punit à cause de moi.

— Ça n'a aucune importance.

— Je me demande pourquoi il est venu.

— Sans doute était-il à la recherche d'un coin sombre pour se soûler.

Gabriel s'éloigna, et Rachel se plaça derrière le comptoir en prévision de l'entracte. La queue se forma dès la fin du premier film, mais elle n'était pas longue. Les frères de Gabriel étaient parmi les clients. Charles prit deux menus. Rachel en conclut qu'il était là avec son épouse.

Ethan passa également commande pour deux personnes, mais comme c'était Kayla qui le servait,

Rachel ne s'en rendit pas compte. Dans le cas contraire, elle aurait été tentée d'aller voir qui l'accompagnait.

## 18

Par la vitre baissée, Ethan passa le plateau à Kristy, puis ouvrit la portière et se mit derrière le volant. Son parfum évoquait la dentelle noire et la rumba.

— J'ai pris deux gros cookies aux pépites de chocolat.

— Très bien, répondit-elle du même ton poli mais distant, qu'elle avait employé tout au long de la soirée.

Les bagues à ses doigts scintillaient sous la lumière des projecteurs allumés pour l'entracte. Il fixa d'un air anxieux les hot dogs encore emballés. Il les avait commandés avec de la moutarde, mais en fait, il ne savait pas si elle aimait cela. Ils avaient déjeuné ensemble des centaines de fois au cours de ces huit années, pourtant, il ne se souvenait pas de ce qu'elle avait mangé.

— Il n'y avait pas de salade.

— C'est normal.

— Je ne savais pas comment tu voulais ton assaisonnement. J'ai pris de la moutarde.

— C'est parfait.

— Tu préfères peut-être le ketchup ?

— Ça n'a aucune importance.

— Je peux retourner t'en chercher, si tu veux.

— Ce n'est pas la peine.

— Vraiment ? Ça ne m'ennuie pas, tu sais.

Déjà, il poussait la portière.

— Ethan ! J'ai horreur des hot dogs.

— Ah.

Il se rassit, se sentant à la fois ridicule et déprimé. Sur l'écran géant, une horloge indiquait les minutes qui restaient avant le début du film suivant. Il eut l'impression que les aiguilles chronométraient son existence.

— En revanche, j'adore les cookies.

Il secoua la tête.

— Tout ce que tu m'as dit au *Mountaineer* l'autre soir... Tu avais raison. Je ne sais rien de toi.

— Tu sais que j'ai horreur des hot dogs, répondit-elle gentiment.

Elle aurait pu se fâcher. Elle se montrait aimable. C'était une de ses grandes qualités. Comment ne l'avait-il pas remarqué plus tôt ? Il avait passé sa vie aux côtés de Kristy Brown sans la voir, et maintenant, elle l'obsédait.

Elle remit le sandwich dans son sac et s'empara d'un gâteau. Elle déplia une serviette en papier sur ses genoux avant de manger. Elle était en jean et en chemisier, ce qui avait un peu déçu Ethan. Il supposa qu'elle gardait ses jupes courtes et ses hauts moulants pour Mike Reedy.

Il enfonça une paille dans le couvercle de son soda.

— Il paraît que tu sors avec Mike Reedy, déclara-t-il d'un air qu'il voulait indifférent.

— C'est un garçon charmant.

— Oui, sans doute.

Quelques mèches de cheveux encadraient son visage. Il avait envie de les caresser.

— Quoi ?

— Rien.

— Parle ! l'encouragea-t-elle. Je sais que quelque chose te tracasse.

— C'est simplement que... Mike est un type formidable, bien sûr, mais... Au lycée, il était un peu... je ne sais pas, moi, fou-fou.

— Fou-fou ? Mike ?

— Plus maintenant, s'empressa de rectifier Ethan. Non, je te le répète, c'est un type formidable, mais il est assez... lunatique. Distrait.

— Et alors ?

— Et alors...

Il avait la gorge sèche. Il but une gorgée de Coca.

— Je voulais te mettre en garde, c'est tout.

— Ah, bon. Merci.

Elle mordit dans son cookie. Pas une miette ne tomba. Ethan comprit tout d'un coup combien la netteté de Kristy lui plaisait. Elle avait ce don inimitable de lui faciliter l'existence et de calmer ses tourments intérieurs.

Pour l'heure, il n'était pas calme du tout. Son parfum lui montait à la tête.

— Je veux dire, insista-t-il, par exemple... s'il conduit, il pourrait être... tu sais...

— Distrait ?

— Oui.

Elle posa son gâteau.

— Ethan, de quoi s'agit-il, précisément. Tu te comportes d'une manière très étrange.

Elle avait raison, pourtant, il se fâcha.

— Moi ? C'est toi qui as décidé de mettre ce jean !

— Toi aussi, tu en portes. D'accord, le tien est repassé, pas le mien, mais...

— Ce n'est pas mon propos, et tu le sais.

— Non, je ne le sais pas. Que cherches-tu à me dire ?

— Quand tu es sortie avec Mike, la dernière fois, tu étais habillée comme ça ?

— Non.

— Alors pourquoi avec moi ?

— Parce que ce n'est pas un rendez-vous galant.

— Nous sommes vendredi soir. Nous sommes au dernier rang de *L'Orgueil de la Caroline* !

— Pardon ? Es-tu en train de me dire que, après toutes ces années, le grand, l'inimitable Ethan Bonner m'a enfin invitée à un rendez-vous galant sans que je m'en sois rendu compte ?

— Ce n'est pas ma faute. Et comment ça, « enfin » ?

— Que veux-tu de moi, Ethan ?

Comment lui répondre ? « Je veux être ton ami » ? « Je veux posséder ce corps que tu me caches depuis huit ans » ? Non, sûrement pas ça.

— Je... Je ne veux pas que tu couches avec Mike Reedy.

— Qui t'a dit que c'était le cas ?

Elle était furieuse. Tant mieux, car lui aussi était blême de rage.

— J'ai fouillé dans ton sac, et...

— Toi ? s'exclama-t-elle, plus surprise qu'irritée.

— Je suis désolé. Ça ne se reproduira plus jamais. Je voulais simplement... Je m'inquiète. Tu ne devrais pas coucher avec Mike Reedy.

— Avec qui devrais-je coucher ?

— Personne !

Elle se raidit.

— Je suis navrée, Ethan, mais ce n'est pas ton problème.

— Je dors tout seul. Je ne vois pas pourquoi tu ne pourrais pas en faire autant ?

— Parce que je ne peux plus. Toi, tu as eu des aventures dans le passé. Pas moi.

— D'accord, mais... Attends un peu, Kristy. Ne t'abandonne pas sans réfléchir. Quand tu rencontreras l'homme de ta vie, tu le sauras.

— Je le sais peut-être déjà.

— Ce n'est pas Mike Reedy !

— De quel droit te permets-tu de me juger ? Tu ne te rappelais même pas que je détestais les hot dogs. Tu ne connais ni la date de mon anniversaire, ni le nom de ma chanteuse préférée. Comment peux-tu prétendre savoir quel est l'homme qu'il me faut ?

— Le 11 avril.

— Le 16.

— Tu vois ! Je savais bien que c'était en avril !

— Je n'ai pas encore couché avec Mike Reedy. Mais il me plaît beaucoup.

— Il ne suffit pas qu'il te *plaise*. Moi aussi, tu m'aimes bien, mais nous n'allons pas coucher ensemble.

— Bien sûr que non.

Il eut une expression dépitée.

— Comment serait-ce possible ? Tu es un célibataire endurci. D'ailleurs, ajouta-t-elle, je ne t'attire pas.

— C'est faux. Tu es ma…

— Ne le dis pas ! Je t'interdis de dire que je suis ta meilleure amie, parce que c'est faux !

Il eut l'impression d'avoir reçu un coup de poing en pleine figure. Dans son métier, il passait beaucoup de temps à donner des conseils aux autres. Il comprenait la complexité des comportements humains, pourquoi était-il incapable de saisir les méandres de l'esprit de Kristy ?

— Kristy… qu'est-ce qui t'arrive ?

— La vie, chuchota-t-elle. Enfin, je vis.

— C'est-à-dire ?

Le silence de la jeune femme parut interminable.

— C'est-à-dire que j'ai enfin cessé de ne vivre que dans le passé. Je veux aller de l'avant. C'est-à-dire que je ne serai plus amoureuse de toi, Ethan.

Il tressaillit. Pourtant, il n'avait pas lieu d'être choqué : il avait toujours su, au fond de lui-même, qu'elle était éprise de lui. Simplement, il avait évité d'y penser.

— Je suis lamentable, marmonna-t-elle avec un petit rire amer. Que de temps perdu. Pendant huit ans, je me suis assise derrière mon bureau, Miss Efficacité, toujours à ta disposition pour retrouver tes clés de voiture, remplir le réfrigérateur. Tu ne t'en es jamais aperçu. J'ai piétiné mon amour-propre.

Ethan resta à court de mots.

— Le plus ironique, enchaîna-t-elle d'un ton calme, comme si elle parlait de quelqu'un d'autre, c'est que j'aurais été une merveilleuse partenaire pour toi. Tu n'en as jamais pris conscience. À présent, il est trop tard.

— Comment ça, une merveilleuse partenaire ?

*Et pourquoi était-il trop tard ?*

Elle le dévisagea avec tristesse.

— Nous sommes d'origines similaires, nous avons les mêmes intérêts. J'aime m'occuper des autres, tu as besoin qu'on te dorlote. Nous partageons les mêmes croyances religieuses.

Elle haussa les épaules.

— Ça ne suffisait pas. Je n'étais pas assez sexy pour toi.

— Parce que tu crois que c'est tout ce que je cherche chez une femme ?

— Oui.

— Je commence à comprendre ! s'indigna-t-il. Toutes ces transformations, les vêtements moulants, la coiffure, le parfum. Tu voulais que je te remarque. Eh bien, sache que c'est réussi !

Kristy se contenta de sourire.

— Heureusement, sinon je me demande combien de temps j'aurais mis avant de retomber sur terre.

— Qu'est-ce que tu racontes ?

— C'est tellement fondamental, Ethan, comme les vérités les plus simples. Rachel m'avait conseillé d'agir pour moi, et non pour quelqu'un d'autre. J'ai feint d'être d'accord avec elle, mais le jour où je me suis présentée au bureau, et où tu t'es fâché…

— Kristy, je n'étais pas…

Elle leva une main.

— Ce n'est pas grave, Ethan. Je m'en suis remise. Je t'en suis même reconnaissante. Ton rejet m'a obligée à réagir.

— Je ne t'ai pas rejetée ! Comment peux-tu ne plus aimer quelqu'un que tu aimes depuis des années ?

— C'est pénible et douloureux. Mais aujourd'hui, je sais que ce n'était pas de l'amour. Ce n'était qu'une obsession malsaine.

— Tu abandonnes trop vite la partie.

— Laquelle ?

— Notre relation.

— Quelle relation, Ethan ?

— Voyons, Kristy, nous nous connaissons depuis… depuis la sixième !

— J'étais en CE2, toi, en CM1. Nos salles de classe étaient l'une en face de l'autre.

Il hocha la tête, comme s'il s'en souvenait.

— Un jour après les cours, Ricky Jenkins et toi m'avez foncé dedans. Je tenais des livres et une carte en pâte à sel du Mexique. Je suis tombée, tout s'est répandu par terre. J'étais d'une timidité maladive. Ricky s'est enfui en courant, mais toi, tu t'es arrêté pour m'aider à ramasser mes affaires. Quand Ricky s'en est aperçu, il t'a lancé : « Ne l'approche pas, Ethan, tu vas attraper des poux ! »

Elle ébaucha un sourire.

— J'aurais voulu disparaître dans un trou de souris. Tu l'as ignoré, bien que, autour de nous, d'autres enfants se soient mis à rire. Tu m'as prise par le bras, et tu m'as dit que la pâte à sel serait facile à réparer.

Le second film allait commencer. Kristy croisa les mains sur ses genoux.

— Tu as réussi ?

— Quoi ?

— À recoller les morceaux ?

— Je ne sais plus, avoua-t-elle en souriant.

Un sentiment de désarroi le submergea. Malgré lui, il glissa une main autour du cou de Kristy.

Elle entrouvrit les lèvres. Stupéfaite. Les projecteurs s'éteignirent. Il l'embrassa. C'était un baiser inspiré par la pitié. Par le désir de la réconforter.

Mais soudain, il se passa quelque chose d'inexplicable. Tandis que leurs lèvres se rencontraient, une musique explosa dans sa tête. Un rock and roll endiablé.

Il lui caressa les seins, tira sur les boutons de son chemisier, sur l'agrafe de son soutien-gorge. Kristy ne résistait pas. Au contraire.

*Où es-Tu* ? *Pourquoi ne me dis-Tu pas de m'arrêter ?*

— Non, chuchota Kristy.

Cependant, ni l'un ni l'autre n'avaient vraiment envie d'en rester là. Elle frémit, au bord de l'abandon total.

— Il ne faut pas, Ethan.

Elle pensait à lui, pas à elle. Il la serra contre lui, laissa courir les doigts sur sa gorge. Elle gémit. Il l'embrassa avec toute la tendresse de son cœur.

Plus tard, ils rajustèrent leurs vêtements en silence et firent semblant de regarder le film. Ethan ramena Kristy chez elle. Elle ne l'invita pas à monter, ce qui ne le surprit guère. Cependant, alors qu'elle descendait de la voiture, il s'entendit l'inviter au brunch chez son frère, le lendemain.

— Non, merci, répondit-elle poliment.

— Je passerai te prendre à onze heures.

— Je ne serai pas là.

— Si, tu seras là.

Le téléphone sonna alors que Rachel se séchait les cheveux après sa douche matinale. Gabriel bricolait dans le jardin, Edward jouait dans la véranda. Une serviette autour de la tête, elle se précipita dans la cuisine pour décrocher.

— Bonjour, pourrais-je parler à Mme Snopes, s'il vous plaît ?

— Ici Rachel *Stone*.

Un bébé geignait au loin. La voix de l'interlocutrice s'éloigna du combiné.

— Je suis là, Rosie. Je suis là… Je suis désolée, madame Stone, mais ma fille ne s'est pas encore remise du trajet en voiture, hier. Nous ne nous sommes pas vues, au drive-in. Je suis Jane Darlington-Bonner, l'épouse de Charles.

— Oui, madame Bonner ?

— Je vous en prie, appelez-moi Jane. J'ai organisé une petite réunion de famille, tout à l'heure. J'ai honte de vous prévenir si tard, tout ça est très impromptu. J'aimerais que vous veniez avec votre fils.

Rachel se remémora la brève visite de Charles au bar, la veille. Il avait invité Gabriel, sous le nez de Rachel.

— Je vous remercie, mais je ne crois pas que ce soit une bonne idée.

— J'en déduis que vous avez rencontré mon mari hier.

— Oui.

— Venez tout de même.

Rachel sourit.

— Il ne s'agit pas uniquement de Charles. Ethan ne m'apprécie guère, lui non plus.

— Je sais.

— Je doute que Gabriel tienne à m'inclure dans son cercle familial.

— Je n'insisterai pas, mais j'espère que vous changerez d'avis. Charles et Ethan sont têtus comme des mules, mais leurs intentions sont bonnes. Quant à moi, je meurs d'impatience de connaître la veuve Snopes.

Rachel ne put s'empêcher de rire.

— Venez à la maison.

— Avec plaisir.

Elle venait de raccrocher, quand Gabriel rentra, des traces de sciure sur son pantalon.

— Qu'est-ce que tu fabriques ?

— Une maison pour Titi. Il va falloir qu'il s'habitue à vivre dehors avant qu'on le relâche.

Tout ça pour un minuscule moineau ?

— J'ai proposé à Tom de m'aider, ajouta-t-il en allant se laver les mains dans l'évier. Il a refusé.

— Cesse donc de l'appeler Tom.

— Je le ferai quand il me le demandera.

Il vint vers elle pour l'embrasser. Elle posa la tête sur sa poitrine.

— Nous devons bientôt aller chez Charles et Jane. Ce n'est pas le moment de me distraire, murmura-t-il.

— Nous ?

— Tu sais bien que je ne veux pas que tu restes ici toute seule.

Un sentiment de déception l'envahit. S'il l'emmenait avec lui, c'était uniquement par souci de sa sécurité.

— Je n'y tiens pas.
— Je ne t'ai encore jamais vue te dérober.
— Gabriel, ils me détestent !
— C'est leur problème. Je dois y aller, et il est hors de question que tu restes ici sans moi.
Elle dissimula sa douleur derrière un sourire.
— D'accord. Après tout, ce sera peut-être amusant de torturer tes frères.

## 19

Une heure plus tard, la camionnette passait le portail en fer forgé. Assis à l'avant du véhicule, entre Gabriel et Rachel, Edward fut impressionné par l'énormité de la demeure.
— C'est vrai qu'on a habité là, maman ?
— Oui, mon trésor.
— C'est grand.
Elle allait lui dire qu'elle trouvait cette maison particulièrement laide, mais elle se ravisa. Mieux valait garder pour elle les remarques négatives concernant son papa.
Jane Darlington-Bonner les accueillit à la porte, un bébé dans les bras, une trace de farine sur la joue. Elle ressemblait davantage à une ménagère débordée qu'à un médecin de réputation mondiale. Elle était blonde, simple, élégante. Rachel se sentit soudain très mal à l'aise dans sa robe à carreaux blancs et verts et ses mocassins noirs trop grands.
Cependant, Jane ne prêta aucune attention à sa tenue. Elle embrassa Gabriel, puis se tourna vers Rachel avec un large sourire.

— Je suis heureuse que vous soyez venue. Toi, tu es sûrement Edward.

— Tom, intervint Gabriel. Tom Stone.

Rachel eut du mal à contenir son irritation. Jane haussa un sourcil, amusée.

— Très heureuse de te connaître, Tom. Voici Rosie. Elle est d'une humeur de chien depuis hier.

Elle n'en avait pas l'air. En voyant Edward, Rosie poussa un cri de joie, révélant quatre dents minuscules. Elle agita ses petites jambes potelées et tendit les bras.

— Elle m'aime bien ! s'exclama Edward, sidéré.

— Tant mieux, répondit Jane, parce que, en ce moment, elle n'apprécie pas grand monde. Même son papa a du mal avec elle. Les autres sont dans la cuisine. Je vais la poser par terre ici, et tu vas essayer de jouer avec elle ; d'accord ?

Edward hocha la tête avec vigueur.

— Elle pourra même jouer avec Jeannot.

— Excellente idée.

Dans la cuisine, Charles était en train de remplir des verres de jus d'orange, tandis qu'Ethan débouchait une bouteille de champagne. Tous deux saluèrent Gabriel. En remarquant Rachel, leurs visages se durcirent.

— Charles. Ethan, marmonna-t-il en posant une main réconfortante dans le cou de la jeune femme.

— Jane, tu as autre chose à mettre sur la table ?

Au grand étonnement de Rachel, Kristy surgit de la salle de séjour.

— Bonjour, Rachel. Salut, Edward !

Quand elle passa devant lui, une ombre d'incertitude voila le regard d'Ethan, mais Kristy ne parut pas s'en rendre compte. Rachel eut l'impression qu'elle faisait même tout pour l'éviter.

Jane entreprit de distribuer plats et carafes.

— Nous déjeunerons sur la terrasse. C'est un des rares endroits dans ce mausolée où l'on se sente à l'aise.

Prenant conscience de ce qu'elle venait de dire, elle s'adressa à Rachel :

— Oh, pardon. Je suis désolée. Ma langue a fourché.

— Ce n'est pas grave, murmura Rachel en souriant. Vous avez raison. C'est un mausolée. Tout le monde le savait, sauf Dwayne.

L'alarme du four retentit, attirant l'attention de Jane. Charles prit Rosie dans ses bras. Elle poussa un hurlement de protestation.

Edward ramassa Jeannot et le donna à Rosie, qui se calma aussitôt. Le cortège s'ébranla en direction de la terrasse.

Contrairement aux prévisions de Charles, Jane ne leur servit ni pains aux céréales ni tofu. Elle avait préparé une somptueuse omelette aux champignons, une salade de fruits frais et un gâteau aux bleuets.

Tandis que les adultes se rassemblaient sous le parasol, Edward s'installa près du parc où jouait Rosie. Rachel prit grand plaisir à le regarder faire le clown devant la fillette, lui chatouiller le ventre, lui faire des grimaces.

Jane et Charles formaient un couple harmonieux. Lorsqu'il contemplait son épouse, ses yeux s'illuminaient. Tous les prétextes étaient bons pour qu'ils se touchent, une caresse sur la main, un effleurement du bras.

Autour de la table, pourtant, l'air était chargé d'électricité. Si l'attitude d'Ethan envers Rachel demeurait distante, celle de Charles était franchement glaciale. Pour ne rien arranger, Ethan et Kristy s'ignoraient ostensiblement. Gabriel, lui, était tendu comme un arc.

Ce fut Charles qui souleva le sujet du drive-in.

— Je n'en reviens pas. Tu as accompli des miracles.

Ethan intervint.

— Il a littéralement ressuscité une ruine.

Tous deux enchaînèrent avec allégresse, félicitant leur frère pour le service qu'il rendait à la communauté. Ni l'un ni l'autre ne firent allusion à son passé. Comme si son cabinet de vétérinaire, son épouse et son fils n'avaient jamais existé. Plus ils insistaient, plus Gabriel se contractait, jusqu'au moment où Rachel, à bout de nerfs, mit les pieds dans le plat.

— Gabriel, parle-leur de Titi.

— Il n'y a pas grand-chose à en dire.

— Titi est un moineau, que Gabriel soigne depuis plusieurs jours.

Gabriel haussa les épaules, un petit geste qui suffit à réveiller l'instinct protecteur de ses frères.

— Le feu d'artifice était superbe. Rosie était enchantée. N'est-ce pas, Jane ?

— C'était une bonne initiative, renchérit Ethan. Je suis sûr que les familles de cette ville seront contentes de pouvoir sortir leurs enfants sans dépenser une fortune.

Rachel se pencha en avant.

— Gabriel est en train de construire une maison pour l'oiseau, afin qu'il s'habitue à vivre dehors.

— Rachel, il n'y a pas de quoi pavoiser, grommela-t-il.

À présent, elle avait les trois Bonner contre elle. Seules Jane et Kristy paraissaient intéressées.

— Si, répondit Rachel. Le fait de t'occuper de cette bête rachitique te rend heureux. Pas le drive-in.

— Titi n'est pas *rachique* ! s'écria Edward.

Gabriel repoussa violemment sa chaise.

— Je vais préparer le café.

Il disparut. Charles s'adossa à son siège et fixa Rachel d'un œil froid.

— Vous cherchez à rendre mon frère malheureux ?

— Charles…

D'un mouvement de la main, il intima le silence à son épouse. Jane Darlington-Bonner n'était pas femme à se laisser dominer, aussi Rachel en conclut-elle que sa soumission était volontaire. Peut-être avait-elle décidé qu'une confrontation était inévitable, et que Rachel était assez solide pour s'en sortir toute seule.

— Ce que je vais vous expliquer, je l'ai déjà dit à Ethan, reprit Rachel. Cessez donc de le chouchouter. *L'Orgueil de la Caroline*, ce n'est pas son truc, et vous devez arrêter de faire comme s'il s'impliquait dans une entreprise formidable. Gabriel est vétérinaire, et c'est cette profession qu'il devrait exercer.

— Vous vous imaginez connaître mon frère mieux que nous, gronda Charles.

— Je crois que oui.

Gabriel reparut.

— Le café sera bientôt prêt.

— Il y a un ballon dans le garage, enchaîna Ethan. Je propose une petite partie pendant que Charles nettoie la cuisine. Edward, tu viens avec nous ?

Le petit hésita.

— J'ai bien envie, mais Rosie va pleurer parce qu'elle m'aime beaucoup, alors je vais rester là pour jouer avec elle.

La décision d'Edward lui valut un élan d'affection de la part des parents de Rosie. Tous deux lui assurèrent qu'il pouvait y aller, mais il refusa.

Ethan et Gabriel descendirent sur la pelouse. Rachel commença à débarrasser la table. Charles s'approcha d'elle et lui murmura à l'oreille :

— Vous voulez bien passer à la bibliothèque un instant ? J'ai quelque chose à vous montrer.

Jane et Kristy s'étant éclipsées, Rachel n'avait guère le choix. Elle haussa les épaules d'un geste qu'elle espérait nonchalant et lui emboîta le pas.

Charles ferma la porte. Par la fenêtre, Rachel vit un ballon voler, puis Gabriel qui courait pour le rattraper. Charles contourna le bureau qui avait appartenu à Dwayne et ouvrit un tiroir.

— Ceci est pour vous.

Il lui tendit une feuille de papier. Un chèque. Rachel retint son souffle. Vingt-cinq mille dollars.

— Qu'est-ce que c'est que ça ?

Il s'assit.

— Une avance sur votre avenir.

— Que voulez-vous en retour ? demanda-t-elle, bien qu'elle devinât d'avance la réponse.

— Je veux que vous quittiez Salvation, et que vous évitiez tout contact avec mon frère.

Il marqua une pause.

— Vous avez des responsabilités. Un enfant à élever. Cet argent devrait vous faciliter la vie.

— Je vois.

Elle avait la gorge nouée. Elle était venue à Salvation en quête d'un trésor. Elle n'avait jamais imaginé repartir ainsi.

— Je dispose de combien de temps ?

— Je vous accorde dix jours, le temps de trouver où aller.

Son regard était empli de compassion, et elle éprouva un sursaut de colère envers lui. Elle cligna des paupières.

— Vous savez, Gabriel rit, maintenant. Pas souvent, mais de temps en temps. Ethan vous l'a dit ?

— Ce projet de drive-in l'a aidé à guérir.

Elle aurait voulu discuter, lui démontrer que c'était grâce à *elle* que Gabriel allait mieux, mais il ne la croirait jamais. D'ailleurs, elle n'était pas sûre que ce soit vrai. Peut-être n'était-elle rien d'autre pour Gabriel qu'une bonne compagne au lit.

— Ethan et moi sommes persuadés que votre départ accélérera son rétablissement.

— S'il apprend ça, il sera furieux.

— C'est pourquoi vous ne lui en direz rien. Est-ce clair ? S'il a vent de cette affaire, j'annule tout.

— Oh, oui, je comprends. Mais j'aimerais savoir de quoi vous me soupçonnez, exactement ?

— De vous servir de Gabriel.

— Comment cela ?

Il plissa les paupières.

— Ne jouez pas à ce jeu-là avec moi, Rachel, car je vous écraserai. Gabriel est un homme riche, qui se soucie peu de sa fortune. Vous voulez lui soutirer tout ce qu'il a, puis vous enfuir là où l'herbe sera plus verte.

— En êtes-vous sûr ?

— Vous prenez ce chèque, oui ou non ?

Quand serait-elle enfin libérée de son passé ?

— Oui. Oui, je le prends, monsieur Bonner.

Elle le fourra dans la poche de sa robe et se tourna vers la porte. Il l'arrêta dans son élan.

— Madame Snopes, si jamais vous essayez de me duper, vous le regretterez amèrement.

— Croyez-moi, monsieur Bonner, ça ne me viendrait pas à l'esprit.

Elle s'efforça de sortir d'un pas calme mais, lorsqu'elle atteignit la terrasse, elle tremblait de tous ses membres. Jane et Kristy avaient abandonné la vaisselle pour bavarder au soleil.

En voyant Rachel, le visage de Jane s'assombrit.

— Que vous a-t-il dit ?

Rachel eut du mal à maîtriser le trémolo dans sa voix.

— Demandez-le-lui.

Jane se leva et prit les mains de Rachel dans les siennes.

— Je suis navrée. Les Bonner forment un véritable clan. Parfois, leur loyauté les aveugle.

Rachel ne put que hocher la tête.

— J'essaierai de lui parler, promit Jane.

— Ça ne servira à rien.

Apercevant les clés de la camionnette sur la table, elle s'en empara.

— Je ne me sens pas bien. Je suis sûre qu'Ethan acceptera de raccompagner Gabriel un peu plus tard. Edward, viens avec moi !

L'enfant protesta, et Rosie, comprenant qu'elle allait perdre son nouveau compagnon de jeux, se mit à pleurer. Edward lui reprit Jeannot des mains. Elle hurla.

Edward lui tapota maladroitement la tête.

— C'est pas grave, Rosie. Tu passes une mauvaise journée. Demain, tout ira mieux.

Rosie cessa de pleurer, mais ses yeux étaient brillants. Edward contempla Jeannot. Puis, à la stupéfaction de Rachel, il le tendit à Rosie.

Elle s'accrocha à la peluche avec l'énergie du désespoir et gratifia Edward d'un sourire reconnaissant.

— Tu es sûr de toi, Edward ? lui demanda sa mère, vaguement inquiète.

— Je suis grand, maintenant, maman. Rosie a plus besoin de Jeannot que moi.

Elle sourit, lui serra la main, et ravala ses larmes.

Gabriel bondit de la voiture d'Ethan avant même qu'elle ne soit arrêtée et fonça dans la véranda, où

Edward construisait une cabane avec des bouts de bois.

— Où est ta mère ?

— Je sais pas. Dans la maison.

Son regard dépassa Gabriel pour se poser sur Ethan et Kristy, qui descendaient à leur tour du véhicule.

En se détournant, Gabriel vit Edward chercher quelque chose à côté de lui.

— Ton lapin te manque, n'est-ce pas ?

Edward baissa le nez.

— J'ai appris que tu l'avais donné à Rosie, mais si tu veux le récupérer, tout le monde comprendra.

— Pas elle.

— Elle est toute petite. Elle oubliera vite.

— On n'oublie pas Jeannot comme ça.

Gabriel comprit qu'il ne fallait pas insister.

— Pasteur Ethan ! Kristy ! Vous voulez voir ma cabane ?

— Certainement ! répondit Kristy.

Gabriel pénétra dans la maison.

— Rachel ?

Pas de réponse. Il la découvrit dehors, à l'arrière de la maison, penchée sur un plant de tomates dans le potager envahi de mauvaises herbes.

Pieds nus, le soleil dansant sur ses cheveux et ses bras bronzés, elle était belle et sensuelle. Un flot de désir le submergea. Il l'aurait volontiers prise là, dans ce jardin en désordre. Elle leva les yeux vers lui.

— Je ne t'avais pas entendu.

Elle ne lui sourit pas.

— Pourquoi es-tu partie comme ça ?

— Je ne me sentais pas bien.

— Tu me parais en pleine forme.

Elle ne répondit pas, et se remit à l'ouvrage.

— Si tu avais envie de t'en aller, tu aurais pu me le dire. Tu sais bien que je ne tiens pas à ce que tu sois ici toute seule.

— Tu ne peux pas être près de moi du matin au soir. Tu n'es pas responsable de moi.

Son ton cassant irrita Gabriel. C'était elle qui avait commis une faute, pas lui. Il faisait tout ce qu'il pouvait pour la protéger, mais elle refusait de coopérer.

— Tant que tu vivras sous ce toit, tu seras à ma charge.

— Au lieu de grogner, tu pourrais prendre une pelle et creuser une tranchée autour de ces buissons.

— Je ne grogne pas.

— Pas possible !

— Rachel, j'étais fou d'inquiétude !

— Ah, bon ?

Elle inclina la tête et lui sourit. Il ne se laissa pas envoûter.

— Ne prends pas cet air satisfait. Je suis fâché contre toi, et pas seulement parce que tu as filé à l'anglaise.

Il savait qu'il avait tort, pourtant il ne put s'empêcher de poursuivre :

— Désormais, j'apprécierais que tu évites de me psychanalyser devant ma famille.

— Le lieu me paraissait bien choisi : ils veulent tous que tu guérisses.

— Je vais bien. Je suis sérieux, Rachel. Je ne veux plus t'entendre critiquer mon projet de drive-in. Tout s'est bien passé hier soir. Tu devrais être en train de fêter l'événement.

— Faux ! Je boirai le champagne le jour où tu ouvriras ton cabinet de vétérinaire.

— Pourquoi insistes-tu ? Laisse-moi vivre.

— Tu n'es pas heureux.
— Ce n'est pas ton problème.
— En effet.
Il l'avait blessée, mais des rires interrompirent leur conversation avant qu'il puisse s'excuser. Tournant les talons, il vit Ethan qui surgissait d'un côté de la maison, Edward sur ses épaules, Kristy juste derrière eux.
L'enfant paraissait enchanté. Les yeux brillants, il riait de bon cœur. Gabriel fut envahi par un sentiment de honte. Il ne savait pas offrir à cet enfant ces petits bonheurs.
Rachel s'était levée. Elle resta immobile, les bras ballants, le regard sur Gabriel. Un frémissement le parcourut : elle savait à quoi il pensait, et elle lui en voulait. Mais comment le lui expliquer, alors qu'il n'y comprenait rien lui-même ? Comment justifier son attitude envers ce fils qu'elle aimait par-dessus tout ?
Il s'adressa à son frère.
— Merci de m'avoir déposé, Ethan.
— Pas de problème.
— Si vous voulez bien m'excuser, j'ai du travail…
Il se dirigea vers la maison. La porte claqua derrière lui, et Rachel réprima une grimace. Pourquoi ce ressentiment envers Edward ? En un instant, tous ses espoirs s'étaient envolés.
Les démons de Gabriel ne le lâcheraient pas. Jamais il ne saurait les aimer, elle et son fils.
Elle, qui pensait être réaliste, avait pourtant fait l'autruche depuis des semaines. Plus elle restait, plus leur séparation lui serait douloureuse. L'avenir était sombre. Elle n'avait pas trouvé le secret de la fortune de Dwayne dans la Bible. Elle était seule au monde avec Edward.
Il était grand temps de partir.

Les clients se pressèrent au drive-in le samedi soir, et cependant, Gabriel était toujours aussi renfermé et malheureux. Plus tard, lorsqu'il vint se coucher près de Rachel, ils firent l'amour sans un mot, presque avec mélancolie.

Le dimanche après-midi, par la fenêtre de sa chambre, tout en laissant courir ses doigts sur la Bible de Dwayne, elle l'observa en train d'installer Titi dans sa nouvelle maison. Elle avait lu toutes les notes, étudié attentivement tous les passages soulignés. Elle n'avait rien découvert.

Elle contempla de loin l'homme dont elle était tombée amoureuse. Le moment était venu de lui annoncer son prochain départ.

Les marches grincèrent sous ses pas. Titi chantait à tue-tête. Apercevant Rachel, Gabriel lui sourit. Le cœur de la jeune femme se mit à battre follement. Elle rassembla tout son courage.

— Gabriel, je m'en vais.

— Très bien. Donne-moi quelques minutes pour ranger mes outils. Je t'accompagne.

— Non, ce n'est pas cela. Je... Je quitte Salvation.

Il se figea.

— Qu'est-ce que tu racontes ?

— J'ai discuté avec Kristy ce matin. Ses parents lui demandent depuis des mois de s'installer avec eux à Clearwater pour les aider à gérer leur boutique de souvenirs. J'y vais à sa place. Kristy sera rassurée de me savoir auprès d'eux. J'aurai un petit appartement au-dessus du magasin, où je pourrai vivre avec Edward. Et puis, il y aura le soleil de la Floride, conclut-elle en un chuchotement.

Il demeura silencieux un long moment.

— Je vois. Combien te paieront-ils ?

— À peu près comme toi, ils ne peuvent pas me donner davantage pour le moment. Mais l'affaire va grandir. Je me débrouillerai, d'autant que je n'aurai pas de loyer.

Elle songea au chèque de vingt-cinq mille dollars qu'elle avait caché dans le tiroir de sa commode, et son estomac se noua.

— Dès qu'Edward ira à l'école à plein temps, je demanderai une bourse et je reprendrai mes études. Ce sera peut-être un peu long, mais je veux parfaire mes connaissances en matière de comptabilité.

Il fourra sa pince dans la poche de son jean.

— Ah. Tu as vraiment tout prévu, n'est-ce pas ?

Elle acquiesça.

— Il ne t'est pas venu à l'esprit de m'en parler avant de prendre ta décision ?

— Pourquoi l'aurais-je fait, murmura-t-elle. Tu sais bien qu'il n'y a aucun avenir pour nous.

En deux enjambées, il fut devant elle.

— Tu ne partiras pas.

— Si.

— Tu m'as entendu ? Tu ne bougeras pas d'ici. C'est complètement aberrant d'aller en Floride pour gagner des clopinettes !

— C'est déjà mon cas ici.

Pris de court, il agita la main.

— Ce n'est pas pareil. Ici, au moins, tu as des amis.

— J'ai aussi beaucoup d'ennemis.

— Bientôt, tu t'intégreras.

— C'est impossible. Il n'y a rien pour moi ici. Écoute, je ne veux pas me disputer avec toi. Je m'en vais. Je n'ai pas le choix.

— Non.

— Je t'en supplie, ne complique pas une situation déjà pénible. Kayla s'occupera du bar. Je travaillerai le week-end prochain avec elle. Ensuite, tu trouveras quelqu'un pour me remplacer.

— Je me fiche éperdument du bar !

Elle lui aurait bien répliqué qu'elle le savait déjà, mais elle se retint. Dans sa nouvelle maison, Titi continuait de babiller. Qui, sinon Gabriel, aurait pris tant de peine à soigner un moineau ?

Il enfonça les poings dans ses poches.

— Tu n'iras pas en Floride.

— C'est la seule solution.

— Pas du tout !

Il marqua une pause, lui lança un regard noir, serra les mâchoires.

— Nous allons nous marier.

Elle écarquilla les yeux.

— Nous marier ? Tu es fou ?

— Pourquoi ? Nous nous entendons bien. Pourquoi ne pas nous marier ?

— Gabriel, tu ne m'aimes pas.

— G. Dwayne n'a jamais tenu à toi autant que moi !

Il lui brisait le cœur.

— Je sais, mais ce n'est pas une raison.

Que voulait-elle, exactement ? Ce qu'il avait offert à Cherry et à Jamie, mais ce serait trop cruel de le lui dire. Et à quoi bon ? Il avait déjà compris. Pourtant, il insista :

— Je prendrai soin de toi. Une fois que nous serons mari et femme, tu n'auras plus aucun souci financier. Edward sera en sécurité.

Ce n'était pas juste. Il savait qu'elle aurait vendu son âme pour protéger son fils.

— Ce serait pire pour Edward de passer son enfance auprès d'un homme qui le déteste.

Elle avait enfin osé lui dire le fond de sa pensée.

— Je ne le déteste pas, marmonna-t-il, sans conviction, en fixant le bout de ses chaussures.

— Gabriel, je suis honnête avec toi. Tu pourrais l'être avec moi.

Il lui tourna le dos.

— Il me faut un peu de temps, c'est tout. Tu veux que tout soit parfait instantanément.

— Tu l'as détesté depuis le premier jour. Ce n'est pas normal. Ce n'est pas sa faute s'il n'est pas Jamie.

Gabriel fit volte-face.

— Tu ne crois pas que je me le suis répété cent fois ? Écoute, Rachel, sois patiente, tout s'arrangera. Je sais que je te prends de court, mais réfléchis. Tu verras, notre mariage résoudra tous nos problèmes.

Elle aurait voulu se recroqueviller sur elle-même et hurler sa douleur. Au lieu de cela, elle s'obligea à rester où elle était.

— Je ne changerai pas d'avis. Je ne t'épouserai pas. Kristy a déjà prévenu ses parents de mon arrivée imminente. Ils m'envoient deux billets d'autocar. Je travaillerai le week-end prochain, puis Edward et moi irons en Floride.

— *Non !*

Tous deux sursautèrent, tandis qu'Edward se ruait vers eux, les joues ruisselantes de larmes.

Rachel crut que le sol allait se dérober sous elle. Qu'avait-elle fait ? Elle avait eu l'intention de lui annoncer la nouvelle en douceur…

## 20

— Je veux pas aller en Floride ! s'écria Edward en trépignant de rage. On va rester ici. On ira pas ! On reste *ici* !

— Mon chéri, murmura Rachel en se précipitant vers lui pour l'enlacer.

Il la repoussa violemment.

— On habite ici ! J'irai pas ! Tout ça, c'est ta faute ! ajouta-t-il à l'intention de Gabriel. Je te déteste !

Une fois de plus, elle tenta d'étreindre son fils.

— Mon trésor, laisse-moi t'expliquer. Calme-toi, nous allons parler.

Il s'écarta d'un bond et fonça sur Gabriel, qu'il bourra de coups de genou.

— C'est ta *faute* ! Tu nous *obliges* !

Reprenant son équilibre, Gabriel saisit l'enfant par les épaules.

— Non ! Je ne veux pas que vous vous en alliez.

— Si !

— Tom, tais-toi un instant et laisse ta mère parler.

Mais rien n'aurait su apaiser Edward. Il se remit à taper des pieds.

— Tu me *détestes*, et je sais pourquoi !

— Non, Tom...

— Si, parce que je suis pas *fort* !

— Tom...

Gabriel se tourna, impuissant, vers Rachel, qui était aussi démunie que lui. Edward reprit son souffle entre deux sanglots.

— Maman... faut pas te marier avec lui. Il faut te marier avec le pasteur Ethan.

Elle s'accroupit devant lui.

— Mon trésor, je n'épouse personne.

— Si ! le pasteur Ethan. Comme ça, on pourra rester ici.

— Chéri, le pasteur Ethan n'a aucune envie d'être mon mari.

Une fois de plus, elle voulut le serrer dans ses bras. Il résista.

— Alors je vais le lui demander !

— C'est impossible, Edward.

— Alors marie-toi avec... le papa de Rosie. Je l'aime bien. Il m'appelle Tom et il m'a caressé la tête.

— Le papa de Rosie est déjà marié avec la maman de Rosie. Edward, je n'épouse personne.

Edward s'adressa à Gabriel, l'émotion soulevant sa frêle poitrine.

— Si... si maman se marie avec toi, on pourra habiter ici ?

Gabriel hésita.

— Ce n'est pas si simple, Tom.

— Tu habites ici, non ?

— Maintenant, oui.

— Et tu as dit que tu voulais te marier avec elle ?

Gabriel eut l'air désespéré.

— Oui.

— Alors je suis d'accord. Mais seulement si on peut rester *ici*.

C'en était trop pour Rachel. Il lui arrachait le cœur. Elle savait qu'elle avait pris la bonne décision, mais comment l'en persuader ?

— Ce n'est malheureusement pas possible, bredouilla-t-elle.

Edward baissa le nez. Une larme tomba sur sa basket. Il était vaincu.

— C'est à cause de moi, chuchota-t-il. Tu peux pas te marier avec lui parce qu'il m'aime pas.

— Mais non, Edward. Ce n'est pas ça du tout.

L'intervention de Gabriel la surprit.

— Rachel, peux-tu nous laisser tous les deux quelques minutes, s'il te plaît ? Tom et moi avons à discuter.

— Je ne...

— Je t'en prie.

Jamais elle ne s'était sentie aussi désemparée.

— Tu es sûr ?

— Oui. À tout à l'heure.

Elle hésita encore un instant, mais l'expression de Gabriel trahissait sa détermination. Pour finir, elle hocha la tête.

— Bien.

Maintenant qu'elle avait accepté, où se réfugier ? La perspective d'aller et venir dans la maison lui parut soudain intenable. Elle se dirigea vers le bois.

Gabriel attendit qu'elle ait disparu derrière les arbres. Edward l'observait avec méfiance. Par où commencer ? Il alla s'asseoir sur les marches et invita le petit à l'imiter.

Edward renifla et s'essuya le nez avec la manche de son tee-shirt.

— Tom...

Il s'éclaircit la gorge.

— Je sais qu'entre nous, tout n'est pas rose, mais ça n'a rien à voir avec toi. C'est à cause de... de ce qui m'est arrivé il y a plusieurs années.

Edward le dévisagea.

— Quand ton fils est mort.

Pris par surprise, Gabriel ne put qu'acquiescer.

— Comment il s'appelait ?

— Jamie.

— Il était fort.

— Il avait cinq ans, comme toi. Il n'était pas aussi fort qu'une grande personne.

— Mais il était plus fort que moi ?

— Je ne sais pas. Il était un peu plus grand, mais ce n'est pas important.

— Tu l'aimais ?

— Énormément.

— Tu étais triste, quand Jamie est mort ?

— Oui, terriblement. Je le suis encore.

— Tu t'es fâché avec lui, comme avec moi ?

— Parfois. Quand il faisait des bêtises.

— Il t'aimait bien ?

Gabriel hocha la tête.

— Il avait peur de toi ?

— Non. Non, pas comme toi. Il savait que je ne lui ferais pas de mal. À toi non plus, d'ailleurs. Tom, je regrette que tu aies surpris notre conversation, mais c'est ainsi. Sache que je veux vraiment épouser ta maman. Elle ne pense pas que ce soit une bonne idée. Je ne tiens pas à ce que tu l'embêtes avec ça. J'espère qu'elle changera d'avis. De toute façon, si elle refuse de se marier avec moi, ce ne sera pas à cause de toi. Tu comprends ce que j'essaie de te dire ? Tu n'es coupable de rien.

Son discours ne servit à rien.

— C'est à cause de moi.

— Ce n'est pas ta faute, Tom, crois-moi. Ta maman m'en veut, parce que je n'ai pas été gentil avec toi. Ça, c'est ma faute, Tom, pas la tienne. Tu n'y es pour rien.

— Je suis pas fort comme Jamie. J'aimerais bien qu'il vienne jouer avec moi.

Les yeux de Gabriel se remplirent de larmes.

— Je suis sûr qu'il y aurait pris beaucoup de plaisir.

— Il me battrait.

— Jamie n'était pas un bagarreur. Il aimait construire des cabanes, comme toi.

— Mon papa, il est mort dans un accident d'avion.

— Je sais.

— Il est au paradis, et il veille sur Jamie.

Gabriel se garda de tout commentaire.

— Je voudrais que ma maman se marie avec le pasteur Ethan ou le papa de Rosie.

— Tom, je sais que tu as du mal à comprendre, mais j'apprécierais que tu cesses de la marier avec mes frères.

— Elle veut pas être avec toi parce qu'on se fâche, toi et moi.

Comment réagir ? Il lui avait déjà dit qu'il n'y était pour rien. Que pouvait-il ajouter ?

— Je veux pas aller en Floride. Si on se fâchait pas, tous les deux, peut-être qu'elle accepterait de se marier. On serait pas obligés de partir.

— Je ne sais pas. Peut-être. Il y a d'autres problèmes, qui n'ont rien à voir avec toi.

Edward ébaucha un sourire espiègle.

— Moi, j'ai une idée !

— Laquelle ?

Il arracha une poignée d'herbe.

— Tu pourrais faire semblant.

— Comment cela ?

— Faire semblant de m'aimer. Alors, maman sera d'accord pour se marier, et on restera.

— Je... Je ne crois pas que ça puisse marcher.

Le regard noisette d'Edward s'assombrit douloureusement.

— Tu peux même pas faire semblant ? Ce serait pas pour de vrai.

— Tu sais, Tom, je t'aime beaucoup.

— Non, mais on pourrait faire semblant. Maman ne saurait pas.

L'enthousiasme de l'enfant était déchirant.

— C'est un peu plus compliqué que cela. Il...

Mais Edward ne l'écoutait plus. Il avait dit ce qu'il avait à dire, et maintenant, il voulait partager sa joie. Il courut en direction du bois.

— Maman ! Maman !

— Par ici.

— Maman, j'ai quelque chose à te dire !

— Quoi, Edward ?

— C'est moi et Gabriel. Maintenant, on s'aime bien !

Après avoir déposé Edward à la garderie le lundi matin, Rachel resta un moment dans sa voiture, à essayer de trouver du courage. Elle savait ce qu'elle avait à faire, mais de là à agir…

Elle appuya la tête contre la vitre de l'Escort. Elle n'avait pas le choix. Elle partirait pour Clearwater avec Edward la semaine suivante. Un sentiment de tristesse l'assaillit, son cœur saignait. Toute la soirée, Edward et Gabriel avaient joué à être amis. À l'heure de se coucher, Edward avait retenu son souffle avant de déclarer :

— 'soir, Gabriel. Je t'aime beaucoup, tu sais.

Gabriel avait tressailli.

— Merci, Tom.

Lorsqu'elle était allée embrasser son fils, elle avait voulu parler avec lui. Il avait secoué la tête.

— Gabriel et moi, on s'aime bien. C'est plus la peine d'aller en Floride.

*Gabriel, pourquoi ne peux-tu aimer Edward tel qu'il est ? Pourquoi n'arrives-tu pas à chasser le spectre de Cherry pour m'aimer, moi ?*

Elle se morigéna intérieurement. S'apitoyer sur son sort ne la mènerait nulle part. Elle ne pouvait pas continuer de vivre dans l'ombre d'une autre. Cependant, avant de partir, elle avait une mission à accomplir.

Le moteur démarra. Elle longea la rue Wynn, en direction du quartier le plus pauvre de Salvation. Parvenue à la rue Orchard, elle bifurqua. Les maisons s'alignaient, décrépies, leurs jardins mal entretenus.

Celle du bout, peinte en vert clair, était plus propre que les autres. La véranda était balayée, la pelouse, entretenue. Un panier de géraniums était accroché près de la porte d'entrée.

Rachel se gara. La sonnette était hors d'usage. Elle frappa.

Une jolie jeune femme aux traits tirés lui ouvrit. Petite, mince, elle paraissait âgée d'une trentaine d'années.

— Bonjour. Vous êtes la maman d'Emily ? Je suis Rachel Stone.

— Ah. Ma mère m'avait dit que vous passeriez peut-être un de ces jours, mais je n'y croyais pas.

— Ce n'est pas au sujet de… Votre maman est charmante, mais…

La mère d'Emily sourit.

— Ne vous inquiétez pas. Je sais qu'elle croit beaucoup plus aux miracles que moi. Je suis désolée si elle vous a importunée, mais ses intentions étaient bonnes.

— Je n'en doute pas. J'aimerais pouvoir vous aider. Malheureusement, c'est impossible.

— Entrez… Je m'appelle Lisa.

— Heureuse de vous connaître.

Rachel pénétra dans un petit salon encombré d'un canapé beige, d'un vieux fauteuil, de tables basses et d'un poste de télévision. Les meubles étaient de qualité, mais désassortis.

Sur la gauche, un comptoir séparait la salle de séjour de la cuisine. Sur la surface en Formica se bousculaient divers bocaux, un grille-pain, un panier en osier débordant de papiers, deux bananes trop mûres, un pot rempli de crayons de couleur cassés.

Lisa éteignit le poste de télévision et invita Rachel à s'asseoir.

— Vous voulez un soda ? Un café ? Maman m'a apporté des muffins, hier.

— Non, merci.

Rachel s'installa, et un silence gêné les enveloppa. Lisa prit place sur le divan.

— Comment va votre fille ?

Elle haussa les épaules.

— Pour le moment, elle dort. Nous pensions qu'elle était en rémission, mais elle a rechuté. Les médecins ne peuvent plus grand-chose pour elle. J'ai décidé de la ramener à la maison.

Son regard se voila. Rachel se mordit la lèvre inférieure et ouvrit son sac. Elle savait depuis le début ce qu'elle devait faire. Le moment était venu.

— Je vous ai apporté quelque chose.

Elle sortit le chèque de vingt-cinq mille dollars que lui avait remis Charles Bonner.

— C'est pour vous.

Le visage de Lisa exprima à la fois la confusion et l'incrédulité.

— Je… Il est à votre nom ?

— Je l'ai endossé à l'ordre de la Fondation Emily. Il est postdaté, vous allez donc devoir patienter une huitaine de jours avant de le déposer à la banque.

La main de Lisa trembla.

— C'est une somme énorme ! Je ne vous connais même pas. Pourquoi faites-vous cela ?

— Parce que je veux que vous tentiez tout pour Emily.

— Mais…

— Je vous en prie, c'est important pour moi. Cependant, j'ai une faveur à vous demander. Je quitte la ville lundi prochain. Je vous serais très reconnaissante d'envoyer un mot à Charles Bonner, en le remerciant de sa générosité.

— Bien sûr, mais…

— Il sera content d'apprendre que son argent va servir à sauver votre fille.

— Maman…

Lisa se redressa en entendant la petite voix lasse.

— Je viens. Vous voulez rencontrer Emily ?

Comme Lisa ne semblait pas attendre quoi que ce soit de sa part, Rachel accepta.

— Avec plaisir.

Lisa mit le chèque dans sa poche et entraîna Rachel vers le fond de la maison.

Rachel chercha des yeux le lit, et y découvrit une fillette pâle, le visage boursouflé, les bras couverts d'hématomes, quelques cheveux épars sur le crâne. Elle serrait dans ses bras un ours en peluche rose. Elle dévisagea Rachel, les yeux brillants.

— Tu veux un jus de fruits, ma chérie ? s'enquit Lisa.

— Oui, s'il te plaît.

Lisa l'aida à s'asseoir.

— Pomme ou orange ?

— Pomme.

Lisa rajusta le drap sur sa fille.

— Je te présente Rachel. C'est une amie, pas un docteur. Tu pourrais lui montrer Blinky pendant que je vais te chercher à boire. Rachel, voici Emily.

— Bonjour, Emily. Je peux m'asseoir près de toi ?

La petite hocha la tête.

— Je parie que je devine qui est Blinky.

Emily s'accrocha à sa peluche. Rachel lui effleura le bout du nez.

— C'est lui, n'est-ce pas ?

Emily sourit.

— Non.

— Ah, attends ! Ça y est… Voici Blinky, dit-elle en lui tirant sur l'oreille.

Emily s'échappa.

— Non.

Le jeu continua quelques minutes, jusqu'à ce que Rachel finisse par identifier l'ours. La fillette était adorable. Lisa reparut avec un gobelet en plastique. À cet instant précis, le téléphone sonna.

— Ça ne vous ennuie pas de vous occuper d'elle un instant ? demanda-t-elle à Rachel.

— Pas du tout.

Elle aida Emily à boire.

— Je peux le faire toute seule.

— Bien sûr. Tu es une grande fille.

Emily avala une minuscule gorgée.

— Encore un peu ?

Cet effort l'avait épuisée. Emily baissa les paupières. Rachel la recoucha et posa le gobelet sur la table de chevet.

— J'ai un petit garçon un peu plus âgé que toi.

— Il aime jouer dehors ?

— Oui, murmura Rachel en lui prenant la main.

— Moi aussi, mais j'ai une leucémie. Je peux pas y aller.

— Je sais.

Une fois de plus, Rachel se surprit à incendier ce Dieu auquel elle ne croyait plus. *Comment pouvez-Vous infliger de telles souffrances à une enfant ?*

Mais Dieu n'y était pour rien. C'était la vie…

Une sensation de chaleur l'envahit, une sorte d'allégresse.

— Tu es toute chaude.

La voix d'Emily la surprit. Elle cligna des paupières, et son sentiment de joie s'évapora.

— Pardon. Je ne voulais pas te serrer si fort.

Rachel se leva. Ses jambes tremblaient. Elle était faible, comme si elle venait d'accomplir plusieurs kilomètres au pas de course. Que s'était-il passé ? Elle avait eu une vision furtive, mais elle ne savait plus laquelle.

— Je veux m'asseoir.

— Je vais demander à ta maman d'abord.

La porte claqua, et une voix masculine résonna dans l'entrée.

— Je connais cette voiture, nom de nom. Qu'est-ce qu'elle fiche ici, Lisa ?

— Calme-toi. Je…

Mais il n'écoutait pas. Un bruit de pas retentit dans le couloir. Russ Scudder surgit dans la chambre.

— Bonjour, papa !

## 21

Lisa se précipita à son tour dans la chambre.

— Emily, que fais-tu assise ?

— J'avais chaud.

Elle tâta le front de la fillette.

— Tu n'as pas de fièvre… Je vais tout de même prendre ta température, décida-t-elle en s'emparant du thermomètre sur la table de chevet pour le glisser dans sa bouche.

Russ lança à Rachel un regard noir, puis s'avança vers sa fille.

— Salut, chouchou.

— Papa, tu avais dit que tu viendrais hier ! protesta Emily entre ses dents.

— Oui, mais j'étais très occupé. Je suis là aujourd'hui.

Il prit la main d'Emily.

— Rachel a un petit garçon, murmura-t-elle. Ses mains brûlent.

Le regard de Russ devint féroce.

— Sortez d'ici.

— Russ, s'il te plaît, intervint Lisa.

— Je ne veux pas qu'elle s'approche d'Emily.

— Cette maison est la mienne, et je me fiche de ce qui te plaît ou non.

— De toute façon, déclara Rachel, il est temps que je m'en aille. Au revoir, Emily. Repose-toi bien.

Emily enleva le thermomètre.

— Ton petit garçon pourra venir jouer avec moi ?

— Nous allons bientôt déménager, malheureusement.

Lisa essaya de remettre le thermomètre, mais Emily secoua la tête.

— Je veux une histoire. Je veux du jus de pomme.

— Qu'est-ce qui se passe ? rugit Russ. Tu m'as dit qu'elle était trop malade pour s'asseoir.

— Elle est en meilleure forme qu'hier.

Lisa s'approcha de Rachel et l'entraîna dans le corridor.

— Je ne sais comment vous remercier. Cette somme d'argent peut tout résoudre.

Russ les rejoignit d'un bond.

— Quel argent ?

— Rachel donne vingt-cinq mille dollars à la Fondation Emily.

— Quoi ? s'étrangla-t-il.

— C'est le cadeau de Charles Bonner, pas le mien.

L'expression de Lisa trahit son scepticisme. Quant à Russ, il semblait avoir reçu un coup de poing en pleine figure. Rachel fut soudain pressée de partir.

— Bonne chance.

— Au revoir, Rachel ! lança une petite voix depuis la chambre.

— Au revoir, ma chérie.

Ethan essaya de dépasser un camion de location derrière lequel étaient accrochés deux vélos. Kristy observait son profil de mannequin.

— Je n'en crois pas mes oreilles.

Il revint dans la file de droite.

— Je ne suis pas fait pour être pasteur. Je le sais depuis longtemps, et j'en ai assez de faire l'autruche. J'enverrai ma lettre de démission dès lundi, à notre retour.

Kristy ouvrit la bouche pour protester, puis se ravisa. À quoi bon ? Il lui avait annoncé la nouvelle alors qu'ils quittaient Salvation. À présent, ils étaient à la lisière de Knoxville, et la discussion n'avait pas cessé. Ethan était bel et bien décidé.

Il s'apprêtait à commettre une erreur colossale, mais comment lui ouvrir les yeux ?

— Si on parlait d'autre chose ? proposa-t-il.

Il était tard, en ce vendredi. Ils rentreraient dimanche, après le déjeuner de clôture du séminaire auquel ils devaient assister.

— Que vas-tu devenir ?

— Je vais peut-être reprendre des études de psychologie à l'université. Je ne sais pas encore.

Elle abattit sa carte maîtresse.

— Tes frères vont être terriblement déçus. Tes parents aussi.

— Chacun sa vie.

En voyant le panneau annonçant la prochaine sortie, il mit son clignotant.

— J'ai faim. Allons manger.

Il savait aussi bien que Kristy que le séminaire débutait à dix-neuf heures avec un dîner. Une panne de voiture les avait déjà mis en retard.

— Nous n'avons pas le temps.

— Tu crains qu'on ne te mette une mauvaise note si tu n'es pas pile à l'heure ?

Le ton ironique la surprit. Il avait changé, depuis qu'elle lui avait déclaré qu'elle partait, et Kristy en était affligée.

— C'est ton séminaire, pas le mien. Je n'y serais pas allée, si tu n'avais pas lourdement insisté.

Son préavis était achevé depuis bientôt une semaine, mais il avait réussi à la convaincre de rester jusqu'à la fin de ce week-end. Elle avait fini par accepter, d'autant qu'elle ne prenait son nouveau poste à la maternelle de Brevard que le lundi.

La situation était de plus en plus pénible. Ce qui s'était passé au drive-in avait effacé toutes ses certitudes. Elle ne s'en remettrait jamais. Elle l'aimait encore, elle l'aimerait toujours.

Ethan, de son côté, oscillait entre la mauvaise humeur et la gentillesse. Quand il ne grognait pas, il montrait beaucoup d'empressement envers elle. Elle savait qu'elle l'avait blessé en lui disant qu'il n'avait pas été un bon ami. Elle regrettait de ne pouvoir mettre ce nouveau comportement sur le compte de l'émotion, plutôt que sur celui d'un sentiment de culpabilité.

Parfois, elle le surprenait à l'observer. Une lueur de désir dansait dans ses prunelles. Elle aurait dû en éprouver du bonheur. N'était-ce pas ce dont elle avait toujours rêvé ? Au contraire, cela la déprimait. Elle ne voulait pas qu'il la considère comme une créature de luxure. Elle voulait son amour.

Ils dépassèrent tous les restaurants au bord de l'autoroute.

— Je croyais que tu avais faim ?

— En effet.

Il accéléra, puis ralentit pour se garer dans le parking d'un établissement peu avenant, à côté d'un motel. Kristy ne put masquer son dégoût. Les néons multicolores ne promettaient rien de bon.

— Nous ferions mieux d'aller chez Hardee's.

— Cet endroit me plaît.

— Ce n'est pas une maison respectable.

— Tant mieux.

Il arracha la clé et ouvrit sa portière.

Si son humeur ne s'améliorait pas très vite, le week-end risquait d'être pénible. Kristy eut un soupir de résignation en le suivant jusqu'à l'entrée.

Un souffle d'air climatisé aplatit sa robe rouge tomate contre ses cuisses. La salle sentait le graillon et la bière rance. Au bar à peine éclairé, un groupe de copains en casquette et jean crasseux buvaient et fumaient.

Il était encore tôt. La plupart des tables étaient libres. Des plants de vignes en plastique, couverts de poussière, ornaient les murs, ainsi que quelques certificats du ministère de l'Hygiène (des faux, sans doute).

Ethan la conduisit vers le fond. Le barman, un chauve au cou trapu, leur demanda ce qu'ils voulaient boire.

— Euh... un Coca, murmura Kristy. Dans sa canette, s'il vous plaît.

— Et moi, un whisky avec de la glace.

Kristy arrondit les yeux, ahurie. Jamais elle n'avait vu Ethan boire de l'alcool !

Elle se garda de tout commentaire : elle n'était pas responsable de ses actions.

L'un des clients se retourna pour l'examiner de loin. Mal à l'aise, elle feignit de l'ignorer. Le barman leur apporta leurs boissons et posa devant eux deux menus plastifiés d'une propreté douteuse.

— Jeannie sera là dans un instant. Le plat du jour, c'est du poisson frit.

Il s'éloigna.

Kristy repoussa les cartes du bout du doigt. Elle essuya le rebord de sa canette et but. Le soda était tiède.

Le type du bar ne la quittait plus des yeux. Âgé d'environ vingt-cinq ans, un débardeur sur le dos, il avait des biceps impressionnants. Elle tira nerveusement sur ses boucles d'oreilles en faux diamant. Sa robe était courte, mais tout de même...

Ethan but une gorgée de scotch, puis jeta un coup d'œil accusateur vers l'inconnu.

— Qu'est-ce que vous regardez comme ça ?

— Ethan ! s'écria-t-elle.

L'autre haussa les épaules.

— Y a rien qui dit qu'elle est casée.

— Peut-être que vous ne savez pas lire, rétorqua Ethan.

Elle écarquilla les yeux, atterrée. Ethan, l'éternel pacifiste, semblait chercher la bagarre avec une brute largement plus imposante que lui, et tout en muscles.

— Je vous en prie, bredouilla-t-elle, ne vous énervez pas. Il n'est plus le même, depuis qu'il a abandonné sa mission de prêtre.

— Il n'a pas l'air d'un prêtre.

— Justement, il ne l'est plus. Il… euh… il est très protecteur avec moi. Je suis euh… sœur Kristina… sa… sœur.

— Vous êtes bonne sœur ?

— Oui. Dieu vous bénisse.

— Vous ne ressemblez pas à une bonne sœur.

— Je ne porte plus l'habit.

— Et votre crucifix, il est où ?

Elle tira sur la chaîne en or qu'elle portait autour du cou et révéla le petit pendentif doré en forme de croix.

— Oh, pardon, ma sœur.

Il se détourna et avala le reste de sa bière d'un trait.

Ethan la dévisagea avec irritation.

— À quoi joues-tu, au juste ?

— J'essaie d'éviter la bagarre.

— Et si j'avais envie de me battre ?

— Deux poissons frits ! lança-t-elle à l'intention du barman. Et vous aussi, Dieu vous bénisse.

Ethan leva les yeux au ciel, mais, à l'immense soulagement de Kristy, il n'insista pas. Il se concentra sur son whisky. Lorsqu'une serveuse trop maquillée, habillée d'un short à franges et d'un tee-shirt, apporta leurs plats, il avait tout bu.

— Un autre, s'il vous plaît.

— Ethan, c'est toi qui conduis.

— Mêlez-vous de vos affaires, sœur Joséphine.

— Tout à l'heure, je vous ai entendu dire que vous étiez sœur Kristina, marmonna la serveuse, avec suspicion.

— Euh… Joséphine, c'est mon prénom d'avant. En arrivant au couvent, j'ai pris le nom de sœur Kristina.

Ethan ricana.

— Alors, ça fait quoi de ne plus être prêtre ? lui demanda la serveuse, visiblement intéressée par son physique.

— Posez-lui la question, répliqua-t-il en désignant Kristy.

— Il… euh… Ce n'est pas facile. Ça ne l'est jamais, quand on tourne le dos à une véritable *vocation*. Il se sent vidé. Il essaie de remplir ce creux avec de l'alcool. C'est ainsi qu'on devient rapidement un alcoolique *moche*.

— Là-dessus, à mon avis, vous n'avez pas à vous inquiéter, mon père.

Il eut un sourire charmeur.

— Merci.

— À votre service.

Tandis qu'elle s'éloignait, Ethan admira sa démarche ondulante avec un plaisir non dissimulé. Elle revint presque aussitôt avec son deuxième scotch.

— Mange avant que ce ne soit froid, marmonna Kristy.

Il but.

— Quelle importance, que ce soit chaud ou froid ?

— En effet.

— Menteuse, riposta-t-il. Tu sais ce que je crois ? Je crois que tu es encore amoureuse de moi.

— Et moi, je crois que tu es ivre. Tu n'as jamais supporté l'alcool.

— Et alors ?

Elle se fâcha.

— Ethan Bonner, tu n'as même pas encore envoyé ta lettre de démission ! Tu es toujours pasteur.

— Pas dans mon cœur.

Il s'empara de sa fourchette et empala son poisson.

— Il est déjà mort, tu sais.

— Mêle-toi de tes affaires, grogna Ethan. Où est le sel ?

— Devant toi.

Il tendit la main, mais Kristy l'arrêta dans son élan pour essuyer vigoureusement le capuchon rouillé de la salière.

— Tu sais que j'ai envie de toi, Kristy ?

Elle se figea.

— J'ai envie de te caresser, comme l'autre soir, au drive-in.

— Je préfère ne pas en parler.

— Tu as raison. Il vaudrait mieux agir.

Elle renversa son Coca.

— Nous… nous sommes attendus à Knoxville dans une demi-heure.

— On n'y va pas.

— Tu as payé l'inscription !

— Et alors ?

— Ethan…

— Allons-nous-en d'ici.

Il jeta quelques billets sur la table, empoigna la jeune femme et la tira dehors. Un instant plus tard, il la plaquait contre sa voiture.

— Je ne cesse de penser à toi depuis l'autre jour. Tu tiens à moi. C'est avec moi que tu devrais perdre ta virginité, pas avec un type qui ne t'est rien.

— Co... comment sais-tu que je n'ai pas sauté le pas ?

— Je le sens.

— Ce n'est pas bien...

— Et si on le sautait ensemble ?

— Tu n'es pas vierge.

— Il y a si longtemps que je n'ai pas fait l'amour... avoua-t-il.

— Je...

— Oui, ou non. C'est à toi de décider.

— Je ne t'aime plus, mentit-elle. Je ne t'ai jamais aimé. C'était une obsession.

Il posa les mains sur ses hanches.

— Tu sens bon.

— Je n'ai pas mis de parfum.

— Je sais.

Elle soupira.

— Oh, Ethan...

— Oui ou non ?

Elle le repoussa violemment.

— Oui ! Bien sûr que c'est oui. Parce que je suis faible, et que tu m'exaspères.

— On va arranger ça.

En quelques secondes, ils furent dans la voiture. Au lieu de se diriger vers l'autoroute, Ethan traversa l'aire de stationnement et alla se garer devant le motel.

— Oh, non...

Elle fixa d'un air désolé la rangée de maisonnettes blanches parmi les sapins.

La voix d'Ethan était suppliante.

— Je ne veux plus attendre, Kristy. La prochaine fois, je te promets, je t'offrirai le champagne et des draps en satin.

Sans perdre une minute, il se rua à la réception. Il revint peu après, démarra en trombe pour s'arrêter de nouveau devant la dernière maisonnette.

Le bon pasteur Bonner était aussi agité qu'un adolescent.

Il poussa un soupir de soulagement en constatant que la chambre, bien que miteuse, était propre.

— C'est impeccable, marmonna-t-il.

— Je n'ai pas dit le contraire.

— Je sais ce que tu penses. Ce n'est pas parce que c'est laid que c'est sale.

Il se précipita vers le lit et rabattit les couvertures.

— Regarde !

— Ethan, tu es ivre ?

Elle était si jolie, avec sa petite robe courte et son regard perplexe, qu'il en eut la gorge nouée.

— Je suis un peu pompette, mais pas soûl. Je sais exactement ce que je fais.

*Tu parles !* lui chuchota une petite voix, qu'il s'empressa d'ignorer.

Le linoléum couina sous ses pieds tandis qu'il s'approchait de Kristy, la prenait dans ses bras et l'embrassait. Son corps était chaud et souple, arqué vers lui. Il fit courir ses mains le long de sa colonne vertébrale, puis la saisit par les hanches.

Lèvres entrouvertes, elle s'accrocha à son cou.

Le silence s'éternisa. Ils se contemplèrent, les yeux dans les yeux, jusqu'à ce que Kristy s'éloigne.

*Je t'aime, Ethan.*

Elle n'avait pas prononcé ces paroles, mais il les avait bel et bien entendues. Un sentiment de joie intense le submergea. Puis, elle s'exprima :

— Ce n'est pas bien. J'en ai très envie, mais ce n'est pas bien. Ce n'est pas ce que Dieu attend de nous, murmura-t-elle.

Il ne voulait pas l'écouter. Il n'était pas un saint, mais un être humain, un homme, et il en avait plus qu'assez de se laisser dominer par Dieu. Une main s'aventura sous la jupe de Kristy, il savoura le satiné de sa peau.

— Tu n'aurais pas résisté à Mike Reedy.

Il poursuivit son exploration sous sa robe, jusqu'au soutien-gorge.

— Peut-être.

— Quoi que tu prétendes, je suis un meilleur ami pour toi que lui.

— C'est vrai.

Avec le pouce, il caressa la courbe de ses seins.

— Pourquoi l'aurais-tu autorisé à te faire l'amour, et pas moi ?

Elle attendit avant de répondre, puis déclara :

— Parce que coucher avec Mike Reedy n'exige aucun engagement de ma part.

Il se figea.

— Comment cela ?

Elle le dévisagea avec tristesse.

— Tu me demandes de m'engager ?

Elle acquiesça, accablée.

Il crut qu'il allait être assailli par la panique. Rien ne vint. Ce qu'elle voulait, au fond, c'était le *mariage*. Ethan avait toujours eu l'intention de se marier un jour, mais... plus tard.

— Je veux ton amour, aussi.

— Tu ne veux pas de celui de Mike ?

— Non.

Il ne s'affola pas. Il se laissa envahir par une exquise sensation de bonheur. Comme si on venait de lui enlever un poids énorme des épaules.

Soudain, une chanson résonna dans ses oreilles.

*Je t'aime tel que tu es, Ethan.*

Ethan Bonner cessa de lutter contre sa destinée.

Kristy l'observa sans comprendre. Elle savait seulement qu'elle ne reviendrait plus en arrière. Elle avait ignoré son amour-propre et laissé parler son cœur. Si cela déplaisait à Ethan, tant pis pour lui.

— D'accord.

— D'accord ?

— Oui, d'accord.

— D'accord, quoi ? chuchota-t-elle.

— L'amour. L'engagement. Tout.

Il remit sa robe en place.

— Le Kentucky, murmura-t-il.

— Pardon ? Qu'est-ce que tu racontes ? Ethan, tu es ivre ! J'en étais sûre !

— Pas du tout ! Viens. On part tout de suite.

Elle se tourna vers lui, effondrée.

— Tu n'as plus envie de moi.

— Oh, si. Tu ne peux pas savoir à quel point. Ne me regarde pas comme ça. Je t'aime. Je ne pense qu'à toi depuis le jour où tu es venue au bureau dans ce jean blanc moulant.

— Tu… tu m'aimes ? Tu me désires, oui !

— Aussi. Je ne t'aime pas parce que tu as changé de coiffure. Je ne suis pas futile à ce point. Mais ta métamorphose m'a ouvert les yeux, et j'ai compris ce que j'avais sous le nez depuis des années. Tu fais partie de ma vie depuis si longtemps que j'avais cessé de te considérer comme un être à part. Tu étais un peu comme ma moitié. Quand tu as décidé de partir, je suis devenu fou.

— Vraiment ?

Il sourit, puis fronça les sourcils.

— Nous parlerons de tout ça sur la route. Viens, ma chérie, dépêche-toi. Nous n'avons pas une minute à perdre.

Il saisit la poignée de la porte.

— Où allons-nous ?

— Dans le Kentucky. Nous sommes tout près de la frontière. On va se marier dès ce soir, Kristy Brown, quoi que tu dises. J'ajoute que je ne démissionne plus.

Ils montèrent dans la voiture.

— Nous recommencerons pour nos familles, à notre retour. Nous pourrons faire comme si c'était la première fois et...

Il se tut brusquement.

— Tu veux bien te marier, j'espère ?

— Oui.

Il ferma les yeux.

— Tant mieux. Nous réglerons les détails sur le chemin.

— Lesquels ?

— Où nous allons nous installer. Combien d'enfants nous voulons, des trucs comme ça. Ah, j'ai un aveu à te faire, ajouta-t-il en démarrant... Si ta Honda était en panne, c'est parce que j'avais déconnecté le fil de la batterie. Je voulais être certain que tu viennes avec moi. Je ne regrette rien. Je ne te demanderai pas pardon.

Pendant le trajet, Kristy eut droit au sermon le plus étrange qu'elle ait jamais entendu. Ethan avait toujours insisté lourdement sur la nécessité d'une préparation sérieuse au mariage. À présent, il disposait d'environ une heure et demie pour en finir. Il parla sans arrêt.

Kristy sourit et opina.

Ils trouvèrent un pasteur qui accepta de les marier, mais ce fut Ethan qui mena la cérémonie.

Ce fut lui qui la pria de répéter les vœux qu'il récitait.

Ce fut Kristy, en revanche, qui aperçut l'hôtel à la lisière du parc national de Cumberland Falls.

À peine avaient-ils posé leurs valises qu'ils se jetèrent sur le lit. Leur impatience étant à son comble, ils se déshabillèrent à la hâte et s'étreignirent avec ardeur.

— Tu es beau, soupira-t-elle en le caressant. Juste comme je l'imaginais.

— Tu es encore plus belle que je ne le croyais.

Ethan aurait voulu prendre tout son temps, mais Kristy était pressée. Il la posséda avec passion, des larmes de bonheur dans les yeux.

— Chair de ma chair, chuchota-t-il.

— Chair de ma chair…

Ils sourirent. Leurs larmes se mêlèrent. Ils atteignirent ensemble le paroxysme du plaisir. Tous deux savaient que seul Dieu pouvait avoir rêvé d'une union aussi parfaite.

## 22

— Ne t'approche pas trop, Tom.

— Qu'est-ce que tu fais ?

Gabriel serra les dents.

— Je démonte la véranda pour la remplacer par une terrasse.

En ce samedi après-midi, Rachel avait confié son fils à la garde de Gabriel. C'était la première fois qu'elle les laissait seuls ensemble. Elle s'en serait bien passée, mais elle avait un mystérieux rendez-vous en ville. Gabriel la soupçonnait d'avoir sauté sur l'occasion pour l'éviter. Depuis qu'elle lui avait annoncé son prochain départ, elle s'arrangeait pour maintenir ses distances.

Il glissa un pied-de-biche sous une planche pourrie et poussa dessus avec son pied. Il était furieux contre elle. Elle n'avait pas le droit de l'abandonner ainsi...

— Ça servira à quoi ?

Il jeta un coup d'œil impatient en direction d'Edward.

— On pourra y manger, comme chez Rosie la semaine dernière. Recule, c'est dangereux.

— Pourquoi tu fais ça ?

— Parce que j'en ai envie.

Il n'allait tout de même pas lui dire qu'il s'attaquait à ce projet pour ne pas devenir fou avec son drive-in.

Le seul fait de pénétrer dans le guichet, la veille, l'avait déprimé. Il n'en était qu'à sa deuxième semaine d'exploitation, et déjà, il en avait par-dessus la tête. Il aurait préféré passer le temps avec Ethan, si ce dernier n'était pas parti pour Knoxville. Quant à Charles, il était occupé avec sa famille...

Il n'avait pas parlé à sa mère, la propriétaire légale de la maison, de ses intentions. Ses parents, toujours en mission en Amérique du Sud, ne lui reprocheraient rien. Seule Rachel osait le critiquer.

Elle allait partir. Il ne savait pas précisément quand. Il ne lui avait pas posé la question.

Que voulait-elle de lui, au juste ? Il avait fait tout ce qu'il pouvait pour l'aider. Il lui avait même proposé le mariage. Ne comprenait-elle pas à quel point cela lui avait été difficile ?

— Je peux t'aider ?

Le petit continuait de s'imaginer que, en feignant d'être le meilleur ami de Gabriel, il inciterait sa mère à changer d'avis. Elle ne reviendrait pas sur sa décision. Elle était trop obstinée. À ses yeux, tout était si simple : il n'avait qu'à redevenir vétérinaire, puisque c'était sa vocation... Mais c'était plus compliqué que cela. Son métier appartenait à son passé. Il ne pouvait pas revenir en arrière.

— Tout à l'heure, peut-être.

Le bois vola en éclats. Edward recula, esquivant de justesse un morceau de planche.

— Je t'ai dit de ne pas t'approcher !

— Tu fais peur à Titi !

Ce n'était pas le moineau qui était terrifié, et tous deux en avaient conscience. Gabriel s'efforça de garder son calme.

— Tiens ! Regarde ces lattes, là-bas. Essaie donc de construire quelque chose.

— J'ai pas de marteau.

— Fais semblant.

— T'en as un, toi. Tu fais pas semblant.

— C'est parce que... Ouvre la boîte à outils. Il y en a un autre.

— J'ai pas de clous.

Gabriel poussa violemment sur son pied-de-biche.

— Tu es trop jeune. Fais semblant.

— Tu fais pas semblant, toi.

Gabriel ravala un hurlement.

— Je suis une grande personne.

— Tu fais pas semblant de m'aimer, insista Edward, en tapant furieusement sur une planche. Maman dit qu'on doit quand même aller en Floride.

— Je n'y peux rien, glapit Gabriel.

Edward continua de marteler, sans but.

— Si, tu peux quelque chose. Tu es une grande personne.

— Ce n'est pas pour ça que tout se passe comme je le souhaite. Éloigne-toi un peu, tu me casses les oreilles.

— Je veux rester ici.

— Tu es trop près. C'est dangereux.

— Non.

— Tu m'as entendu ?

Un sentiment de colère le submergea. Il en voulait au monde entier. Sa femme et son fils, morts bêtement. Rachel, qui le plaquait. Le drive-in, qu'il détestait. Et ce môme...

— Tu vas cesser de cogner, oui ou merde ?

— Tu as dit *merde* !

Edward jeta son marteau, qui rebondit sur le bout de bois. Celui-ci s'envola.

Gabriel le vit arriver, mais ne put l'esquiver à temps.

— Nom de Dieu ! hurla-t-il. Je t'avais dit d'arrêter

Il se rua sur Edward et le saisit par le bras. Ce dernier se rebella.

— Tu *veux* qu'on parte en Floride. T'as pas fait semblant. T'avais promis. T'es un *abruti* !

La gifle partit toute seule.

Pendant quelques secondes, ni l'un ni l'autre ne bougèrent.

Petit à petit, Gabriel retrouva ses esprits. Il contempla sa main, comme si elle ne lui appartenait pas.

— Seigneur...

Il lâcha Edward. Son cœur se serra.

*Tu es si doux, Gabriel. Tu es l'homme le plus doux que je connaisse...*

Edward eut un mouvement de recul. Gabriel s'accroupit devant lui.

— Oh, Tom... pardon. Je suis désolé, je...

Le petit se frotta le coude, comme si c'était là qu'il avait reçu le coup. Il inclina la tête. Son menton trembla. Il se mordit la lèvre inférieure. Il ne regardait pas Gabriel. Il fixait le vide. Il essayait de ne pas pleurer.

En un éclair, Gabriel le vit tel qu'il était, et non à travers l'image de Jamie. Devant lui se dressait un petit garçon courageux, cheveux au vent, genoux cagneux, au bord des larmes. Un enfant calme, qui aimait les livres et les jeux de construction. Un gamin qui n'exigeait aucun des jouets à la mode, mais observait avec plaisir l'évolution de la santé d'un moineau sans défense, s'amusait à ramasser les pommes de pin...

Comment avait-il pu confondre Jamie et Edward, ne serait-ce qu'un instant ? Jamie était Jamie, un être unique. Edward aussi...

— Tom...

Il s'écarta.

— Tom, j'ai perdu la tête. J'étais furieux contre moi-même, et je m'en suis pris à toi. J'ai eu tort. J'aimerais que tu me pardonnes.

— D'accord, marmonna Edward, pressé d'en finir.

Gabriel baissa le nez et fixa ses chaussures sans les voir.

— Jamais je n'ai frappé quelqu'un depuis mon enfance...

Petits, Charles et lui s'en étaient souvent pris à Ethan.

— Je te promets... je te promets de ne plus jamais recommencer.

Edward ne se laissa pas amadouer.

— Maman et moi, on va en Floride. T'as plus besoin de faire semblant.

Étouffant un sanglot, il tourna les talons et courut se réfugier à l'intérieur de la maison.

Rachel ferma la porte de l'appartement de Kristy et mit la clé dans son sac, avec les billets d'autocar que son amie lui avait pris la veille et avait laissés à son intention sur le comptoir de la cuisine. Sur le chemin du retour, elle se dit qu'elle connaissait maintenant la route par cœur, ses moindres virages, les arbres, les fleurs qui bordaient le fossé. Elle quitterait Salvation dès lundi. Prolonger son séjour lui paraissait aussi inutile que douloureux.

Pour avancer, elle devait se concentrer sur les aspects positifs. Elle ne partait pas les mains vides. Edward était maintenant en bonne santé. Elle avait une nouvelle amie, Kristy. Et pour le reste de sa vie, elle pourrait chérir le souvenir d'un homme merveilleux…

Gabriel l'attendait devant la maison. Elle gara l'Escort et se dirigea vers lui, presque à contrecœur.

— Il faut que je te parle, annonça-t-il d'un ton morose.

— De quoi ?

— De Tom. Je l'ai frappé.

Son cœur se serra, elle voulut se précipiter dans la maison, mais il l'arrêta dans son élan.

— Il va bien. Je n'ai pas tapé fort.

— Et tu crois que ça suffit pour tout arranger ?

— Bien sûr que non. Il ne méritait pas que je m'emporte. Je… Jamais ça ne m'était arrivé, je ne sais pas ce qui m'a pris, Rachel. J'ai craqué. Je lui ai demandé pardon, j'ai essayé de le rassurer. Mais il ne peut pas comprendre.

Elle le dévisagea longuement. Elle s'était trompée. En dépit de tous les signaux d'alerte, elle s'était persuadée que jamais Gabriel ne ferait de mal à Edward. Comment avait-elle pu les laisser seuls ? Décidément, elle était une mère indigne.

— Edward !

Il apparut, minuscule et angoissé. Elle afficha un sourire.

— Prépare ta valise, camarade. On va dormir chez Kristy. Je vais même prendre une baby-sitter : tu n'auras pas à m'accompagner au drive-in ce soir.

Elle entendit la porte claquer derrière elle.

— On va en Floride ?

— Bientôt. Pas aujourd'hui.

Gabriel se rapprocha.

— J'ai raconté à ta maman ce qui s'est passé, Tom. Elle est furieuse contre moi.

Pourquoi ne les laissait-il pas tranquilles ? À quoi bon insister ? D'une main tremblante, elle effleura la joue de son fils.

— Personne n'a le droit de te frapper, mon trésor.

— Ta maman a parfaitement raison.

— Gabriel s'est fâché parce que je tapais fort avec le marteau. Après, je l'ai traité...

Edward baissa le ton :

— Je lui ai dit qu'il était abruti, avoua-t-il dans un chuchotement.

En d'autres circonstances, c'eût pu être drôle.

— Gabriel a eu tort de te taper, mais tu n'aurais pas dû l'insulter. Je veux que tu lui demandes pardon.

— Excuse-moi de t'avoir appelé *abruti*.

Gabriel se mit sur un genou et le regarda droit dans les yeux.

— Je te pardonne, Tom. J'espère qu'un jour, toi aussi, tu me pardonneras.

— Je t'ai déjà dit que oui.

— Je sais, mais tu n'étais pas sincère, et je le comprends.

— Si je suis sincère, on ira quand même en Floride, maman ?

— Oui. À présent, va vite ranger toutes tes affaires dans un des paniers à linge.

Il ne discuta pas, et elle comprit qu'il était pressé de leur échapper. Dès qu'il eut disparu, Gabriel se tourna vers Rachel.

— Il s'est passé quelque chose, aujourd'hui. Quand j'ai... C'était... Tom n'a pas pleuré, mais j'ai eu l'impression qu'il s'effondrait, psychologiquement, et...

— Restons-en là.

— Écoute-moi, je t'en supplie. Pour la première fois, je l'ai vu tel qu'il est. Pas à travers Jamie.

— Gabriel, laisse tomber, s'il te plaît.

— Rachel...

— Ça suffit. Je serai au drive-in à dix-huit heures.

Il ne répondit pas.

Elle chargea la Ford avec Edward et quitta la maison en ravalant ses larmes. À ses côtés, le petit cherchait en vain sa peluche. Par dépit, il se mit à sucer son pouce.

Parvenue chez Kristy, Rachel appela Lisa Scudder, qui lui donna le nom d'une étudiante pour garder Edward ce soir-là. Elle lui prépara un repas frugal. Elle-même n'avait pas faim.

Elle aurait préféré ne pas aller travailler. Elle ne voulait pas voir Gabriel. Elle lui en voulait d'avoir trahi sa confiance. Dès son arrivée, elle l'aperçut, en plein milieu du parc, les poings crispés, parfaitement immobile. Elle suivit la direction de son regard et se figea.

L'écran était strié de peinture noire.

— Que s'est-il passé ?

Gabriel lui répondit d'une voix monocorde.

— Quelqu'un est venu hier après la fermeture et a tout détruit. Le bar, les toilettes... Il faut que je m'en aille d'ici. J'ai appelé Odell, il est en route. Dis-lui que j'ai tout trouvé comme ça.

— Mais...

Il se précipita vers sa camionnette et démarra en trombe.

Rachel courut jusqu'au bar. La serrure avait été forcée, la porte était entrouverte. À l'intérieur, tous les appareils étaient cassés. Ils gisaient parmi les sirops, la glace fondue et l'huile. Elle se rua dans les vestiaires. Les rouleaux de papier bouchaient les W.-C., le carrelage des murs avait été arraché et jonchait le sol.

Avant qu'elle ne puisse monter dans la salle de projection, Odell arriva en compagnie de Jake Armstrong, le policier qui avait voulu la mettre en prison pour vagabondage.

— Où est Gabriel ? demanda Odell.

— Il est parti. Je suis sûre qu'il va revenir d'ici peu.

Odell fronça les sourcils.

— Il aurait pu m'attendre. Ne bougez pas d'ici jusqu'à ce que je vous y autorise, vous m'entendez ?

— Bien sûr. Je vais simplement téléphoner à Kayla Miggs, ce n'est pas la peine qu'elle se déplace.

Todd Bennett habitait beaucoup plus loin. Il devait être déjà sur la route.

Odell la pria de l'accompagner pour une tournée d'inspection.

Les cent dollars de monnaie que Gabriel avait laissés dans le tiroir-caisse avaient disparu, de même que le poste de radio. Todd arriva juste à temps pour visiter la salle de projection. Le matériel du son gisait par terre, le projecteur, trop lourd pour être renversé, était défoncé. Rachel se tourna vers l'inspecteur.

— Il faut que j'aille bloquer l'entrée. Todd saura vous dire mieux que moi ce qui manque.

À son immense soulagement, Odell ne protesta pas. Elle partit au pas de charge. Elle sortait du bar, quand une Range Rover blanche surgit dans un rugissement. Le cœur de la jeune femme se serra. Elle n'avait vraiment aucune envie de se retrouver face à face avec Charles Bonner.

— Qu'est-ce qui se passe, ici ? Où est Gabriel ? Tim Mercer a entendu sur sa radio qu'il y avait du grabuge.

— Gabriel est parti. Je ne sais pas où.

Charles aperçut l'écran.

— Qu'est-ce que c'est que ça ?

— Le drive-in a été vandalisé hier soir après la fermeture.

Il émit un juron.

— Vous avez une idée de qui ça peut être ?

Elle secoua la tête.

Apercevant Odell, Charles se précipita vers lui. Elle en profita pour courir jusqu'au guichet, mettre en place la chaîne de sécurité et le panneau FERMÉ.

— Odell veut vous voir, lui dit Jake Armstrong d'un ton plein d'arrogance.

— Bien.

Odell, Charles et Todd se tenaient tous trois autour de sa Ford, dont le coffre était grand ouvert.

Rachel songea tout d'abord qu'ils n'avaient aucun droit de fouiller sa voiture. Puis elle se rappela que celle-ci appartenait en réalité à Charles et à son épouse. Un sentiment de malaise l'envahit. Elle se rapprocha.

— Il y a un problème ?

Charles s'adressa à elle d'un ton féroce :

— Pas qu'un petit ! Je suppose que vous vouliez vous venger avant de quitter la ville ?

— Me venger ? Qu'est-ce que c'est que cette histoire ?

Odell contourna le véhicule. Dans sa main, il tenait un petit sac en papier comme ceux que l'on distribuait au bar. Il était maculé de glace au chocolat.

— Nous avons découvert les cent dollars qui manquaient dans le tiroir-caisse. Sous votre siège. La télé de Todd était sous un de vos cartons, ainsi que la radio.

Son cœur se mit à battre follement.

— Mais... je ne comprends pas...

Todd paraissait désemparé.

— C'est le poste que ma femme m'a offert pour mon anniversaire, pour que je puisse regarder les matchs de base-ball pendant les projections.

Rachel eut un frémissement d'horreur. Ils la croyaient responsable.

— Attendez une minute ! Ce n'est pas moi, comment pouvez-vous...

— Vous en parlerez devant le juge, coupa Charles. Gabriel n'étant pas là, c'est moi qui porterai plainte, ajouta-t-il à l'intention d'Odell.

— Charles, vous n'avez pas le droit ! Je n'ai pas volé ces appareils !

— Comment sont-ils arrivés dans la voiture ?

— Je n'en sais rien. J'adore cet endroit. Jamais je ne l'aurais détruit.

Elle s'époumonait pour rien. Stupéfaite, elle écouta Odell lui citer ses droits. Lorsqu'il eut terminé, Charles Bonner la toisa d'un air accusateur.

— Jane vous aime bien depuis le début, marmonna-t-il avec amertume. Vous aviez presque réussi à gagner l'affection d'Ethan. Il commençait à croire que vous teniez vraiment à Gabriel. En fait, tout ce qui vous intéressait, c'était son compte en banque.

C'en était trop.

— J'aurais pu l'avoir, si je l'avais voulu, espèce d'imbécile ! Il m'a demandé de l'épouser.

— Menteuse... C'est donc cela que vous aviez en tête. Vous savez combien il est vulnérable en ce moment, et vous...

— Pas autant que vous le croyez ! s'écria-t-elle. Charles Bonner, vous...

Elle poussa un cri de douleur, tandis que Jake Armstrong l'empoignait et lui mettait les mains dans le dos. Avant qu'elle ne puisse réagir, il lui passa les menottes, comme si elle était une dangereuse criminelle.

Charles plissa le front, et Rachel crut un instant qu'il allait intervenir, mais Odell lui tapa dans le dos.

— Un point pour vous, Charles. Je n'aurais jamais pensé à fouiller sa voiture.

Elle cligna des paupières, au bord des larmes.

— Je ne vous pardonnerai jamais, dit-elle à Charles.

Pour la première fois, il parut moins sûr de lui, puis son regard s'assombrit.

— Vous n'avez que ce que vous méritez. J'ai essayé de vous faciliter la tâche en vous remettant ce chèque, mais ça ne vous suffisait pas. À propos, j'annulerai le paiement dès lundi matin.

Jake Armstrong la poussa sans ménagement vers le véhicule de la police.

— Attention ! murmura Charles en la voyant trébucher.

— Je n'ai pas besoin de votre sollicitude ! lança-t-elle.

— Jake, doucement. Je veux la voir derrière les barreaux, mais sans violence. Compris ?

— Je veille sur elle, promit Odell.

Charles s'éloigna.

*Edward !* Qu'allait-il devenir ? Kristy était absente, la baby-sitter n'avait que seize ans.

— Charles !

Elle rassembla tout son courage avant de poursuivre :

— Edward est à l'appartement de Kristy. Il est avec une jeune fille. Je… Je vous en supplie, il va avoir peur…

Il la dévisagea, puis hocha brièvement la tête.

— Jane et moi nous occuperons de lui.

Jake claqua la portière et prit place auprès d'Odell. Rachel essaya de prendre conscience qu'elle était en route pour la prison du comté.

## 23

La nuit tombait. Charles prit Edward sous le bras et le souleva comme un sac de pommes de terre pour gravir les marches de la terrasse.

— Tu es trop fort pour moi, tu m'as épuisé, bonhomme.

Edward gloussa. Charles avait espéré le distraire en jouant au foot avec lui, mais l'enfant pensait visiblement à sa maman.

Levant les yeux, Charles découvrit Jane, sur le seuil de la porte-fenêtre, Rosie en appui sur sa hanche. Il eut un pincement au cœur. Cela lui arrivait parfois, lorsqu'il se trouvait devant les deux femmes qu'il aimait le plus au monde.

Rosie s'accrochait à cette horrible peluche que lui avait donnée Edward. Charles posa le petit garçon à terre, embrassa sa femme, puis sa fille. Jane paraissait harassée.

— Je ne suis sorti qu'un quart d'heure ! protesta-t-il.

Elle soupira.
— Attends de voir la salle de bains.
— Elle a encore joué avec le rouleau de papier toilette ?
— Et le dentifrice, aussi. Tu n'avais pas remis le bouchon. Je suis arrivée trop tard.
Comme si elle comprenait ce dont ils parlaient, Rosie afficha un sourire éclatant et battit des mains.
— Rosie est très espiègle, intervint Edward. C'est un sacré morceau.
Charles et Jane échangèrent un regard amusé.
Rosie tendit ses petits bras potelés vers Edward. Jeannot tomba.
— Quand est-ce que ma maman va venir me chercher ? demanda soudain le petit garçon.
Charles fourra une main dans sa poche et tripota ses pièces de monnaie.
— Écoute, fiston, si tu dormais ici, ce soir ?
Jane arrondit les yeux.
— Ma maman est d'accord ?
— Bien sûr. Tu coucheras dans la chambre à côté de celle de Rosie. Qu'en penses-tu ?
— Bon... si maman est d'accord, murmura-t-il, l'air inquiet.
— Aucun problème.
Charles ne savait pas encore comment il allait s'y prendre pour expliquer à Edward que sa mère était en prison. Il avait compté sur l'aide d'Ethan, mais lorsqu'il avait cherché à joindre son frère à l'hôtel de Knoxville, on lui avait répondu à la réception qu'il n'y était pas descendu. Perplexe, il avait fini par laisser un message sur le répondeur d'Ethan dans l'espoir que ce dernier le consulterait rapidement.
Il lui restait encore à exposer la situation à Jane, qui se doutait de quelque chose.

— Tu veux bien surveiller Rosie quelques minutes, camarade ?

— Oui.

Charles entraîna sa femme dans la cuisine. Il commença par l'étreindre et lui mordiller le lobe de l'oreille. Elle se lova contre lui. Charles décida qu'il ne pouvait plus retarder l'échéance.

— Edward dort ici, annonça-t-il.

— Oui, j'ai entendu. Que se passe-t-il ?

— Ne te mets pas en colère, Jane. Nous… nous devons le garder avec nous quelque temps, car Rachel est en prison.

— En prison ! Mon Dieu, Charles, nous devons agir tout de suite ! J'y vais. Je ne peux pas croire…

— Ma chérie… Du calme. Rachel a détruit le drive-in. Elle est bien là où elle est.

Jane écarquilla les yeux.

— Comment ça, elle a détruit le drive-in ?

— Le bar, la salle de projection, tout est cassé, l'écran est couvert de graffitis. D'après ce que j'ai compris, elle voulait que Gabriel l'épouse, et comme il a refusé, elle a voulu se venger avant de quitter la ville.

— C'est impossible.

— Crois-moi, c'est la vérité. Odell a découvert deux billets d'autocar dans son sac à main. Ce devait être son cadeau d'adieu à Gabriel.

Jane se laissa choir sur un tabouret.

— Ça n'a aucun sens. Elle aime Gabriel.

— Elle est amoureuse de son compte en banque.

— C'est faux. Il suffit de voir comment elle le regarde. À force de vouloir protéger votre frère, Ethan et toi êtes devenus complètement aveugles.

— Toi aussi, tu l'es, ma chérie, sans quoi tu comprendrais que Rachel est une opportuniste.

— Son fils est pourtant adorable et bien élevé.

— Je n'ai pas dit qu'elle était une mauvaise mère.

Il jeta un coup d'œil en direction de la salle de séjour, où Rosie jouait avec Edward. Il n'osait plus croiser le regard de Jane, qui venait de mettre le doigt sur le détail qui le gênait. Edward était en effet un enfant exquis, généreux, ouvert.

— Comment sais-tu qu'elle est coupable ? s'enquit Jane.

Charles lui raconta ce qu'ils avaient découvert dans l'Escort.

— Comment ai-je pu me tromper à ce point ? Gabriel doit être dans tous ses états. Mais de là à l'envoyer en prison...

Charles et Jane n'avaient pas de secrets l'un pour l'autre. Il savait qu'il allait devoir lui avouer ce qu'il avait fait, mais il voulait attendre que les enfants soient couchés. Il prévoyait une discussion houleuse.

— Viens, mon amour. Allons au secours d'Edward avant que Rosie ne l'épuise.

La prison était minuscule, les hommes et les femmes logés ensemble, et les plaintes des ivrognes résonnaient contre les murs nus. Rachel arpentait la cellule en essayant de se calmer. Elle était terrifiée. Elle avait peur pour Edward, pour elle-même, peur que Gabriel ne se soit de nouveau enfui, comme après la mort de Cherry et de Jamie.

Gabriel... Il finirait par se présenter. Il allait revenir. Il ne pouvait pas disparaître sans dire au revoir à ses frères. Quand il apprendrait où elle était, il viendrait la secourir.

La situation était désespérée. Toutes les preuves étaient contre elle. Jamais il ne la croirait. Comment expliquer les preuves qu'ils avaient trouvées dans la Ford ?

S'il l'aimait, il réagirait autrement, bien sûr. Il saurait qu'elle était innocente. Mais voilà, il ne l'aimait pas. Il allait la condamner, comme tous les habitants de Salvation.

Elle se mordit la lèvre et concentra ses pensées sur son fils. Son cœur se mit à battre follement. Le petit était si fragile. Était-il en sécurité, auprès de Jane et de Charles ?

Comment en était-elle arrivée là ? Face à Charles Bonner, elle était impuissante. Il avait la fortune, la réputation, le respect de ses concitoyens. Il la laisserait volontiers pourrir là, s'il pensait que c'était le meilleur moyen de protéger son frère.

La porte extérieure claqua. Rachel se raidit. Jake Armstrong était de service pour la nuit. Cependant, ce n'était pas lui. Il lui fallut plusieurs secondes avant de reconnaître Russ Scudder.

Un mégot entre les doigts, il s'arrêta devant elle. Il était presque minuit, l'heure des visites était passée depuis longtemps. Sa seule présence lui glaça les sangs.

— J'ai demandé à Jake de me laisser entrer, grommela-t-il, les yeux baissés. Lui et moi… on est des vieux copains.

— Que voulez-vous ?

— C'est…

Il s'éclaircit la gorge, aspira une bouffée de fumée.

— Je sais que je vous suis redevable, mais la caution est élevée, et, en ce moment, je suis un peu à court. Ce chèque que vous avez donné à Lisa doit être déposé à la Fondation.

— Je sais.

— C'est gentil à vous d'avoir pensé à Emily… Elle… elle va mieux. Son taux de globules blancs a baissé… La mère de Lisa pense que vous l'avez guérie par votre foi.

— Ce n'est pas le cas.

— Son état s'améliore jour après jour, depuis que vous l'avez rencontrée.

— J'en suis heureuse, mais je n'y suis pour rien.

— C'est ce que j'ai cru au début. Maintenant, je ne suis plus si sûr, avoua-t-il, le front plissé. C'est arrivé si vite. Les médecins ne l'expliquent pas. Elle répète sans arrêt que vous avez fermé les yeux et que vos mains étaient brûlantes.

— Il faisait chaud dans la chambre.

— Peut-être. Tout de même...

Il écrasa son mégot.

— C'est bizarre... Je ne suis pas le meilleur des pères, mais j'aime ma fille. Vous l'avez aidée.

Il sortit une cigarette de la poche de sa chemise.

— J'ai voulu que Jake m'ouvre parce que je tenais à m'excuser. Je peux peut-être appeler quelqu'un pour vous aider. Dites-moi qui.

— Je n'ai personne.

— Si j'avais l'argent...

Il rangea sa cigarette.

— Je ne vous demande rien.

— Je le ferais, mais...

— Merci. Je suis très heureuse pour Emily.

Il hocha la tête.

Elle eut l'impression qu'il n'avait pas tout dit. Il hésita, se dirigea vers la sortie, se retourna brusquement.

— J'ai quelque chose à vous dire. Je ne suis pas très fier de moi...

Il lui narra tous ses exploits, de la croix brûlée aux pneus lacérés, en passant par son porte-monnaie volé et les graffitis sur la maison.

— J'aimais bien Dwayne, je me plaisais dans mon boulot au Temple. Depuis que c'est fini, rien ne va plus pour moi. J'ai travaillé deux semaines pour

Bonner au drive-in. Il m'a viré. Ensuite, vous êtes arrivée, il vous a engagée. J'ai perdu la tête. Je sais que j'ai eu tort.

— C'est vous qui avez détruit le drive-in ?

— Non. Non. Je ne sais pas qui est responsable.

— Pourquoi me racontez-vous tout ça ?

Il haussa les épaules.

— Lisa et Fanny me méprisent, mais moi, j'aime ma petite fille, et je sais que je vous suis redevable.

— Bon. Ça y est, vous avez avoué.

Il ne s'attendait pas à ce qu'elle lui pardonne. Elle ne dit rien.

Plus tard, dans l'obscurité, les genoux repliés devant elle sur l'étroite banquette en bois, elle céda au désespoir.

Si Gabriel ne la croyait pas…

Le réveil marquait quatre heures vingt-huit. Charles contempla Jane, enroulée contre lui, et sut que c'était un sentiment de culpabilité qui l'avait réveillé. De plus, il s'inquiétait pour Gabriel. Où était-il passé ?

Tout de suite après avoir couché les enfants, Charles s'était rendu à la maison d'Annie. En vain. Son frère n'était nulle part.

Il n'avait toujours pas avoué à sa femme que c'était lui qui avait porté plainte contre Rachel. Il repoussait sans cesse l'échéance, de peur de la fâcher. Ils avaient fait l'amour, puis s'étaient assoupis… Il décida de lui annoncer la nouvelle dès son réveil. Plus d'excuses. Plus de tergiversations.

Ce ne serait pas facile. Jane n'avait pas de famille, elle avait du mal à comprendre le lien qui unissait les trois frères. Elle ne connaissait pas bien Gabriel. Elle ne savait pas à quel point il était vulnérable.

Il songea à Rachel, dans sa cellule. Dormait-elle, ou était-elle rongée par l'angoisse ? Pourquoi n'avait-elle pas pensé à son fils avant de s'en prendre à Gabriel ?

Il voulait se convaincre qu'elle avait agi impulsivement, sans imaginer les conséquences de ses actes. Après tout, elle était égoïste, elle ne pensait qu'à satisfaire ses désirs. Tant pis pour elle...

Charles se rendormit. Une heure plus tard, il se redressa en sursaut. On sonnait à la porte. Jane s'assit brutalement.

— Qu'est-ce que c'est ?

— Ne bouge pas.

Charles était déjà debout. Il s'empara d'un peignoir, l'enfila précipitamment et descendit dans le vestibule. Un sentiment de soulagement l'envahit lorsqu'il reconnut Gabriel à travers le judas.

— Où étais-tu ?

Gabriel paraissait éreinté. Il avait les yeux rouges, les joues noircies par une barbe naissante.

— Je ne trouve plus Rachel.

Charles s'effaça pour le laisser entrer.

— Tu as une clé. Pourquoi n'as-tu pas ouvert ?

— J'ai oublié. Il faut que je te parle. As-tu vu Rachel ? Elle m'avait dit qu'elle était chez Kristy, mais il n'y a personne. La maison est vide. Elle n'est nulle part, Charles, j'ai peur qu'elle ne se soit enfuie.

— Charles, que se passe-t-il ?

Tous deux se retournèrent. Jane était sur les marches, en chemise de nuit. Gabriel se précipita vers elle.

— Rachel a disparu. Comme un imbécile, je l'ai laissée seule au drive-in, et depuis, elle est introuvable.

Jane parut perplexe.

— Elle est en prison.

Gabriel écarquilla les yeux.

— En prison ?

Jane lui effleura le bras.

— Je ne comprends pas. Charles m'a expliqué que Rachel avait vandalisé le drive-in et que tu l'avais fait mettre en prison.

Plusieurs secondes s'écoulèrent. Gabriel et Jane fixèrent Charles. Il était très mal à l'aise.

— Ma chérie, je n'ai pas dit que c'était Gabriel. C'est toi qui as déduit…

Il s'adressa à son frère.

— C'est Rachel qui a tout cassé, Gabriel. Je suis désolé. L'argent de la caisse et deux ou trois appareils étaient dans l'Escort. Je savais que tu porterais plainte, je l'ai fait à ta place.

— Tu as jeté Rachel en prison ?

— Elle a commis un crime.

Un instant plus tard, Charles atterrissait à l'autre bout du vestibule. Sa jambe heurta une statue, il perdit l'équilibre et tomba. Il tenta de se redresser.

— Elle a détruit ton drive-in. Sa place est derrière les barreaux !

Gabriel bondit, mais Jane s'interposa.

— Arrêtez ! Ce n'est pas ainsi que vous allez aider Rachel !

— Aider Rachel, et puis quoi encore ? rugit Charles. C'est Gabriel qui a besoin d'être soutenu.

Gabriel contourna Jane et saisit son frère par le col du peignoir.

— C'est *mon* drive-in, pas le tien, espèce d'imbécile. Tu n'avais pas le droit !

Il le repoussa violemment. Un frémissement le parcourut, mais il transpirait abondamment. Rachel était en prison, à cause de Charles, mais aussi à cause de lui, parce qu'il s'était enfui. Sur le moment, il n'avait pensé qu'à cela : s'échapper. Il avait été trop lâche pour rester là et affronter la situation.

Il se rua vers la porte, quand une petite voix en haut de l'escalier l'arrêta.

— Gabriel ?

Edward se tenait sur le palier, en pyjama, les cheveux ébouriffés, les joues ruisselantes de larmes.

— Gabriel ? Où est ma maman ?

Il gravit les marches deux à deux et le serra contre lui.

— Ne t'inquiète pas, fiston. Je vais la chercher tout de suite.

— Je veux ma maman.

— Je sais, petit, je sais.

Edward fut secoué d'un sanglot. Gabriel le transporta jusqu'à la chambre d'amis et s'assit avec lui sur le lit. L'enfant pleurait sans bruit. Gabriel le berça en lui caressant les cheveux.

— Ma maman a eu un malheur, hein ?

— C'est un malentendu, une erreur. Ta mère ne craint rien, mais il faut que j'aille la chercher.

— J'ai peur.

— Je sais, Tom, mais je te la ramène bientôt, je te le promets.

— Elle va mourir ?

Gabriel pressa les lèvres sur son front.

— Non. Tout va s'arranger. À mon avis, elle doit être très en colère.

— Pourquoi le papa de Rosie est assis par terre ?

— Il... euh... il est tombé.

— Gabriel ?

— Oui ?

— Je te pardonne.

— Tu n'es pas obligé, tu sais. Je n'ai pas été gentil. Tu peux encore y réfléchir.

— D'accord.

Edward posa la tête sur la poitrine de Gabriel et soupira.

— J'ai réfléchi. Je te pardonne.

Gabriel l'embrassa de nouveau, ému aux larmes.

— Maintenant, je vais aller chercher ta maman. Je propose que tu ailles coucher dans la chambre de Rosie, en attendant. On va te fabriquer un lit avec des couvertures.

— D'accord. Quand j'étais bébé, c'est là que je couchais. Tu savais ça ?

— Pas possible ! murmura Gabriel en lui souriant.

— Faut pas faire de bruit. Pour pas la réveiller. Gabriel ?

— Oui ?

— Tu sais, j'aimerais bien que Jamie puisse dormir là avec nous.

— Moi aussi, fiston. Moi aussi.

Gabriel n'aurait reculé devant aucun sacrifice pour récupérer Rachel. Heureusement, dès qu'il commença à frapper à la porte d'Odell, le chef de la police se réveilla.

À sept heures du matin, il allait et venait dans le hall d'entrée de la prison, les yeux rivés sur la porte qui menait aux cellules. Dès qu'il en aurait l'occasion, il étranglerait son frère.

Mais s'il ne s'était pas enfui, rien de cela ne serait arrivé.

En quittant le drive-in, il avait roulé jusqu'à un bar ouvert toute la nuit. Il avait bu un café infect en affrontant ses démons. Les heures s'étaient succédé, jusqu'à l'aube, quand il s'était rendu compte que Rachel avait raison depuis le début. Il s'était servi de *L'Orgueil de la Caroline* pour se cacher. Il vivait comme une machine. Il manquait de courage.

Rachel apparut. En le voyant, elle se figea. Son visage était pâle, sa robe, froissée. Ses grosses chaussures noires ressemblaient à des boulets. Son regard était grave, infiniment triste.

Il traversa la pièce en quelques enjambées et la serra de toutes ses forces contre lui. Elle trembla, et il pensa à Edward, qui avait eu la même réaction, un peu plus tôt. Puis il décida de se consacrer entièrement à cette femme vive et obstinée qui avait su l'arracher à son existence de mort vivant.

## 24

Rachel s'affaissa contre la poitrine de Gabriel.

— Où est Edward ?

— Chez Charles et Jane, répondit-il en lui caressant les cheveux. Il va bien.

— Charles...

— Chut ! Pas maintenant.

Odell éleva la voix derrière eux.

— On a des preuves, vous savez.

— Faux, riposta Gabriel en s'écartant de Rachel. C'est moi qui ai mis toutes ces affaires dans sa voiture, juste avant de partir.

Elle retint son souffle. Il mentait. Cela se lisait dans son regard.

— Vous ?

— Parfaitement, *moi*. Rachel n'était pas au courant.

Son ton était glacial et le policier se garda bien de le contredire. Gabriel resserra son étreinte autour de la jeune femme et la poussa doucement vers la sortie.

Le soleil se levait. Elle aspira une grande bouffée d'air frais. C'était divin. Gabriel l'entraînait vers une Mercedes, garée dans un espace réservé aux véhicules de la police. Elle mit quelques secondes à comprendre que c'était la sienne : elle ne l'avait vu qu'au volant de sa camionnette.

— Qu'est-ce que c'est que ça ?

— Je voulais que tu sois bien.

Elle esquissa un faible sourire.

— Installe-toi.

Bientôt, ils longèrent les rues de Salvation. Lorsqu'ils atteignirent l'autoroute, Gabriel posa une main sur la cuisse de Rachel.

— J'ai promis à Edward que tu serais rentrée pour le petit déjeuner.

— Tu l'as vu ?

— Je ne lui ai pas dit où tu étais.

— Que lui as-tu raconté ?

— Qu'il y avait eu un malentendu, que j'allais te ramener très vite. Mais c'est un enfant sensible, il a bien compris que c'était grave.

— Il s'imagine le pire.

— Je lui ai préparé un lit de fortune auprès de Rosie. Ça l'a calmé.

Elle écarquilla les yeux.

— Tu as fait ça pour lui ?

— Laisse tomber pour l'instant, veux-tu, Rachel ?

Elle aurait voulu poursuivre son interrogatoire, mais la mine assombrie de Gabriel l'en découragea.

Ils roulèrent sur quelques kilomètres sans échanger une parole. Elle voulait lui parler de Russ Scudder, mais elle était fatiguée, et lui paraissait préoccupé. Tout d'un coup, sans prévenir, il se gara sur le bas-côté et se tourna vers elle.

— Tu ne m'as pas tout dit, devina-t-elle, affolée.

— Si, si. C'est simplement que je ne sais pas comment m'y prendre.

Il baissa sa vitre, se pencha vers elle, glissa les doigts autour de son mollet, le souleva.

— Je sais que tu as terriblement souffert, Rachel, mais j'ai besoin de quelque chose.

Intriguée, elle le regarda ôter son mocassin. Avait-il envie de faire l'amour ? Pas ici, tout de même. La circulation n'était pas encore dense, étant donné l'heure matinale, mais ils n'étaient pas seuls.

Il enleva son autre chaussure et effleura son pied du bout des lèvres. C'était bon, plus réconfortant que passionné, et elle savoura ce moment. Il se redressa, lui dégagea le visage, la contempla avec tendresse.

— Je sais que je suis un imbécile, insensible et dominateur, mais je ne peux plus te voir avec ces machins hideux.

D'un mouvement preste, il jeta les mocassins dehors.

— Gabriel !

Il enclencha le levier de vitesse et démarra en trombe.

— Tu es fou ! Je n'en ai pas d'autres !

— Chut… tais-toi, je t'en supplie, ma chérie.

Elle se recroquevilla sur elle-même. Gabriel avait perdu la tête. C'était l'unique explication possible. La destruction de son drive-in l'avait achevé.

Elle était lasse, elle ne parvenait plus à réfléchir. Elle verrait ça plus tard.

Le portail était grand ouvert. Gabriel arrêta la Mercedes au milieu de la cour. Rachel avait perdu une de ses chaussettes lorsqu'il lui avait arraché sa chaussure. Elle se baissa pour retirer l'autre, puis ouvrit la portière.

— Reste ici. Je vais le chercher.

— Je n'ai pas peur de ton frère.
— Je n'ai jamais prétendu le contraire.
— J'y vais avec toi.
Elle gravit les marches du perron, pieds nus. Ses cheveux n'avaient pas vu un peigne depuis la veille, sa robe était froissée, mais elle n'avait rien à se reprocher. Elle n'allait pas se dérober devant Charles Bonner.
Gabriel était à ses côtés, solide et fort comme à son habitude. Malheureusement, ce ne serait pas pour toujours. Demain, elle allait le quitter.
La porte n'était pas fermée à clé. Ils entrèrent. Jane devait les guetter, car elle se précipita vers eux. En jean et en tee-shirt, elle avait les cheveux en désordre. Elle n'était pas maquillée.
— Rachel ! Comment allez-vous ?
— Bien. Je suis un peu fatiguée, c'est tout. Edward est debout ?
— Rosie vient de le réveiller.
Elle saisit les mains de Rachel entre les siennes.
— Je suis désolée. Je viens d'apprendre le rôle qu'a joué Charles dans cette affaire.
Rachel se contenta de hocher la tête.
À cet instant, un gloussement leur parvint de l'étage, suivi de l'éclat de rire d'un petit garçon. Levant les yeux, Rachel vit Charles émerger de la nursery, Rosie et Jeannot sous un bras, Edward sous l'autre. Il se figea brusquement.
Edward aperçut Rachel.
— Maman !
Elle se serait volontiers précipitée vers lui pour le serrer contre elle, mais elle se ravisa. À quoi bon l'effrayer pour rien ?
— Salut, petit paresseux.
Charles le posa à terre, et l'enfant descendit l'escalier en courant.

— Gabriel ! Tu m'avais bien dit qu'elle reviendrait. Maman !

Charles les rejoignit lentement, le regard froid.

— Le café vous attend dans la cuisine, annonça Jane. Je vais voir ce que je peux trouver pour le petit déjeuner.

Rachel prit son fils par la main.

— C'est gentil, Jane, mais nous ne restons pas.

— Maman, le papa de Rosie a dit que je pourrais manger ses céréales !

— Une autre fois, peut-être.

— Maintenant ! S'il te plaît ?

À l'immense surprise de la jeune femme, il se tourna vers Gabriel.

— Gabriel ? S'il te plaît ?

Celui-ci lui tapota le crâne d'un geste affectueux.

— Je crois que ta maman est épuisée. Je propose que, en route, on t'achète une boîte de tes céréales préférées.

Rachel pensa qu'Edward allait se taire. Au contraire, il insista, sans la moindre trace de méfiance.

— Mais alors, je verrai pas Rosie mettre sa nourriture sur sa tête. C'est vrai, elle fait ça, Gabriel. J'aimerais bien la voir.

Gabriel s'adressa à Rachel :

— Qu'en penses-tu ?

Elle était tellement étonnée par cette métamorphose dans leur relation qu'elle ne répondit pas immédiatement. Jane en profita pour intervenir.

— Je sais que vous n'en pouvez plus, Rachel, mais vous devez manger.

D'un pas décidé, elle disparut dans la cuisine.

Les hommes la suivirent, sans échanger un mot. Edward paraissait insensible à la tension ambiante. Il courait de Rosie à Gabriel et de Gabriel à Charles en posant mille et une questions. Les deux frères lui répondaient patiemment, sans doute parce que cela leur évitait d'avoir à s'affronter.

Rachel alla se rafraîchir dans la salle de bains. Lorsqu'elle reparut, Jane préparait des crêpes, tandis qu'Edward, perché sur un tabouret, dévorait son bol de céréales. Charles donnait à manger à Rosie dans sa chaise haute. Gabriel, à l'écart, tenait une tasse de café entre ses mains.

— Où sont vos chaussures ? demanda soudain Jane en avisant les pieds nus de Rachel.

— Odell les a confisquées, répondit précipitamment Gabriel. Elle a passé la nuit pieds nus sur un sol en béton sale.

Jane parut horrifiée. Rachel désapprouva cette déclaration d'un signe imperceptible de la tête. Quelle mouche l'avait piqué ? C'était son deuxième mensonge de la journée. Apparemment, il avait la ferme intention de faire souffrir son frère.

Jane se mordit la lèvre inférieure et se concentra sur ses fourneaux.

Charles fut aussitôt sur la défensive.

— Je leur ai demandé de prendre soin d'elle, Gabriel. Odell m'avait promis.

Rosie toussa à la figure de son père.

— La maman de Rosie m'a montré son ordinateur hier. J'ai vu toutes les planètes qui bougeaient. Elle m'a dit qu'elles faisaient partie du... euh... J'ai oublié.

— Du système solaire, dit Jane en souriant.

— Oui, c'est ça.

Le carillon de la porte d'entrée retentit. Charles se leva d'un bond. Il était beaucoup trop tôt pour une visite. Pourtant, en entendant la voix de Charles, Rachel n'eut aucun mal à identifier le nouveau venu.

— Où étais-tu ? Tu devais être à Knoxville. On m'a dit que tu n'étais pas descendu à l'hôtel.

— J'ai changé mes projets.

Rachel dévisagea Jane d'un air dépité.

— Encore un frère qui arrive au secours de Gabriel. Décidément, la chance est avec moi ! ironisa-t-elle.

Gabriel grogna, posa sa tasse et se précipita vers le vestibule.

— Nous... Je suis rentré hier soir, mais je n'ai consulté mon répondeur que ce matin. Kristy a couru à la prison tout de suite, et... Gabriel !

Que fabriquait Kristy chez Ethan à une heure pareille ? Rachel envisagea diverses possibilités, tandis que Jane fronçait les sourcils.

— Je sais que vous êtes à bout de nerfs, Rachel, mais il faut régler ce problème une fois pour toutes, lui conseilla Jane.

— Sans doute.

La conversation se poursuivait dans le corridor. Rachel déposa un baiser sur le front de Rosie, puis essuya la table.

— Merci de vous être occupée d'Edward. J'étais très angoissée.

— C'est normal. Votre fils est exquis, c'est du vif-argent. Charles et moi l'aimons beaucoup.

Elles s'installaient toutes deux pour boire un café, quand Ethan surgit.

— Pasteur Ethan ! s'exclama Edward.

Le petit garçon se lança aussitôt dans une narration de ses plus récentes aventures, tandis que Rosie tapait sur la tablette de sa chaise, impatiente de descendre, elle aussi. Charles vint la libérer, et elle rampa jusqu'à Edward, s'accrochant à ses jambes pour se mettre debout.

— Rosie, tu me fatigues.

Elle battit des mains, perdit l'équilibre et atterrit sur le derrière. Avant qu'elle ne se mette à hurler, Gabriel la prit dans ses bras. C'était la première fois que Rachel le voyait agir ainsi, et d'après l'air perplexe de ses frères, elle en déduisit qu'ils n'en avaient guère l'habitude, eux non plus.

— Tom, tu veux regarder la télévision, pendant que les adultes discutent ?

— J'aime pas les émissions pour bébés.

Jane abandonna momentanément ses crêpes.

— La grand-mère de Rosie lui a offert une cassette vidéo pour son anniversaire. Je suis sûre que tu vas l'aimer.

— D'accord.

Elle emmena l'enfant dans la salle de séjour. Gabriel reposa Rosie et lui mit Jeannot dans les bras, puis il se tourna vers ses frères.

— Puisque vous êtes là tous les deux, on va en profiter pour tenir une réunion de famille. Je sais que tu es fatiguée, Rachel, mais il faut en finir.

Elle haussa les épaules.

— Je n'ai jamais reculé devant la bagarre, tu le sais bien.

Ethan et Charles se raidirent. Elle se félicita intérieurement de son sens de la repartie.

— Très bien, reprit Gabriel. Voici ce que je…

— Avant tout, sache que Charles et moi sommes très inquiets de ta relation avec Rachel, interrompit Ethan. Cela dit, j'avoue que Charles est allé un peu loin hier soir.

— Ah, oui ? glapit celui-ci. Et toi ? Tu n'étais pas là pour dire ta messe !

Gabriel explosa :

— Pour l'amour du ciel, je n'ai plus dix ans. Je voudrais pouvoir m'endormir sans imaginer le pire. Rachel ne vous a rien fait, pourtant vous l'avez traitée comme une moins que rien et je veux que cela cesse !

Jane était revenue. Elle tapota le bras de Gabriel en passant, puis alla se placer près de son mari.

— Il ne s'agit pas de ça, protesta Charles. C'est pour toi que nous nous faisons du souci.

— Eh bien, ça suffit ! rugit Gabriel.

Rosie se figea et cligna des paupières. Gabriel reprit son souffle et baissa le ton.

— Rachel a raison. Vous me materniez, et j'en ai par-dessus la tête.

— Écoute, Gabriel, j'ai de l'expérience, intervint Ethan. Le deuil, c'est...

— Tais-toi, s'il te plaît. Sachez que si l'un d'entre vous s'en prend à Rachel, vous le regretterez amèrement. C'est compris ?

Charles fourra les mains dans ses poches, visiblement mal à l'aise.

— Je ne voulais pas te le dire, mais je n'ai plus le choix. Ça ne va pas te plaire, mais en ce qui concerne Rachel, tu es aveugle. La vérité, c'est que j'ai offert à Rachel un chèque de vingt-cinq mille dollars pour quitter la ville. Elle l'a accepté.

Jane soupira.

— Oh, Charles...

Gabriel leva un sourcil inquisiteur. Rachel haussa les épaules et acquiesça. Il ébaucha un sourire.

— Bravo.

Cette fois, ce fut Charles qui s'indigna.

— Comment ça, bravo ? Elle s'est laissé acheter !

— Rachel survit comme elle le peut. C'est une de ses grandes qualités.

— Tu oublies qu'elle a détruit le drive-in.

Ce commentaire raviva la colère de Gabriel.

— Dis-moi une chose, frérot. Comment réagirais-tu si tu rentrais un soir et qu'on t'apprenne que Jane est en prison ?

Charles s'empourpra, outragé.

— Ce n'est pas pareil. Jane est mon épouse.

— Oui, eh bien, la semaine dernière j'ai demandé à Rachel de m'épouser.

— Quoi ?

— Tu m'as parfaitement entendu.

Ethan et Charles la dévisagèrent, stupéfaits. Elle l'avait dit à Charles, mais il ne l'avait pas crue.

— Tu vas te marier avec elle ?

Gabriel parut soudain se dégonfler.

— Je n'en sais rien. Elle réfléchit.

— Mais alors, pourquoi avez-vous vandalisé le drive-in ? demanda Charles à Rachel.

Elle s'apprêtait à lui répéter qu'elle n'y était pour rien, quand Gabriel s'interposa.

— Rachel a plus de cœur que de cervelle. Elle savait que cette affaire n'était pas pour moi, mais je n'ai pas voulu l'écouter. Rachel est... une bagarreuse, elle ne recule devant rien lorsqu'elle veut protéger ceux qu'elle aime.

Un instant, elle crut que Gabriel avait décidé de mentir pour la troisième fois de la journée, puis elle réagit. Le mufle ! Il était persuadé que c'était elle.

— Gabriel ! Gabriel ! Viens voir ! s'écria Edward.

Il hésita. Rachel crut qu'il allait envoyer promener le petit, mais une fois de plus, il l'étonna.

— Ne bougez pas d'ici. Je reviens tout de suite. Jane, veille sur Rachel, veux-tu ?

— Je ferai de mon mieux.

Rachel quitta son tabouret et prit la parole d'une voix douce.

— Que vous me croyez ou non, je m'en fiche. Je tiens simplement à rétablir la vérité. Gabriel se trompe. Ce n'est pas moi qui suis responsable de ce désastre au drive-in. J'aurais pu le faire, pour les raisons qu'il vient de vous exposer, mais j'avoue que je n'y ai pas pensé.

Elle marqua une pause, puis enchaîna :

— Odell ne m'a pas confisqué mes chaussures. C'est Gabriel qui les a jetées par la vitre de la voiture.

— Et quand il dit que vous réfléchissez à sa proposition ?

— J'ai refusé.

Ethan fronça les sourcils.

— Vous n'allez pas l'épouser.

— Vous savez que c'est impossible. Gabriel est un homme sensible. Il tient à moi, il veut me sécuriser. Ce doit être l'héritage familial. À ses yeux, le mariage est le seul moyen de me mettre à l'abri des soucis. Mais il ne m'aime pas.

— Et vous, vous l'aimez, n'est-ce pas, murmura Ethan.

— Oui.

Elle hocha la tête, tenta de sourire.

— Oui. Je l'aime.

À son grand désarroi, ses yeux s'emplirent de larmes.

— Il me croit solide, mais je ne le suis pas suffisamment pour passer le restant de mes jours à attendre ce qu'il ne peut pas m'offrir. Voilà pourquoi je ne peux pas l'épouser.

Charles poussa un long soupir.

— On s'est bien trompés.

— On s'est bien trompés ? rétorqua Ethan, au moment où Gabriel réapparaissait. Je ne l'aurais jamais jetée en prison, moi. Je n'aurais pas non plus cherché à la soudoyer, monsieur le milliardaire.

— Je ne suis pas milliardaire ! protesta Charles. Et si tu avais autant d'argent que moi, tu aurais agi de la même manière.

— Mes enfants ! Mes enfants ! gronda Jane.

Puis, subitement, elle se mit à rire.

Tous les regards se posèrent sur elle.

— Excusez-moi, mais je…

Elle s'esclaffa de nouveau.

— Qu'est-ce qui te prend ? s'enquit Charles.

— Je… oh ! la la !… J'allais t'en parler, mais avec tous ces événements, ça m'est sorti de l'esprit.

— Quoi ?

Jane s'approcha d'une pile de lettres posées sur le comptoir.

— Nous avons reçu un mot de Lisa Scudder. Tu te souviens d'elle ? La maman de la fillette qui souffre de leucémie.

Rachel frémit. Pourquoi Lisa n'avait-elle pas attendu quelques jours, comme prévu ?

— Edward et moi devons rentrer, lança-t-elle brusquement. Gabriel, ça ne t'ennuie pas de nous conduire…

— *Asseyez-vous !* ordonna Jane.

Acceptant l'inévitable, Rachel obéit. Rosie poussa un cri et tendit les bras vers elle. Jane continua de glousser. Rachel serra le bébé contre elle.

— Franchement, Jane, il n'y a pas de quoi rigoler. Tu sais combien cette petite est malade.

— Ce n'est pas ça… C'est que… Rachel… Oh, Rachel ! Dans sa lettre, Lisa nous remercie de notre don à la Fondation. Rachel lui a donné le chèque de Charles !

Les trois hommes écarquillèrent les yeux. Rosie plaqua un baiser mouillé sur la joue de Rachel.

— Qu'est-ce que tu racontes ?

— Tes vingt-cinq mille dollars ! Rachel ne les a pas gardés !

— Tu n'as rien gardé du tout ? s'exclama Gabriel, sidéré.

— J'étais folle de rage contre Charles, expliqua-t-elle. J'avais demandé à Lisa de vous adresser un mot après mon départ. Elle a dû oublier. Le chèque est postdaté. Elle ne peut pas le déposer avant demain.

Un silence pesant enveloppa le groupe. Charles finit par hausser les épaules.

— Je ne sais pas comment tu vas te débrouiller, mais tu as intérêt à l'empêcher de monter dans l'autocar demain, Gabriel… Remarque, tu as déjà bien commencé, avec le coup des chaussures.

— Je suis content que tu approuves, riposta sèchement Gabriel.

— Edward ! Viens ici un instant, veux-tu ?

— Charles Bonner, si vous dites quoi que ce soit à mon fils…

Edward surgit.

— Oui ?

Charles lui ébouriffa les cheveux. Dans les bras de Rachel, Rosie battit des mains.

— Gabriel et ta maman ont à se parler. Tu n'as pas à t'inquiéter, mais ils ont besoin d'être un peu seuls. Ça t'ennuierait de rester avec nous ? On va jouer au foot, et je suis sûr que tante Jane sera heureuse d'allumer son ordinateur…

*Tante* Jane ? Rachel tressaillit.

— Je ne pense pas que…

— Bonne idée ! approuva Ethan. Qu'en dis-tu, Edward ?

— Je peux, maman ?

— Si jamais tu refuses, mon grand frère te cassera la figure, murmura Gabriel.

Elle ne voulait pas se retrouver en tête à tête avec Gabriel simplement parce qu'il avait le sens du devoir d'un boy-scout. Elle avait besoin d'amour sincère, pas de charité.

Elle chercha dans la pièce un allié. En vain. Son cœur se serra. Rosie gloussa.

— Ta mère est d'accord, intervint Ethan.

— Elle est enchantée que tu restes avec nous, ajouta Charles.

Seul Gabriel s'inquiéta de ce qu'elle pensait vraiment.

— Tu n'y vois aucun inconvénient, j'espère ?

Si elle le contredisait, elle passerait pour une sorcière. Elle acquiesça.

— Youpi ! s'exclama Edward. Rosie, je m'en vais pas !

Gabriel poussa délicatement Rachel vers la sortie.

— Rachel, vous voulez que je vous prête une paire de chaussures ? J'ai des sandales qui…

— Non, merci, c'est inutile, trancha Gabriel.

— Rachel ? l'appela Charles d'une voix timide.

Elle se raidit. Il eut un sourire dévastateur.

— Je sais que vous me haïssez, et que vous aurez du mal à me pardonner, mais…

Il se gratta la tête.

— Euh… Vous voulez bien me rendre Rosie ?

## 25

Gabriel sortit de la douche et s'empara d'une serviette. Il fallait agir vite et bien. Sa vie en dépendait.

— Rachel ?

Pas de réponse.

Un sentiment de panique le submergea. Elle lui avait proposé de se laver le premier. Était-ce un subterfuge pour se débarrasser de lui et courir chercher Edward pour s'enfuir ?

Il grimpa jusqu'à la chambre du petit, poursuivit jusqu'à la sienne, puis celle de Rachel.

Elle n'était pas partie. Elle s'était endormie tout habillée sur le dessus-de-lit, sa robe froissée emmêlée entre ses jambes.

Il soupira, soulagé. Il sourit, s'habilla, et passa la plus grande partie de l'après-midi à la contempler dans son sommeil. Jamais il n'avait vu un spectacle plus réjouissant.

Trois heures plus tard, Rachel se réveilla. Gabriel n'était plus là, car il était allé voir Titi dans son arbre. Heureusement...

— Rachel ! Vite ! J'ai besoin de toi !

— On aurait dû leur dire qu'on s'était M-A-R-I-É-S ! épela Kristy. Mais les pauvres, ils étaient trop bouleversés pour une telle nouvelle. Je n'en reviens pas que Charles ait osé jeter Rachel en prison.

— Ce que j'ai du mal à croire, c'est qu'on ait accepté de garder ces deux petits monstres alors qu'on est M-A-R-I-É-S depuis moins de vingt-quatre heures.

Il jeta un coup d'œil dans le rétroviseur. Edward inspectait une croûte sur son coude, tandis que Rosie mâchouillait tranquillement ce qui restait de l'oreille de Jeannot. Ils avaient emprunté la Range Rover pour ne pas avoir à transférer le fauteuil de la petite. Les deux enfants étaient pleins de sable après avoir joué au parc.

— Charles et Jane les ont eus toute la matinée. Nous ne les avons promenés qu'une heure, fit remarquer Kristy.

— C'est notre lune de miel ! On devrait être en train de fabriquer un bébé.

— Je meurs d'impatience, répliqua Kristy en souriant. Mais Charles et Jane ont besoin de repos. La journée a été dure pour tout le monde.

— À propos, madame Bonner…

— Pourquoi tu appelles Kristy « madame Bonner » ? demanda Edward.

Ethan et Kristy échangèrent des regards coupables.

— Tu as raison de poser cette question, fiston. Justement, on voulait que tu sois le premier à le savoir : Kristy et moi, nous nous sommes mariés hier.

— C'est vrai ?

— Oui.

— C'est bien. Vous savez qu'il y a des planètes partout ? Certaines ont des milliards d'années.

Kristy se mit à rire. Ethan lui sourit, le cœur débordant d'amour. Comment avait-il pu rester aveugle aussi longtemps ?

Ils abordaient le dernier virage avant la maison d'Annie, quand Kristy s'écria :

— Le garage est en flammes !

Ethan freina brutalement.

— Ne bouge pas d'ici, Edward.

Edward opina, apeuré. Ethan sortit juste à temps pour voir Gabriel et Rachel contourner la maison. Gabriel était armé d'un tuyau d'arrosage. Rachel se rua vers le robinet.

Kristy se dirigeait vers l'entrée. Ethan lui emboîta le pas. En les voyant venir, Gabriel tendit le tuyau à Rachel.

— Arrose bien le pourtour ! Ethan, passe derrière, je m'occupe de l'avant.

Ils se séparèrent et entreprirent d'étouffer les petits foyers qui avaient pris dans l'herbe. Heureusement, la terre était encore humide après la pluie de samedi matin. L'incendie fut bientôt maîtrisé. Il ne restait rien du garage, sinon des gravats fumants. La maison était intacte.

— Que s'est-il passé ? demanda Ethan.

Rachel repoussa une mèche de cheveux avec son avant-bras.

— Je n'en sais rien. Je dormais, Gabriel m'a appelée et j'ai vu les flammes.

— Tu es trempée, constata Kristy.

— Regardez ce que je viens de découvrir !

Gabriel les rejoignit, un bidon en plastique entre les mains.

— Il reste de l'essence ?

Gabriel secoua la tête, écœuré.

— C'en est assez. Je veux une surveillance policière vingt-quatre heures sur vingt-quatre.

Rachel serra la main de Kristy.

— Heureusement que vous êtes arrivés. On aurait eu du mal, tous les deux.

— On vous a ramené Edward. On a une nouvelle à vous annoncer, aussi... Ethan ! On a oublié les petits dans la voiture !

— Les petits ?

— Rosie est avec nous. Jane et Charles avaient besoin d'un peu de repos.

— Qu'avez-vous à nous dire ?

Ethan sourit.

— Si on laissait à Edward le soin de leur expliquer ?

Ils contournèrent la maison. Kristy retint son souffle, et tous s'immobilisèrent, atterrés.

La Range Rover avait disparu. Les enfants n'étaient nulle part.

Bobby Dennis avait du mal à respirer. Il avait la gorge sèche. À l'arrière, les deux mômes hurlaient.

— Laissez-nous descendre tout de suite, sinon, Gabriel va vous tuer avec son pistolet ! Il en a des millions, et il vous tuera. Ensuite il vous découpera en morceaux avec son couteau !

Bobby était à bout de nerfs.

— Tais-toi !

Le petit se tut, mais le bébé continuait de pleurer. Bobby aurait volontiers laissé la voiture sur le bas-côté, mais la sienne était encore loin.

Il était tellement nerveux qu'il n'avait pas vu les enfants dans la Range Rover lorsqu'il avait démarré. Dans le cas contraire, il aurait renoncé à la voler.

Rien ne s'était déroulé comme prévu. Tout ça, c'était à cause de la veuve Snopes. S'il n'y avait pas eu le Temple, ses parents n'auraient jamais divorcé. Sa mère était devenue tellement croyante qu'elle avait chassé son père.

Il se rappelait encore les messes, les sermons de G. Dwayne Snopes. Comme il était mort, Bobby avait décidé de se venger sur sa femme.

Mais ça avait mal tourné.

Il avait agi sous l'effet de l'alcool, mais il savait qu'il avait commis une erreur en s'attaquant au drive-in. Il s'était enivré avec ses copains Joey et Dave, pendant le second film. Après ça, Bobby avait proposé d'aller à une fête, mais ses camarades avaient prétexté la fatigue. Bande de mauviettes. Bobby s'était débarrassé d'eux, avait avalé encore un peu de vodka, puis était retourné au drive-in. L'endroit était désert. Il y était entré subrepticement, et là, il était devenu comme fou.

Le lendemain, alors qu'il se demandait ce qu'il allait faire de tout ce qu'il avait caché dans son coffre, il avait aperçu l'Escort de Rachel, garée près d'un immeuble neuf. La rue était calme. Il avait transféré la marchandise sans être repéré. Par la suite, il avait appris qu'elle était en prison. Tant mieux. Sauf qu'elle n'y était pas restée...

Il roulait à vive allure. Un klaxon retentit.

— Tu vas trop vite ! cria le petit garçon à l'arrière.

Bobby essuya son front avec la manche de son tee-shirt.

— Tais-toi !

Si sa mère n'avait pas découvert le haschich dans sa chambre le matin même, elle ne l'aurait pas jeté dehors. Il était revenu quelques heures plus tard et avait vu avec stupeur qu'un ouvrier changeait toutes les serrures ! Cette fois, c'était pour de bon.

Que faire ? Son père était à Jacksonville, mais accepterait-il de le recevoir ?

Il avait bu quelques bières, fumé deux ou trois joints. Il ne supportait pas l'idée que Rachel soit déjà libérée. Brusquement, il avait décidé de se rendre à la maison d'Annie.

Gabriel et Rachel étaient sûrement au drive-in, en train de réparer les dégâts. Il allait brûler leur maison pendant leur absence. Cependant, au moment où il s'emparait du bidon d'essence dans le garage, Gabriel était apparu dans la véranda. Bobby n'était pas assez cinglé pour mettre le feu à la maison alors qu'il y avait des gens à l'intérieur. Il s'en était donc pris au garage.

Il avait contemplé l'incendie quelques minutes, puis était reparti dans les bois chercher sa voiture. À cet instant-là, la Range Rover avait surgi. Une voiture qui valait bien soixante mille dollars.

Quand le pasteur Ethan et Kristy Brown s'étaient précipités hors de la voiture, il s'était mis au volant et avait démarré. Les mômes, derrière, n'avaient rien dit jusqu'à l'autoroute.

— Si tu nous laisses descendre, je dirai rien à Gabriel.

Bobby appuya sur l'accélérateur.

— Je vous lâcherai, mais plus loin.

— Tout de suite ! Tu fais peur à Rosie !

— Tais-toi.

Un virage en épingle à cheveux. Bobby s'entendit pousser un cri. Il freina de toutes ses forces.

Edward se mit à hurler.

Le véhicule fit une embardée, et la dernière vision de Bobby fut le visage de sa mère.

— *Maman !*

Rachel émit un gémissement. Blême, Gabriel conduisait. Tous deux pensaient à la même chose. Et s'ils s'étaient trompés de direction, en empruntant l'autoroute ?

Elle essaya de se rassurer : la police retrouverait les enfants. Kristy et Ethan étaient restés à la maison pour prévenir les autorités.

Gabriel grogna.

— La voiture...

— Ô mon Dieu !

La Range Rover était renversée dans le fossé. Quelques véhicules s'étaient déjà arrêtés. Il y avait aussi deux voitures de police et une ambulance.

Les pneus de la Mercedes grincèrent, soulevant un nuage de gravillons, tandis que Gabriel se garait sur le bas-côté.

— Les enfants ! Comment vont les enfants ?

— Qui êtes-vous ?

— Je... je suis le père du garçon.

— Ils sont en train de le sortir.

Rachel atteignit la civière avant Gabriel. Mais ce n'était pas Edward. C'était Bobby Dennis.

Sans un mot, Gabriel se retourna vers la Range Rover, dont une portière était grande ouverte.

— Il était avec deux enfants. Un garçon de cinq ans et une fillette.

Le policier se redressa, l'air grave.

— Il n'était pas seul ?

Gabriel lui donna une brève explication, pendant que Rachel cherchait en vain un indice de leur présence.

— Gabriel ! Regarde, c'est la sandale de Rosie.

Plissant les paupières, elle aperçut une minuscule chaussette rose, accrochée dans les buissons qui marquaient le pourtour d'un bois.

— Allons-y, décida Gabriel.

— Edward ! Edward !

— Tom ! Crie si tu nous entends ! Tom ! Tom... ?

Une branche s'accrocha à la jupe de Rachel. Gabriel se figea.

— Tom ? C'est toi ?

Elle s'immobilisa à son tour, l'oreille aux aguets.

— Tom ?

La voix était minuscule. Gabriel bondit en avant, Rachel sur ses talons. Le terrain était en pente. Elle glissa, se rétablit, continua de courir. Enfin, ils atteignirent une petite clairière.

Edward était assis contre un tronc d'arbre, Rosie entre ses bras.

— Tom ! s'écria Gabriel.

— Gabriel !

Rachel eut un sanglot. Gabriel lui donna le bébé, puis serra Edward contre lui.

— Tu vas bien ? Tu n'es pas blessé ? Où as-tu mal ?

— Aux oreilles.

— Aux oreilles ?

— Rosie crie très fort.

Gabriel se décontracta visiblement.

— C'est tout ?

— J'ai eu peur. Ce garçon était méchant. Maman, j'ai eu peur. La voiture s'est retournée. J'ai eu peur que le garçon se réveille et nous emmène encore plus loin. Alors j'ai sorti Rosie de son fauteuil et je l'ai portée, mais elle est très lourde, et elle criait, parce qu'elle aussi, elle avait peur, mais enfin elle s'est arrêtée.

— Tu es très courageux, mon chéri.

Pendant ce temps, Gabriel avait brièvement examiné la petite.

— Elle n'a rien. Nous allons les emmener chez le médecin, par précaution. Dieu merci, ils étaient tous deux attachés.

— Tu vois, Rosie, je t'avais bien dit qu'ils nous trouveraient ! lança Edward en lui tapotant le mollet.

Ils repartirent vers la voiture. Au bout de quelques mètres, Rosie lâcha un hurlement déchirant. Edward tressaillit.

— Tu vois, maman, je t'avais bien dit qu'elle criait fort.

— Chut, ma chérie, murmura Gabriel.

Mais Rosie ne voulait rien savoir. Elle se débattit, agita les poings. Suivant la direction de son regard, Rachel remarqua Jeannot, au pied de l'arbre.

— Je reviens.

Elle s'arrêta brutalement en remarquant la couture sur le dos du lapin. Elle s'était ouverte, et le rembourrage se répandait dans l'herbe. Un rembourrage… scintillant !

Gabriel le vit en même temps qu'elle. Il courut la rejoindre et fixa le petit tas de pierres précieuses.

— Des diamants, souffla-t-il.

Rachel était à court de mots. Dwayne avait caché son trésor dans la peluche d'Edward. Le coffre Kennedy, la Bible n'étaient que des diversions. En la suppliant d'amener leur fils à l'aérodrome, il espérait récupérer son bien. Il ne voulait pas lui dire au revoir. Il se souciait peu de l'enfant.

Rachel décida que G. Dwayne Snopes n'était plus le père d'Edward.

Gabriel lui prit la main.

— Tu as enfin trouvé ta fortune, Rachel.

Il se trompait. Ces diamants ne représentaient pas le bonheur. Le véritable bonheur était à ses côtés, mais elle n'avait pas le droit de le réclamer.

## 26

Rachel ne put se doucher avant dix heures du soir, une fois Edward couché.

Leur emploi du temps avait été chargé. Charles avait rangé les diamants de Dwayne dans son coffre-fort, puis il avait fallu faire une déclaration à la police. Ils étaient allés voir Bobby Dennis à l'hôpital, et Rachel avait parlé avec Carol, qui était très secouée par l'ampleur du drame.

À présent, en se démêlant les cheveux, elle décida de penser à autre chose. Si elle l'avait pu, elle serait allée dormir avec Edward chez Kristy, mais Gabriel et l'enfant refusaient d'être séparés. Elle avait encore du mal à comprendre comment leur relation avait pu évoluer à ce point. Ironie du sort. Ce qui lui avait paru un obstacle insurmontable dans ses liens avec Gabriel avait disparu, mais une nouvelle barrière s'était érigée entre eux. Pour rien au monde elle n'accepterait de vivre dans l'ombre de Cherry.

Elle se pencha pour ramasser les vêtements propres qu'Ethan et Kristy lui avaient rapportés. Ils n'étaient pas là. Elle s'enveloppa dans un drap de bain et entrouvrit la porte.

— Gabriel ?

— Je suis au salon.

— Où sont mes habits ?

— Je les ai brûlés.

— Quoi ?

Elle courut dans sa chambre lui piquer une de ses chemises, puis le rejoignit, boutonnée jusqu'au cou.

Il était vautré dans un fauteuil, les pieds sur le coffre qui servait de table basse, un verre à la main.

— Tu veux boire quelque chose ?

— Pourquoi as-tu brûlé mes affaires ?

— Ne crie pas comme ça, tu vas réveiller Edward. J'en ai assez de te voir dans ces tenues horribles, Rachel Stone.

— Qu'est-ce qui te prend ? Tu n'as pas le droit...

— Je suis ton patron, j'ai tous les droits.

— Mon patron ? Le drive-in est fermé, et je m'en vais demain. Tu n'es plus mon employeur.

— Tu as refusé de m'épouser. Je n'avais pas d'autre solution que de te réengager. À propos, j'ai aussi brûlé tes billets d'autocar.

— Non !

Elle se laissa choir sur le canapé.

— Comment as-tu pu... ?

— Je te connais bien, ma chérie. Tu ne vas pas garder ces diamants. Il est temps de prendre quelques décisions.

Elle le dévisagea avec méfiance.

— Je vais procéder à des changements, annonça-t-il.

— Ah ?

— Je vais demander ma licence pour la Caroline du Nord et ouvrir un cabinet de vétérinaire.

— J'en suis heureuse. C'est exactement ce qu'il te faut.

— Je vais avoir besoin d'aide.

— De quelle sorte ?

— Il me faut une réceptionniste, qui puisse aussi m'assister en chirurgie.

— J'ai déjà un emploi en Floride.

— Ce n'est pas la place que je t'offre. Mais si tu veux m'aider de temps en temps, ce sera avec plaisir. Non, pour toi, j'envisage plutôt une carrière…

— De quel type ?

— Euh… la lessive. Je veux bien cuisiner et laver la vaisselle, mais la lessive, ce n'est pas mon truc.

— Tu veux que je m'occupe de ton linge ?

— Entre autres choses.

— Et puis ?

— J'aimerais que tu répondes au téléphone, le soir. Si c'est quelqu'un de ma famille, je veux bien parler. Sinon, ce sera à toi de te débrouiller.

— Quelle carrière…

— Il faudrait aussi que tu t'occupes de mes comptes. J'ai horreur de ça. Je ne peux pas passer ma vie à traquer le moindre sou.

— Tu es riche, Gabriel. Tu devrais être plus attentif.

— Justement, mes frères me le répètent sans arrêt, mais ça ne m'intéresse pas.

— La lessive, le téléphone, les comptes. C'est tout ?

— À peu près. Sauf…

— Sauf ?

— Faire l'amour. C'est le plus important.

— Avec toi ? Tu veux me payer pour que je fasse l'amour avec toi ?

— Ainsi que la lessive, le téléphone et les…

— Tu veux que je sois ta femme de ménage et ta maîtresse à plein temps ?

— Le coup de la maîtresse, ça me plaît assez. Mais la ville est petite, et puis, il y a Edward. Il faudrait qu'on se marie. Je sais que tu ne veux pas en entendre parler, aussi, je te propose de traiter le problème autrement. Il y a beaucoup d'argent en jeu, ajouta-t-il en plissant les paupières.

— Combien ?

— Le jour où nous nous marierons, je te donnerai un chèque de…

Il se gratta le crâne.

— Combien veux-tu ?

— Un million de dollars, marmonna-t-elle.

— Entendu.

Elle écarquilla les yeux. Il haussa les épaules. Il ne parlait pas d'amour…

— Je sais que tu avais des doutes au sujet de ma relation avec Edward. Tu as pu te rendre compte que ce n'est plus un problème.

— Je ne comprends pas comment c'est arrivé.

— Tu l'as déjà frappé ?

— Jamais !

— Si c'était le cas, tu ne me poserais pas la question. Ah, autre chose, Rachel. En ce qui le concerne, j'aurai mon mot à dire. On l'élèvera ensemble. J'ai déjà perdu un enfant, je ne te laisserai pas emmener celui-ci.

— Ce n'est pas ton fils.

— Depuis aujourd'hui, si. Chez les Bonner, on prend les mômes très au sérieux.

— Je m'en suis rendu compte.

— Alors, c'est réglé.

— Gabriel, j'ai eu du mal à survivre à un mariage catastrophique, je ne tiens pas à réitérer cet exploit. Si je me remarie, ce sera par amour.

— Tu ne vas pas me dire que tu ne m'aimes pas ? Je refuse de le croire. Je ne suis pas stupide, Rachel.

En dépit de tes grands discours, je sais bien que tu ne m'aurais jamais laissé te toucher si tu n'éprouvais rien pour moi.

Elle envisagea un instant de lui flanquer un coup de poing magistral. Au lieu de cela, elle serra les dents.

— Il ne s'agit pas de mon amour.

Il resta impassible. Exaspérée, elle s'empara d'un coussin et le lui lança à la figure.

— Nom de nom ! J'ai renversé mon soda !

— Je m'en vais.

Il se mit debout.

— Rachel, tu n'es pas raisonnable. On ne te l'a jamais dit ?

— Raisonnable ? cracha-t-elle. Juste parce que je refuse d'être ton œuvre de charité, tu m'accuses de ne pas être raisonnable ?

— Mon œuvre de charité ? Tu te trompes.

— Ethan n'est pas le seul *saint* de la famille Bonner !

— Tu me prends pour un saint ? riposta-t-il, l'air satisfait.

— Au secours !

Il pointa l'index sur sa poitrine.

— Je vais t'épouser, Rachel. Mets-toi ça dans la tête.

— Pourquoi, puisque tu ne m'aimes pas ?

— Qui te dit cela ?

— Ne joue pas à ce jeu-là. C'est trop grave.

Elle se mordit la lèvre.

— Je t'en supplie, Gabriel…

— Tu ne penses pas que c'est aussi important pour moi ?

— Pas autant que pour moi. Tu tiens à moi, je le sais, mais ça ne me suffit pas.

— Rachel, tu ne comprends donc pas ce que j'éprouve pour toi ?

— En tout cas, ça n'a rien à voir avec ce que tu ressentais envers Cherry.

— Ma vie avec Cherry appartient au passé.

— Elle ne connaîtra jamais de fin. Je ne supporterai pas la comparaison.

— Tu n'es pas en compétition avec Cherry.

Il ne comprenait rien.

— Avait-elle seulement un défaut ?

— Rachel, tu exagères...

— Elle devait bien en avoir un... Peut-être qu'elle... peut-être qu'elle ronflait ?

— Non.

— Peut-être qu'elle jetait les journaux avant que tu n'aies eu le temps de les lire ?

— C'est arrivé à une ou deux reprises.

— Euh... Est-ce qu'elle se servait de ton rasoir pour s'épiler les jambes ?

— Elle n'aimait pas les miens. Contrairement à toi.

— Je suis une excellente cuisinière.

— Cherry fabriquait son pain une fois par semaine.

Rachel n'avait tenté l'expérience qu'une fois. Le résultat ne l'avait guère éblouie.

— Je n'ai jamais de contraventions.

Il haussa un sourcil.

— Elle... Elle était tellement parfaite, acheva Rachel.

— Écoute-moi bien, car je ne le répéterai pas. J'aimais Cherry de tout mon cœur. Aujourd'hui, c'est toi que j'aime. Tu n'as peut-être pas su sauver l'âme de Dwayne, mais moi, tu m'as ressuscité... Non, ne dis rien, je n'ai pas terminé. Cherry était... presque trop bonne. Elle ne se plaignait jamais.

— Ça me rassure, ironisa Rachel.

— Cependant, j'avais parfois l'impression de vivre aux côtés de mère Teresa. Elle était tellement adorable, souriante, généreuse, impeccable... que j'avais honte de ne pas être à la hauteur.

— Vraiment ?

— Vraiment.

— Et avec moi ?

— Je n'ai pas peur de me tromper.

Elle sourit.

— Un autre détail. Cherry chantonnait du matin au soir. Par moments, ça m'exaspérait.

— Oui, ça peut devenir énervant, répondit Rachel, qui commençait à apprécier Cherry Bonner.

— Le problème, c'est qu'elle ne me reprochait jamais rien. J'étais donc obligé de me taire.

— Pauvre chéri.

Rachel s'approcha de Gabriel et se pelotonna contre lui.

— Cherry était un amour de jeunesse. Je t'aime. Je t'en prie, ne me quitte pas.

Elle ne put lui répondre, car il réclamait ses lèvres. Lorsqu'ils s'écartèrent enfin, ils se regardèrent dans les yeux.

— Tu n'as pas oublié quelque chose ?

Elle inclina la tête, perplexe.

— Tu n'as pas répondu : « Moi aussi, Gabriel. »

— Tu en doutes ?

— Tu n'es pas la seule à avoir besoin de l'entendre.

— Je t'aime, Gabriel.

— Tu ne partiras pas ?

— Non.

— On se mariera ?

— Oui.

— Tu supporteras mes frères ?

— Bof...

— Nous élèverons Edward ensemble ?

Elle opina. Elle avait envie de rire, de pleurer, de chanter, de danser. Bouleversée, elle dissimula son émotion derrière la plaisanterie.

— Ne va pas croire que j'ai oublié le million de dollars. Tu as raison, les diamants, je n'en veux pas.

— Tout dépend… Voyons un peu… Il faut que tu le mérites. Pour commencer, je vais te déshabiller. Ensuite, je t'allongerai sur le lit et…

Elle gémit. Main dans la main, ils se dirigèrent vers la chambre. Gabriel ferma la porte à clé, puis se tourna vers elle.

— Rachel…

— Mon amour…

Les yeux grands ouverts, ils s'étreignirent avec passion.

## Épilogue

— Je ne sais pas, je n'arrive pas à me décider, dit Rachel en se mordant la lèvre inférieure. Tu avais raison, Ethan. J'aurais dû t'écouter. Le canapé était mieux près de la fenêtre.

Ethan et son aîné échangèrent des regards douloureux.

— Allons-y, Charles !

Sur le seuil de la pièce, Gabriel observait la scène en souriant. Il adorait voir Rachel torturer ses frères. Elle menait Ethan par le bout du nez, et chaque fois que Charles leur rendait visite, elle était saisie par une irrésistible envie de réorganiser tout le mobilier de la maison.

Comme il venait moins souvent, elle s'arrangeait pour être doublement dure avec lui. Elle avait même réussi à le convaincre d'accompagner Edward à son exposition d'artisanat à l'école, et l'avait obligé à signer des autographes pour tous les élèves.

Quelles que soient les exigences de Rachel, Gabriel faisait le mort, comme s'il ne comprenait rien à ce qui se passait. Cela rendait fous ses deux frères, mais ils n'osaient pas se plaindre, tant ils se sentaient coupables de l'avoir malmenée. Ils étaient prêts à tout pour se faire pardonner, et elle les récompensait en leur en demandant encore davantage.

Charles déplaça le divan, puis se tourna vers elle.

— Dis-moi, Rachel, tu ne pourrais pas inciter ton flemmard de mari à faire le déménagement à notre place ?

Elle se pencha pour caresser Snooze, le chat.

— Voyons, Charles, tu sais bien que Gabriel a le dos fragile. Il doit ménager ses efforts.

— Tu parles ! marmonna Charles.

Rachel feignit de ne rien entendre. Gabriel réprima un fou rire. Ils étaient mariés depuis un an, pourtant, il ne se lassait pas de l'admirer. Aujourd'hui, elle était habillée d'un short et d'une large tunique pour cacher son ventre. Ses boucles auburn, un peu plus courtes, étaient toujours en désordre.

— Charles, ce fauteuil… Je suis désolée de t'ennuyer, mais… pourrais-tu le pousser près de la cheminée ?

— Pas de problème.

Gabriel sentit qu'il grinçait des dents.

— Là !

— Parfait ! s'exclama Rachel avec un sourire éclatant.

Charles la dévisagea avec espoir.

— Tu es sûre ?

— Non, en fait, ça ne va pas… Le canapé, peut-être ?

À cet instant, la porte de derrière claqua, et Jane passa en courant devant eux pour se réfugier dans la salle de bains. Charles consulta sa montre et soupira.

— Pile à l'heure.

— Trois femmes enceintes, et une seule salle de bains, marmonna Ethan en secouant la tête. Il est temps que tu finisses l'agrandissement de la maison.

— C'est prévu pour l'hiver.

Contrairement aux autres, ses parents s'étaient pris d'affection pour Rachel dès la première rencontre, et Mme Bonner leur avait offert la maison en guise de cadeau de mariage. Ils avaient largement de quoi s'offrir une demeure plus luxueuse, mais ils aimaient cet endroit au sommet de la colline et n'envisageaient pas de le quitter. Cependant, ils avaient besoin de plus d'espace. Ils avaient donc décidé d'élargir la construction tout en respectant son aspect rustique.

En dépit du désordre, Rachel avait tenu à recevoir la famille pour fêter l'adoption officielle d'Edward par Gabriel.

— Rachel ! Viens voir Rosie ! lança Kristy, par la fenêtre.

Elle sortit en se dandinant comme un canard, le chat sur ses talons. Gabriel éprouva un élan de fierté primitive en songeant qu'il était responsable de son état. Dans un mois, le bébé naîtrait. Tout le monde trépignait d'impatience.

Dès qu'elle eut disparu, Charles et Ethan s'effondrèrent sur le divan. Gabriel, pris de pitié, leur apporta de la bière. Ils trinquèrent.

— Aux trois hommes les plus heureux du monde.

Ils se sourirent et burent en silence, chacun savourant son bonheur. Charles avait achevé son année de médecine à l'université. Il habitait à Chapel Hill avec Jane. Les architectes avaient préparé des plans pour transformer le mausolée en une agréable maison moderne. Ils s'y installeraient dès que Charles aurait terminé son internat. Il comptait reprendre le cabinet de son père.

Ethan semblait enfin en paix avec lui-même. Il était plus à l'aise dans son métier de pasteur, même si aucune secrétaire ne parvenait à remplacer

Kristy. Celle-ci ne voulait sous aucun prétexte laisser tomber son poste d'enseignante en maternelle.

Quant à Rachel...

Edward surgit, suivi de Sammy, son labrador noir de quatre ans. Sammy se rua sur Gabriel, tandis qu'Edward se plaignait auprès de Charles.

— Rosie m'embête !

— Qu'est-ce qu'elle t'a fait, encore ?

— Elle a cassé ma cabane.

— Sois ferme avec elle. Ou alors choisis un emplacement où elle ne pourra pas venir t'ennuyer.

Edward dévisagea Charles d'un air de reproche.

— Elle a pas fait exprès. Elle voulait m'aider.

Charles leva les yeux au ciel.

— Un de ces jours, toi et moi allons avoir une conversation sur la meilleure façon de traiter les femmes.

Edward alla s'asseoir sur les genoux de Gabriel. Il avait beaucoup grandi, mais restait un enfant affectueux et câlin.

— Tu sais quoi, papa ?

Gabriel effleura son front d'un baiser.

— Quoi, fiston ?

Edward soupira, résigné.

— Quand Rosie et moi on sera grands, on va probablement se marier, comme toi et maman.

Personne ne rit. Tout le monde respectait ce mystérieux lien qui unissait les deux enfants.

— Il faut ce qu'il faut, murmura Charles.

— C'est exactement ce que je pense !

Cette fois, tout le monde s'esclaffa. Dans le jardin, Rosie poussa un hurlement. Sammy dressa l'oreille.

— Faut que j'y aille, lança Edward en se levant. Elle mène grand-père et grand-mère par le bout du nez.

Les frères attendirent qu'il soit sorti avec le chien. Charles secoua la tête.

— Ce môme me surprendra toujours.

— J'espère que les trois nouveaux seront aussi merveilleux que ces deux-là, dit Ethan.

Gabriel observa ses parents, dehors. Il était content qu'ils soient rentrés d'Amérique du Sud. Pas seulement pour lui, mais aussi pour Edward.

Jane, pâle mais en bonne santé, surgit dans la salle de séjour. Tasha, une vieille chatte que Gabriel avait ramassée dans les bois, lui emboîta le pas.

— Ne vous inquiétez pas pour moi, tout va bien ! lança-t-elle avec un sourire.

— J'ai discuté avec Carol Dennis, hier, dit Ethan.

Bobby avait mis six mois à se rétablir, mais cet accident de voiture avait eu sur lui un effet miraculeux. Il était sobre depuis une année, et avait enfin accepté de consulter un psychothérapeute. Il aurait toujours du mal à s'entendre avec sa mère, mais leur relation s'était nettement améliorée. De plus, Bobby avait cessé d'en vouloir à Rachel, qui n'était pour rien dans ses problèmes.

— D'après Carol, Bobby a l'intention de reprendre ses études dès le mois d'août.

— Quand je pense que Rachel lui a rendu régulièrement visite à l'hôpital. Cette femme a plus de cœur que de cervelle. Vous savez ce qu'on raconte ? Que si Rachel n'était pas allée le voir, il n'aurait...

— Tais-toi, Charles, gronda Gabriel.

— À propos, reprit Ethan. Je vais avoir besoin de votre aide : Brenda Meers a du mal à se rétablir de sa pneumonie. Il faudrait persuader Rachel de la rencontrer.

— Ça y est, on recommence ! grommela Charles.

— Ethan, je t'ai déjà dit que je ne voulais pas me mêler de ça. C'est toi le pasteur, débrouille-toi avec Rachel.

— Tu crois qu'elle va continuer longtemps à ignorer son don ?

— Quarante années, pour le moins, répliqua Gabriel.

Ethan leva une main.

— Je ne sais pas si elle a ou non un talent de guérisseuse, mais il est vrai que la plupart des malades à qui elle rend visite vont mieux par la suite.

*Les animaux blessés aussi*, songea Gabriel.

— Les gens l'aiment, enchaîna Charles. Depuis le miracle d'Emily, personne ne la critique. Et quand Bobby Dennis s'est remis à marcher, alors que les médecins prétendaient qu'il serait paralysé…

— Elle va finir par avoir des doutes, si j'insiste trop, murmura Ethan.

— Elle est tellement occupée, entre Edward, l'agrandissement de la maison, le bébé à venir, ses cours et tout le reste… À mon avis, elle n'a pas le temps de se poser la question.

— J'ai du mal à croire qu'il y a à peine un an, tous les citoyens de Salvation voulaient la chasser. Aujourd'hui, elle est pratiquement notre héroïne locale.

Rachel apparut avec Snooze dans les bras.

— Gabriel, on meurt de faim. Tu mets en route le barbecue ?

Ils allèrent tous dans le jardin. M. et Mme Bonner étaient assis sur un plaid avec Rosie. Ethan alla se placer auprès de Kristy, qui se serra contre lui. Charles posa un bras sur les épaules de Jane.

Gabriel resta là, à les contempler. Heureux.

Edward s'approcha, les bras tendus. Gabriel le hissa sur ses épaules.

Rachel se mit à pleurer.

Cela lui arrivait, quand elle avait l'impression d'exploser de bonheur. Charles s'éclaircit la gorge. Jane renifla. Ethan toussota. Kristy s'essuya les yeux.

Le cœur de Gabriel se gonfla d'amour.

Il renversa la tête et rit aux éclats.

5645

*Composition*
CHESTEROC

*Achevé d'imprimer en France par*
MAURY IMPRIMEUR
*le 21 août 2011.*
Dépôt légal août 2011.

EAN 9782290036976

ÉDITIONS J'AI LU
87, quai Panhard-et-Levassor, 75013 Paris
*Diffusion France et étranger : Flammarion*